転生ババァは見過ごせない！2

～元悪徳女帝の二周目ライフ～

ナカノムラアヤスケ
Ayasuke Nakanomura

RB
レジーナ文庫

登場人物紹介
ラウラリス
「悪徳女帝」と呼ばれた
エルダヌス帝国の最後の皇帝。
神様の計らいにより若返った身体で
三百年後の世界に転生し、
第二の人生を謳歌している。

エカロ
『亡国を憂える者』の幹部。
滅亡したエルダヌス帝国の
再興を望む。
グランバルド
女帝ラウラリスの腹心である
『四天魔将』の筆頭。
攻撃型の剣術を得意とする。
アマン
おちゃらけた雰囲気であるが、
優秀な情報屋。
ケインとは気の置けない仲。
ケイン
剣の腕が立つ青年。
エカロを捕縛するため、
ラウラリスに協力を依頼する。

目次

転生ババァは見過ごせない！2
～元悪徳女帝の二周目ライフ～

プロローグ

林道を歩く、一人の少女がいた。

誰もが魅了《みりょう》される美貌《びぼう》と可憐《かれん》さ、加えて女性的な豊かさを有しているが、それよりもさらに目を引くのは背中に帯びた長い剣。

剣の全長は少女の身《み》の丈《たけ》を超えるほどにもかかわらず、彼女は苦もなくそれを背負っているようで、その姿は非常に様《さま》になっている。

空に燦々《さんさん》と輝く太陽を眩《まぶ》しげに見上げるその少女の名前は、ラウラリス・エルダヌス。

かつては世界を従えたエルダヌス帝国の女帝として君臨したが、その悪逆非道《あくぎゃくひどう》な暴政から、人々に『悪徳女帝』として恐れられた。

しかし実情は、世の憎悪《ぞうお》を一身に集めたのち、自らが勇者に討《う》たれることで諸悪の根源となった己を排除し、長きにわたる世界平和の礎《いしずえ》を築いた英傑《えいけつ》である。

己の人生を世界のために捧《ささ》げた彼女は、その功績を神に認められることとなり、新たな肉体を与えられ、三百年後の世で第二の人生を送ることとなったのだ。

今のラウラリスは、国の行く末も、世界の未来も背負ってはいない。

気の向くまま思うままに、新たな人生を楽しんでいた。

――のではあるが。

「そういやぁ、犬も歩けばなんとやらって諺《ことわざ》を聞いたことがあるねぇ」

犬も歩けば棒にあたる。

出歩けばなにかと災難に遭遇《そうぐう》したり、逆に幸運と出会ったりするというたとえ。

今のラウラリスにとっては前者であり、そしてある意味では後者でもあった。

「おい嬢ちゃん、随分と余裕な態度じゃねぇか」

ラウラリスに声をかけたのは、明らかに堅気《かたぎ》ではない風貌《ふうぼう》の男。その周囲にいる数人の男も、似たり寄ったりの格好をしていた。

「実際に余裕だからね」

男たちはぞんざいに言葉を返されて、頬を引きつらせる。

言うまでもなく、彼らは野盗と呼ばれる類《たぐ》いの悪党だ。

ラウラリスは、新たな躰《からだ》を手に入れてから初めて訪れた町で、警備隊を立て直したり、『危険種』と呼ばれる人に危害を加える獣《けもの》を倒したりした後、次の町を目指してのんびりと歩いていた。

そんなラウラリスの前に、悪党たちは現れたのだ。

なんとも運の悪い――野盗であろうか。よりにもよって、ラウラリスの前に姿を現してしまうとは。これほど運の悪いこともないだろう。

「お、そういえば」

気怠《けだる》げな表情であったラウラリスは、ふと背嚢《はいのう》を下ろし、中に手を入れる。そうして取り出したのは、ハンターに配られる手配犯の人相書《にんそうが》きであった。

ラウラリスは手元の手配書と、目の前にいる野盗の顔を見比べる。

「やっぱりそうかい。あんたは手配犯のガマスだね」

ガマスはこの辺《あた》りを根城にする野盗の頭目《とうもく》であり、道行く旅人を襲っては荷物を奪う悪党だ。捕縛の推奨は銅級《ブロンズ》。

ハンターは、レベルが低い順に石級《ストーン》、鉄級《メタル》、銅級《ブロンズ》、銀級《シルバー》、金級《ゴールド》、金剛級《ダイヤモンド》と六つの階級に分かれている。

銅級《ブロンズ》といえば、一人前のハンターでも苦戦するレベルの相手だ。

「それがどうした。ようやく手前《てめぇ》がどういう状況なのか理解したのか、嬢ちゃん」

野盗――ガマスは下衆《げす》な笑みを浮かべる。彼の頭の中は、すでにラウラリスをどうしてやるか、ということでいっぱいなのは、想像に難《かた》くない。

ラウラリスの容姿は、非常に整っている。これほど美しい少女は、滅多《めった》にお目にかかれない。貴族のお嬢様と言われてもなんら違和感がないほどだ。

そんな少女が護衛もつけずたった一人で、ガマスの縄張りを歩いていたのだ。これを狙わなければ野盗をやっている意味はないだろう。男たちで楽しむもよし。あるいは手をつけずに高値で売り払うもよし。どちらにせよ、ラウラリスは彼らにとってお宝に等しい。

そんなお宝《ラウラリス》はポツリと呟いた。

「次の町で腰を据《す》えてからと思ってたけど、手間が省《はぶ》けたかね」

一見すれば、野盗と遭遇《そうぐう》したという事実は不幸であろう。

けれどもラウラリスにとっては、『飯の種』に出会えて幸運であった。

「あんたに選ばせてやる」

ラウラリスは手配書をしまい背嚢《はいのう》を地面に下ろすと、腕組みをして告げた。

「素直に三分の二殺しになってギルドに突き出されるか、抵抗して五分の四殺しにされてからギルドに突き出されるか。私としちゃぁ、あんたらみたいなクズなんぞ一瞬で仕留めるほうが楽でいいんだが、残念ながら、殺しちまうと報酬《ほうしゅう》が半減しちまうからね」

不遜《ふそん》すぎる物言いに、ガマスを含め野盗たちの顔が引きつった。

「……舐《な》めた口を利《き》いてくれるじゃねぇか、嬢ちゃん。人が下手《したて》に出てりゃ調子に乗りやがって」

ガマスは唐突にラウラリスに手を伸ばした。なにか意図があったわけではない。あえて言葉にするならば「カッとなってやった」というやつだ。

――大概の場合、この後には「後悔している」と続く展開に陥《おちい》る。

伸ばされるガマスの腕を、ラウラリスが無造作に掴んだ、その瞬間。

「――――？」

ガマスは首を傾げた。ラウラリスに掴まれた途端、腕がピクリとも動かなくなったのだ。まるで彫像《ちょうぞう》にでもなったかのように。

ガマスはゆっくりと、異常さに気がつき始めた。さらに力を込めても、押そうが引こうが腕はまるで動かない。

「て、テメェ……いったいなにを……」

ガマスは歯を噛み締め、顔を真っ赤にし、あらん限りの力を込めるが、腕は微動だにしない。

そして――

メギョリッ。

「ぎっ……ぎゃぁぁぁぁぁぁぁぁぁぁぁぁっっっ⁉」

ガマスの口から絶叫《ぜっきょう》が迸《ほとばし》った。

見れば、ラウラリスに握られていた腕の一部が、本来の数分の一の太さになっていた。ラウラリスの握力が、ガマスの腕を骨や筋肉ごと握り潰したのだ。

至近距離で発された悲鳴に、ラウラリスはうるさそうに顔をしかめて手を放した。ガマスは激痛の走る腕を抱《かか》え込み、必死になってラウラリスとの距離をとる。手下たちは頭目《とうもく》の悲鳴を聞いてもなお、未だになにが起こったのか理解できなかった。

「て、テメェら！　やっちまえ！　殺しても構わん！」

そんな手下に、ガマスは怒鳴った。もはや、ガマスの目に美しい少女など映っていない。ラウラリスが、美しい少女の皮を被《かぶ》った化け物にしか見えていなかった。

状況はわからずとも頭目《とうもく》の言うことは絶対だ。野盗の一人はいち早く指示に従い、刃こぼれした剣を鞘《さや》から引き抜くと、ラウラリスに向けて振り上げる。

ところがその剣は、天を向いたところでピタリと止まる。それどころか、剣を持った野盗自身の動きも止まった。

――そして、野盗の脳天から股間にかけて一筋《ひとすじ》の赤い線が生じ、それを境《さかい》に躰《からだ》が左右に分かれた。

「言っとくが……」

長剣を振り下ろした格好のラウラリスが言う。

この時になってようやく、ガマスをはじめ野盗たちは、彼女が剣を抜いていたことに気がついた。

誰も、彼女の剣筋《けんすじ》を見た者はいなかった。

「そこのガマス以外に関しては、人相書《にんそうが》きに特に生死は書かれていない。その意味はわかるな?」

両手で剣を構えたラウラリスの姿は、まるで処刑人のようであった。

「選べ。ここで私に殺されるか、十分の九殺しにされて捕まるか」

——この日、ハンターギルドも手を焼いていた野盗の集団が、一夜にして壊滅《かいめつ》したのである。

第一話　不幸な野盗とババァ

次なる町に到着したラウラリスは、早速《さっそく》ハンターギルドへと赴《おもむ》いた。

ラウラリスは、前の町にいた時同様、ハンターギルドに所属せず、フリーの賞金稼ぎとして働くことを決めていた。ギルドに手配犯を引き渡せば、暮らしには困らない程度の報奨金《ほうしょうきん》を得ることができるのである。

「こ、こちらが……報奨金《ほうしょうきん》に……なり……ます」

戦々恐々《せんせんきょうきょう》といった風のギルドの職員から、貨幣がたんまり詰まった革袋《かわぶくろ》を受け取り、

「おお、ありがとよ」

ラウラリスはホクホク顔になる。顔だけを見れば、絵になるような可愛らしい笑みだ。

十人に問えば十人が可憐《かれん》だと答えるだろう。

ただし、その背後にボロボロでくちゃくちゃになっている、男たち数十名がいなければの話だ。

その男たちは全員、辛《かろ》うじて原形をとどめている程度に顔が変形していた。彼らは一

列になるようにして、各々《おのおの》の腰が縄で繋《つな》がれている。言うまでもなく、ラウラリスが壊《かい》滅《めつ》させた野盗の一味だ。

彼らの頭目《とうもく》であるガマスは手配犯であることから、すでにギルドの職員に引き渡してある。

最初の数人を物言わぬ亡骸《なきがら》にした時点で、野盗たちは降伏した。

本来の彼らなら、その程度の被害は気にも留めない。だが、ラウラリスのあまりの容《よう》赦《しゃ》のなさと発する殺気から、自分たちが相手にしているのが、紛《まご》うかたなき化け物であると悟《さと》ったのだ。

野盗たちは命は保証されたものの、十分の九殺しでも恐れる者もいた。そこで、ラウラリスは付け加えたのだ。

「あんたらが貯め込んでいる金銀財宝の在《あ》り処《か》を吐き、ついでにその運搬を担《にな》えば、半殺し程度で止めてやる」と。

それでも半殺しではあるが、半分生きているだけでも儲《もう》けものだと彼らは思った。結果、ガマスを含めた全員がラウラリスの条件を呑み、両手に木箱《きばこ》を抱《かか》えてお縄についたのである。

容姿端麗《ようしたんれい》で可憐《かれん》な美少女が、金品が満載の木箱《きばこ》を抱《かか》え、縛られた男たちを引き連れる光景は、かなり凄《すさ》まじいものだった。職員だけでなく屈強《くっきょう》なハンターでさえドン引きするほどである。

ラウラリスが革袋《かわぶくろ》を受け取ったことを確認し、ギルドの職員は恐る恐る口を開く。

「それでは……後はこちらで処理いたしますので。お、お疲れさまでした」

かなり腰が引けている職員は、ぎこちなく頭を下げた。

「はいはい、じゃぁね」

それに対して、ラウラリスはスキップしそうなほど軽やかな足取りでギルドを後にした。

まだ日が高く、人の多い通りを歩くラウラリスはご機嫌だ。ついでに、すれ違う男たちの幾人かは彼女の豊かな躰《からだ》を見つめていたが、それはいいとして。

「なかなか貯め込んでいたねぇ、あいつら」

ラウラリスがご機嫌だった理由は、思った以上にあたたまった懐《ふところ》であった。

ガマスに懸《か》けられていた賞金は、結構な額だ。普通に暮らせば一ヶ月は困らないほど。

だが、ラウラリスが得た報酬《ほうしゅう》は、それだけではなかった。

ハンターギルドの規則では、ハンターが手配犯を捕縛した場合、手配犯が所持していた金品は全てギルド預かりとなる。手配犯の被害にあった者たちに返却するためだ。とはいえ、被害者が生存していなかったり被害届が出ていなかったりと、様々な要因で返却が困難な場合もある。そうなると、貨幣であればギルドの財源に、物品はオークションに回されることとなる。

さて、ここで思い出してほしい。

——そう、ラウラリスはハンターではない。

様々な特典《サービス》を得られない代わりに、ラウラリスはギルドが制定する規則に従う義務がない。ここで述《の》べた『手配犯が所持していた金品』に関する決まりに従う必要もないのだ。故に、盗品の中にあった高価そうな宝石を数点、懐《ふところ》に忍《しの》ばせていたのだ。これなら、さほどかさばらずに持ち運ぶことができる。仮に発覚してもお咎《とが》めは一切ない。

売却すると目立つような代物《しろもの》は避けた。お咎《とが》めなしとはいえ、窃盗《せっとう》の疑いをかけられたら面倒だからだ。元女帝である彼女は芸術品の目利《めき》きもできるので、品の良し悪しは判断可能だ。その中で無難なものを失敬した。

ちなみに、ハンターが金品をギルドに提出せず無断で懐《ふところ》におさめると、処罰の対象となる。

大概の者は実入りとリスクを天秤《てんびん》にかけて素直にギルドに金品を提出するが、中には魔が差す者だっている。そして、案外この手の違反は発覚しやすい。

手配犯を捕まえた後に不自然に金回りが良くなったハンターがいれば、ギルドが秘密裏に調査する。そこで着服が発覚するのである。

だが、そんなリスクを持たないラウラリスは、早速《さっそく》臨時収入の使い道を考え始める。

「ま、とりあえず美味《うま》いもんでも食うかね」

まずは腹ごしらえということで、ラウラリスは町の食事処を探すのであった。

ふらふらと歩いていると、ラウラリスはとある定食屋の前を通りかかった。昼食時ということもあり、店内からは食欲をそそられる香りが漂《ただよ》ってくる。

鼻孔《びこう》をくすぐるその香りに、ラウラリスの『胃』が告げた。

――迷うな……行け。

そんなわけで、己の直感（胃）に従って、ラウラリスは通りすがりの定食屋に突入した。

そして、数十分後。

「ふううう……満足満足。いや、美味《うま》かったね」

満足げに腹をさするラウラリスが、椅子の背もたれに体重をかける。彼女がついているテーブル席には、空《から》の皿が積み上がっていた。恐らく五人前は超えているだろう。

昼時だけに、店内は喧噪に包まれている。だが、ラウラリスの周囲だけは異様な空気が漂《ただよ》っていた。誰だって、可憐《かれん》な美少女が五人前の料理をペロリと平らげたらビビる。

「腹八分程度だが、これ以上はやめとくかい」

あれで満腹じゃねぇのかよ！　と周囲の客や近くを通りかかった店員は心の中で叫んだ。

このババァは武力だけではなく、食事の量も規格外であった。

とはいえ、ラウラリスだっていつもこの量を食べているわけではない。こんな食事を毎度のようにしていれば、どれほど手配犯を捕まえていてもすぐに破産してしまう。

普段の彼女は同世代の男性と同じか、少し多い程度で済ませている。今回は数日ぶりの人里であり、手配犯を捕まえたことで予想外の収入があったため、ご褒美《ほうび》のようなものだ。

そのご褒美《ほうび》を堪能《たんのう》した彼女は、改めて今後の予定を考え始めた。

「どうしたものかねぇ」

神に新たな若い躰《からだ》と人生を与えられはしたものの、今のラウラリスには目標がない。当てもなくぶらりと旅に出たはいいが、進むべき道しるべがないと、やはり張り合いがないものだ。

かつて悪徳女帝と呼ばれた頃のラウラリスは、日々悪い輩《やから》を制裁してきた。それはラウラリスの仕事であり使命であったが、彼女自身が好んで行《おこな》っていた節《ふし》もある。

手配犯を捕縛することは、悪党を捕まえて金品を得られ、まさに趣味と実益を兼ねている。しかし、旅の目的とするには少し違う気がする。

なにより、前世ではずっと闘争に明け暮れていたのだ。今世では少し違った生き方をしてみたいとずっと考えている。

だが、その少し違った生き方が、見当もつかないわけで。

「あ、いかんいかん。ループし始めてる」

思考が最初に戻ってしまった時点で、ラウラリスは一旦考えるのをやめた。

今までの経験から、同じことをグルグルと思考し始めたら、気持ちを切り替えない限りいつまでもその考えに囚《とら》われ続ける。それならば、一度区切って別のことを考えたほうが建設的だ。

ラウラリスは、近くを通りかかった店員にテーブルの皿を下げさせ、代わりに茶を注文したのちに呟く。

「幸い路銀はあるし、この町は料理も美味《うま》そうだ。しばらく滞在しても悪くはなさそうだが……」

それもどうかねぇ、と茶をすするラウラリス。

前世では人生の全てを確固たる目標に捧《ささ》げた彼女にとって、何気ない日常が続くというのは味気なかった。

何事もなく平和に過ごせることに対して、不満を抱《いだ》くのは贅沢《ぜいたく》だと承知しているが、前世から引き継いでしまった気質というのはなかなか変えられない。

「……そういやぁ、こいつがあったか」

ふと、ラウラリスは思い出し、懐《ふところ》から一枚の札を取り出した。

その材質は金属であり、表面には幾何学模様《きかがくもよう》が彫《ほ》り込《こ》まれている。中心部には、鮮《あざ》やかな緑色の球体がはめ込まれていた。

「気になって、ついつい持ち出しちまったが……」

これは、ガマス一味が根城に貯め込んでいた財宝の一つだ。

ラウラリスは金に換金しやすく目立ちにくい宝石を懐《ふところ》におさめていたが、財宝の中に埋《う》もれていたこの金属札に、どうにも目を引きつけられてしまった。気がつけばこれも失敬していた次第だ。

「こっちの分野は専門じゃないから断言できないけど、それなりの品には違いなさそうだ」

素人目《しろうとめ》にはちょっとした美術品に見えるこの札の正体に、ラウラリスは心当たりがあった。彼女の推測が正しければまさにちょっとした逸品である。

「あー、でもこれも盗品だろうし……やっぱり今からでもギルドへ返しに行ったほうがいいかね？」

もし仮に持ち主が生きているとすれば、きっとこの札を捜していることだろう。

だが生きていないとすればオークションにかけられ、ギルドの運営費になってしまう。

「なぁんか気になるんだよねぇ」

ラウラリスの中に宿っているのは、世界最強と恐れられた、帝国を統《す》べた女帝の魂《たましい》。

その鮮烈《せんれつ》な人生の経験則が、妙にうずくのだ。

――彼女の勘が証明される機会は、奇《く》しくもすぐに訪れた。

「ん？」

ラウラリスが顔を上げると、ちょうど店の扉が開かれ、数人の男が店に入ってくる。

武装しているから、ハンターだろうか。彼らは店内を少し見回すと、その視線をある一点で留めた。

「やっべ。目が合っちまった」

嫌な予感を覚えたラウラリスは、とりあえず手元の札を胸の谷間に押し込んだ。特別な意図はなく、彼女にとってはそこが大事なものを一番守りやすい場所だからだ。

だが、男たちは近くの店員を邪魔そうに押しのけながら、ラウラリスのもとへ近づいてくる。

「こりゃ、場所を移したほうがいいか」

ラウラリスは席から立ち上がると、壁に立てかけてあった長剣を背負う。そしてテーブルの上に食事代を置くと、店の出入り口に向かった。

当然、店の入り口から歩いてくる男たちとは、正面から向かい合うことになる。

ラウラリスは男たちとすれ違うように扉へと進もうとした。そして当然のように、男たちは彼女の道を塞《ふさ》ごうとする。

――けれども、ラウラリスの躰《からだ》は、するりと男たちの間をすり抜けた。

「――――？」

男たちには、目の前からラウラリスが忽然《こつぜん》と姿を消したように見えただろう。そして近くにいた客たちは、男たちが自ら道を譲ったように見えただろう。

実際には、ラウラリスが男たちの『死角』を見抜き、自然な動作でそこに入り込んだのだ。

男たちが次にラウラリスの居場所に気がついた時、ラウラリスはちょうど店から出ていこうとしていた。彼女が扉を開いた音で、彼らはやっと振り向く。

「やれやれ。面倒なことになりそうだよ」

店の外に出たラウラリスは、小さくため息をついた。

それからしばらくして、ラウラリスは路地裏を歩いていた。やがて彼女は、周囲を建物に囲まれた袋小路に辿《たど》り着《つ》く。壁が正面にまで迫《せま》ったところで、ラウラリスは振り向いた。

彼女の視線の先には、先ほど店内にいた男たちがいる。

「私の勘違いで終わってくれりゃぁよかったんだが、さすがに、そりゃ望みすぎか」

ラウラリスは口ではそう言うが、男たちの狙いが自分か、あるいは自分が持っているなにかだということに疑いの余地はない。

ここまで来る間、男たちはずっと近すぎず遠すぎない距離を保ち、ラウラリスの後を追っていた。

店内ですれ違った際のラウラリスの動きに、警戒心を抱《いだ》いたからだろう。小娘相手なら脅《おど》し一つで言うことを聞かせられるが、その手が通じるような相手ではないと察したのだ。

だからこうして、派手に動いても騒ぎにならない場所にラウラリスが来るのを待ってから、彼女の前に姿を現したのだ。単なる無頼《ぶらい》の輩《やから》ではなさそうだった。

「で、私になんの用だい？」

ラウラリスが肩を竦《すく》めながら尋ねると、一人の男が口を開いた。

「……お前が、ガマスを捕まえたというハンターか？」

「ガマスを捕まえたって点に限ればそうだよ」

ラウラリスは嘘を言わずに答えると、男は仲間に目配せをしてさらに続けた。

「ならば、お前がガマスから奪ったものを返してもらいたい。アレは、本来は我々の所有物だ」

「奪ったものってのは、こいつのことかい？」

ラウラリスが胸の谷間から金属札を取り出すと、男たちの顔が少し強張《こわば》った。

「それをこちらに渡してもらおう。ハンターが手配犯を捕縛した場合、手配犯の保有していた財産は、本来の持ち主へと返却する決まりになっているはずだ」

「……ああ、その通りだ。いや、悪かったよ。珍しい品だったんで、つい手癖《てくせ》がね。直そうとは思ってるんだが、どうにも」

ラウラリスはあえて、その金属札について指摘しなかった。素直に金属札を渡してもらえると思ったのか、男たちは若干だが肩の力を抜く。

「別に構わない。それを返してもらえれば、こちらとしても事を荒立てるつもりはない」

「お、そうなのかい。そりゃ助かる」

にっひっひ、とラウラリスは笑みを浮かべた。だが、彼らの目の前にいるのは一筋縄どころか百筋縄でもどうにもならない女傑《じょけつ》である。男たちが思うように、そう簡単に話がうまく進むはずがなかった。

「じゃ、一旦ハンターギルドに行くかね」

「……なにを言っている？」

ラウラリスの言葉に、男が眉をひそめる。彼女は飄々《ひょうひょう》と答えた。

「なにって……金属札《こいつ》をギルドに返しに行くのさ。当然じゃないか」

「それは我らの所有物だと言っているだろう」

「別にあんたらを疑っているわけじゃあないんだよ。ただ私は、ギルドの規則に従ってるだけさ」

ハンターギルドの規則では、手配犯が所持していた品はギルドに返却することになっている。盗品を直接持ち主に返すことは、実は規約違反なのだ。何故なら、持ち主と偽《いつわ》って不当に盗品を得ようとする者が必ず出てくるからだ。それを阻止《そし》するために、一度ギルドを介する必要がある。

「……ここでそいつを返してくれるのならば、相応の礼はさせてもらう」

男はそう言うが、ラウラリスは首を横に振った。

「盗品をネコババしてんだ。少しでも筋《すじ》を通してギルドからの心証を良くしておきたいんだよ」

「すぐにでも、それが必要なんだ」

「ったく、どうしてもギルドに行くのが嫌らしいね」

それとも、とラウラリスは目を細める。

「ギルドに行けない理由でもあるのかい？　……実はこいつは、本当はあんたらのものじゃない。あるいは、ギルドに届けを出していない……とか？」

「――っ」

男の眉がピクリと動いた。どうやら図星らしい。言葉に出さなくとも、その反応だけでラウラリスを確信させるには十分すぎた。男は説得を諦《あきら》めたように、ラウラリスに対して凄《すご》む。

「……お前の規則違反を、ギルドに報告しても構わないんだぞ？」

「ああ、その心配は無用だよ」

にやりと、ラウラリスはいたずらに成功した子どものように笑った。

「だって私、ハンターじゃないからね」

「…………………は？」

ラウラリスは、ハンターでもなんでもない。その事実を認識するのに、男たちは時間を要した。

「はっはっは！　予想通りの反応を、どうもありがとよ！」

笑い声を発するラウラリスを見て、ようやく男たちは気がついた。

――自分たちは、カマをかけられたのだと。

ラウラリスが己を『ハンター』と認めた台詞《せりふ》は、一つとしてない。嘘は言っていないだろうが、事実も言っていなかったのだと。

「もし、あんたらがちゃんとギルドの人間に話を通していたら、こうはならなかっただろうね」

仮に男たちがギルドへと正式に盗品の届けを出し、ガマスが引き渡された後に話をしていれば、捕縛者であるラウラリスがハンターでないことは伝わっていたはずだ。

つまり、最初から男たちが不当に金属札を狙っていたということは間違いない。

その予想を確信に変えるために、ラウラリスはわざわざ話に付き合っていたのである。

「残念だけど、あんたらみたいな怪しい奴に、ハイそうですかって品を渡すほど、私もお人好しじゃないんでね。きっちりと通すところに筋《すじ》を通してから出直してきな」

ラウラリスは再び、金属札をしまった。

男はハメられたことへの苛立《いらだ》ちで舌打ちするが、それでも冷静さを保ったまま、腰に携《たずさ》えている剣に手を掛けた。他の男たちもそれにならい、武器を手に取り始める。

「できることなら……穏便《おんびん》に済ませたかったのだがな」

幸い、ここは表通《おもてどお》りから離れた路地裏だ。多少の荒事が起こったところで、人目につきにくい。

「ちょいと思い違いをしてやしないかい？」

男たちが武器を抜いたのを見計らって、ラウラリスは長剣の柄《つか》に手を添える。

「騒ぎにしたくないのは、なにもあんたたちに限った話じゃぁないんだよ」

ラウラリスの表情は天敵を前に怯《おび》える小動物ではなく、逆に獲物《えもの》を狙う肉食獣のようだ。

「堅気《かたぎ》の人間を巻き込むのは気が引けるからね。ここでなら、多少は暴れられるってもんだ」

ラウラリスがこの場所に来たのは、男たちから逃《に》げるためではない。男たちを人目につかないところまで誘い込みたかったから。

「関わっちまった以上は、見過ごせない性質《タチ》でね。洗いざらい吐いてもらうよ」

ラウラリスから発せられる殺気に、男たちはようやく自分たちの過《あやま》ちに気がついた。

自分たちは獲物《ラウラリス》を狙う狩人《かりうど》だと思っていたが、本当は自分たちこそがラウラリスに狙われる側であったのだと。

ラウラリスから力尽くで金属札を奪うか、あるいは撤退するか。男たちは判断に惑《まど》う。

その気の迷いが仇《あだ》となった。

——いや、『彼女』の目の前に現れた時点で手遅れだった。

「逃《に》がしゃしないさ」

ラウラリスは長剣を抜くと、一瞬で男たちに肉薄した。彼らがラウラリスの接近に気がついた時には、すでに彼女は剣を振るっていた。

——その後一分足らずで、その場に立っているのはラウラリスだけとなっていた。

「もうちょいと鍛《きた》え直《なお》さないとね、私も。昔はこの程度、一振りで終えられたってのに」

背中の鞘《さや》に長剣をおさめながら、ラウラリスは不満げにボヤく。

彼女の言っていることは決して誇張ではなく、紛《まぎ》れもない事実。全盛期の彼女であれば、剣の一振りだけで相手の身も心も根刮《ねこそ》ぎ屈服させることが可能であった。

地に伏《ふ》している男たちの、命に別状はない。剣で斬られてはいるが、どれもが浅い傷だ。

だが、転がっている彼らの剣は半《なか》ばで折れており、彼ら自身も意識を失っている。

新しい躰《からだ》を手に入れて、数ヶ月が経った。だが、相手を殺さない程度に無力化することはできても、相手の意識を保ったまま、生かさず殺さずの絶妙な塩梅《あんばい》で加減するのはまだ難しい。

「ま、やっちまったもんは仕方がないか」

己の未熟さは一旦棚に上げる。今のラウラリスにとってなによりも重要なのは、謎の金属札だ。

「どうやら、思っていた以上に面倒な代物《しろもの》らしいね」

彼女は肩を落とす。結果的に、面倒事を自ら引き当ててしまった。

今回の人生は自由に生きたい。だから、なるべくしがらみを持たないためにギルドにも所属せず、フリーの賞金稼ぎとなった。

それなのに、しがらみはゴメンだと言いつつも、自分で引き寄せていれば世話はない。

かといって、ここで全てを無視して、再びぶらりと旅を続ける気にもなれなかった。

謎の金属札と怪しげな襲撃者。ここに来てラウラリスは、より強いキナくささを感じ始めていた。

「……こいつらがなにかを持ってりゃいいんだが」

長剣を振るいはしたが、男たちを気絶させたのは蹴《け》りや肘鉄《ひじてつ》による当て身。

とはいえ打ち込んだ感触からして、並みの人間なら半日は意識を取り戻さないだろう。

とても話を聞けるような状態ではない。

だが、なにも必要なのは男たちの話だけではない。男たちの身元に繋《つな》がるようななにかか、金属札に関わるなにかしら、あるいはそのどちらもが見つかれば、大きな手掛かりとなる。

ラウラリスは、男たちの懐《ふところ》をごそごそと探り始めた。

「おぉ、結構持ってるじゃないのさ。今日は実入りが良いねぇ、うひひひひ」

男たちの財布から中身を奪い取るババァ。これは、本人的には襲われたことに対する迷惑料だ。命を奪わなかっただけでもありがたいと思っていただきたい。

……このババァ、悪党の金は自分の金と思っている節《ふし》がある。

それはさすがに言いすぎだが、少なくとも自分で仕留めた悪党に関しては根刮《ねこそ》ぎ奪い取ることに一切の躊躇《ためら》いを持っていないのは、確実である。

それはともかく、下衆《げす》な笑みを引っ込めたラウラリスは、真面目に男たちの懐《ふところ》を検《あらた》めていく。

「お、こいつは……」

男の懐《ふところ》から出てきたのは、模様《もよう》こそ大分《だいぶ》違うが、彼女の持つものとよく似た金属札であった。

「ああ、こいつはシンプルだ。さすがに私でもわかる」

金属札をひらひらと手で弄《もてあそ》びながら、男に気の毒げな視線を向ける。

「なんか悪いことしちまったね。札を切る前に片をつけちまったみたいだ」

ラウラリスが抜き取った金属札は、男にとっては文字通りの『切り札』だったのだろう。

他の男たちも持っていないか探ってみるが、出てきたのはこの一枚のみであった。

「つか、懐《ふところ》に大事にしまってちゃ意味ねぇってのに。札の切り方をわかってない素人《しろうと》ってことか……」

あるいは単なる『お守り』として持っていたのか。

「とりあえず、こいつもいただいておこう」

やっていることは完全に強盗であるが、ラウラリスは気にしない。

それからラウラリスは男の胸元を眺め、そこに提《さ》げられているペンダントに目を留めた。見れば、他の男たちも同じペンダントをしている。

路地裏は周囲の建物で日光が遮《さえぎ》られ、視界が悪い。ラウラリスは詳しく見ようとペンダントの鎖《くさり》を引きちぎり、手元に寄せる。

すると、彼女は嫌なものを偶然見つけてしまったように、表情を曇《くも》らせた。

「獅子《しし》の頭に鷲《わし》の躰《からだ》。でもって蛇《へび》の尻尾《しっぽ》……か。思わせぶりな組み合わせだねぇ、こいつは」

ペンダントに施《ほどこ》されたデザインは、彼女の記憶に色濃く残っているものに酷似《こくじ》していた。

他の男たちのペンダントも、やはり同じデザインだ。

「もう嫌な予感しかしないよ、私は。これ絶対、超絶に面倒なことになってるパターンだ」

ラウラリスはがっくしと肩を落とし、頭《こうべ》を垂れた。できることなら、一刻も早くこの町を出て、今見たことを全て忘れてしまいたい。なにも知らないまま、気楽な旅を続けていたい。

だが、ラウラリスは見過ごせない。

すぐにこの場を去るつもりだったが、どうにかして男たちから話を聞く必要が出てきた。

次にラウラリスが顔を上げた時、気のいい老婆を宿した少女の顔は、そこになかった。

「……骨の一本でもへし折りゃ、嫌でも目を覚ますだろう」

相手が悪党であろうとも、ラウラリスは必要以上に痛めつけることを良しとしない。けれども必要があるのならば、どれほど残虐《ざんぎゃく》な行為も躊躇《ためら》わない。

己の『善』のために、悪を選んだ女帝がそこにいた。

だが、ここで男たちに幸運が訪れる。

こちらに近づく人の気配を感じ取り、ラウラリスは忌々《いまいま》しげに舌打ちをした。

「……ちっ、時間切れか」

表通《おもてどお》りから離れているだけあり、この付近に人気《ひとけ》はほとんどない。けれども、全くないわけでもない。まだ太陽も高い位置にある頃であり、誰かが通りかかってもおかしくない。

今ここで男の腕を折れば、その激痛で絶叫《ぜっきょう》が響くのは、火を見るより明らか。たとえ口を塞《ふさ》いだとしても、男が暴れる物音を抑えるには限度がある。不審に思った人が、興味を持ってこちらに来る可能性もある。

その現場を第三者が目撃すれば、なんと思うだろうか。

いくらラウラリスが正当防衛を主張したところで、それを素直に信じてもらえるかは不明だ。

警備隊か自警団か、ともかくこの町の治安維持の組織が出張ってくれれば、いよいよ騒ぎが大きくなる。仮にラウラリスへお咎《とが》めがなくとも、治安組織に目をつけられる。そうなれば、この件に関して動くことが難しくなるだろう。

人の気配を感じてから数秒の間に、ラウラリスは決断した。

「よし、逃《に》げよう」

最低限の情報は得られた。これ以上を望むのは贅沢《ぜいたく》というもの。

「命拾いしたな、お前ら」

女帝時代のラウラリスは、帝国軍の総司令官でもあった。当然、表沙汰《おもてざた》にできない暗部も知り尽くしている。その中には、人間から情報を絞《しぼ》り尽《つ》くす手段も含まれている。

そのため、どのような方法で男たちに情報を吐かせようか、考えていたのだが。

血も涙もない悪逆非道《あくぎゃくひどう》な女帝の威圧に晒《さら》された男たちは、意識を失いながらも顔を蒼白《そうはく》にし、苦しげに呻《うめ》いた。恐らくは、生かさず殺さずの地獄に叩き落とされた悪夢を見ていることだろう。

ラウラリスは、現場に己の痕跡《こんせき》が残っていないか素早く確認すると、その場を去った。

——そのほんの十数秒後、人目を忍《しの》んでいちゃこらしようと路地裏に入り込んだ一組のカップルが、倒れた男たちを発見したのだった。

第二話　獣《けもの》の紋章とババァ

男たちの襲撃があった後、ラウラリスは尾行を気にしながら、比較的質の良い宿に泊まった。

安宿の店員は、職務に対しての意識が低い。平気で泊まっている客の情報を売る。

逆に高い宿の店員は、よほどの相手でない限りは客の情報を外部に漏らそうとはしない。そんなことをすれば宿の評判が下がって客足が遠のき、給料に影響が出るからだ。

ラウラリスが目をつけた宿に身を隠した時点で、彼女への尾行はなかった。

それから二日ほどラウラリスは宿から一歩も出なかったが、誰かが彼女の宿泊している部屋に押し入ってくるようなこともなかった。

この二点から、金属札を狙っていた輩《やから》の仲間は、ラウラリスの所在を掴めていないことがわかる。あるいは、宿の店員から情報を引き出せるほど、立場のある輩《やから》ではなかったということだろう。

「私の所在を掴みながら、慎重に行動してるって話かもしれないが……」

経験からすると、ああいう者は目の前に餌《えさ》があれば必ず食いつくタイプだ。でなければ、ガマスを引き渡した日の内に仕掛けてなどこない。

「ま、これ以上は考えても仕方がないね」

考えてもキリがないことは、問題が起こってから対処するのがラウラリスのやり方だ。

そして、ラウラリスは今、とある店の前に立っていた。

行動を起こした彼女が訪れたのは、町の骨董品屋《こっとうひんや》だ。

「邪魔するよ」

店内に一歩足を踏み入れると、埃《ほこり》っぽいにおいが鼻孔《びこう》を刺激した。陳列棚には壺《つぼ》やら絵画《かいが》やらが並べられており、店の奥にあるカウンターには壮年の店主が座っている。

「……いらっしゃい」

新たな客が年若い娘だと見て、店主は興味を失ったように視線を逸《そ》らし、片肘《かたひじ》をつく。

この手の店を利用するのは一部の好事家《こうずか》くらいで、とてもではないがラウラリスのような少女が来る場所ではない。単なる冷やかしとでも思ったのだろう。

ラウラリスに対して、誰もが似たような反応をする。彼女が今持っている長剣を購入した店だってそうだった。もう慣れたものだ。

こういう場合は、さっさと本題に入るに限る。ラウラリスはカウンターの前まで歩くと、その上に二枚の金属札と貨幣が詰まった革袋《かわぶくろ》を置いた。店主はそれを見て、目を丸くする。

「この二枚の金属札を鑑定しておくれ。こっちの袋は鑑定料と口止め料だ」

ラウラリスは淡々と用件を告げた。目をパチクリさせた骨董品屋《こっとうひんや》の店主だったが、はっ
と我に返ると恐る恐る革袋《かわぶくろ》を手に取り、中身を確認する。そして、改めて大きく目を開
いた。相場よりもかなり多い額が、袋の中におさまっていたからだ。

「言っただろう、口止め料も入ってるって。私がこいつの鑑定を依頼したということは、
秘密にしてほしい」

「……わかった。約束しよう」

店主は咳払《せきばら》いをし、居住まいを正すと、拡大鏡《ルーペ》を取り出して金属札の検分を始めた。

「ほう……こいつはなかなか面白い品だな。どこで手に入れたんだ？」

「野盗の親玉と犯罪組織の下っ端《したっぱ》からぶん取ってきた」

「はっはっは、そりゃ凄《すご》いな」

ラウラリスの説明を冗談だと思ったのか、店主は軽快に笑った。

それから彼は最初の気怠《けだる》げな様子からは想像もできないほど、真剣に金属札を観察し
ていく。持ち込まれた品と依頼の額から、単なる冷やかしではないとわかったからだろう。

二枚の金属札を見つめつつ、店主は口を開いた。

「時に、お嬢さん。なんでこの店を選んだんだ？」

美術品を扱っている店は、町に何軒かある。そしてそれらの中で最も小さく、古ぼけているのがこの店だ。どうせ持ち込むのならば、もっと大きな店を選ぶのが妥当《だとう》だと思ったらしい。不思議そうな店主に、ラウラリスは平然と答えた。

「だって、あんたが扱ってる品ってのはこの系統だろ」

「……わかるのかい？」

驚いている店主を尻目に、ラウラリスは一度、店内を見回す。

「私はこういうものの専門家じゃないが、無学ってわけでもないんでね。そこそこ目利《めき》きはできるんだよ」

ラウラリスがそう言うと、店主が感心したように頷《うなず》いた。

「その歳にしちゃ、大したもんだ」

「なに、単なる積み重ねだよ」

自嘲《じちょう》をほんの僅《わず》かばかり含ませ、笑みを浮かべるラウラリス。魂《たましい》の実年齢を考慮すると、ラウラリスは目の前の男性よりもかなり年上なのだ。自慢できることではない。

それからしばらくして、男は胸に溜めていた息を大きく吐き出し、金属札をカウンターに置いた。

ラウラリスはカウンターに両手をつき、真剣な眼差《まなざ》しを向ける。

「で、わかったのかい？」

「お嬢ちゃんだって、おおよその察しはついてんだろ？」

「言っただろ、目利《めき》きができるって言ってもそこそこだ。本職からのマジな意見が欲しいんだよ」

肩を竦《すく》める店主に、ラウラリスは強い意志を込めてはっきり告げる。

店主はもう一度息を大きく吐き出してから告げた。

「こいつは呪具《じゅぐ》だな。札の真ん中にある宝石に込められた呪文を、周囲の紋様《もんよう》で制御《せいぎょ》する類《たぐ》いの代物《しろもの》だ」

「やっぱりね」

今世においては初めて聞いた言葉だが、ラウラリスにとっては馴染みのあるものであった。

呪文という存在を、一言《ひとこと》で説明するのは難しい。それでもあえて言い表すならば、『超常現象を人間が操《あやつ》る術』だろうか。そして呪具《じゅぐ》は、その呪文を発動させるための触媒《しょくばい》だ。

ラウラリスがこの骨董品屋《こっとうひんや》を選んだ理由は単純明快《たんじゅんめいかい》。

呪具《じゅぐ》を扱っている店が、この町ではここしかなかったからだ。

店内の棚に陳列されているのは、一見すれば単なる古びた骨董品《こっとうひん》。だが、実はそのうちの何点か、ラウラリスが持ち込んだ金属札のような呪具《じゅぐ》が含まれているのだ。

「こっちのやつは『火の呪文』が込められてる」

店主はラウラリスが襲撃者から奪った金属札を手に取って言う。

店主が中心の宝石を凝視《ぎょうし》すると、彼の持っているほうと反対側の端に、小さい炎《ほのお》が灯《とも》った。

「素人《しろうと》じゃあ、このくらいだな。慣れた奴が使えば、人間を丸ごと焼ける程度の大きさの炎《ほのお》が出せる」

店主の見立ては、ラウラリスが予想していたのと違《たが》わないものであった。ラウラリスは数回頷《うなず》く。そちらはいい。本命はもう一枚のほうだ。

「で、もう片方は?」

「わからん」

「………………おい」

あまりにも簡潔な返答を聞いて、ラウラリスの目が据《す》わる。

ラウラリスから滲《にじ》み出《で》た静かな怒気に、店主は慌《あわ》てたように言った。

「す、すまんかった！　だが本当にわからんのだ！　同じ呪法者が作ったものだということはわかるが、こっちの札に込められている呪文は、初めて目にするもんだ！」

「それが知りたくて金払ってんだろうが！」

掴みかからんばかりのラウラリスに、店主は悲鳴を上げる。

それから少しして両者が落ち着いた頃、店主は咳払《せきばら》いを一つしてから、改めて口を開いた。

「この札を作った奴は、かなり腕のある奴だ。それは間違いないだろう」

「具体的な効果は？」

「だからわからんと言ってるだろう。ただ……」

「ただ？」

神妙《しんみょう》な顔つきになる店主に、ラウラリスは先を促《うなが》す。

「込められた呪文はわからんが、火の呪文が込められたほうとは比べものにならないほど、精巧《せいこう》にできとる。効果はわからなくとも、出すとこに出せば相当な額で取引されるだろう」

「値段がわかってもねぇ……」

ここまで来て肩透《かたす》かしを食わされるとは。今度はラウラリスがため息をついた。

まあ、わからないものは仕方がないと、ラウラリスは自らの懐《ふところ》を探る。

「ああ、ついでだ。こいつに見覚えはないか？」

せめてなにかしらの成果をと、ラウラリスは襲撃者の首元から引きちぎったペンダントをテーブルの上に投げ置いた。ラウラリスは完全に投げやりな態度であったが、事は彼女の予想の斜め上を行く。

「……あんた、こいつをどこで手に入れた？」

店主は、先ほどと似たようなことをラウラリスに問う。けれども、言葉に含まれた重みは随分と増していた。

彼は、重々しくラウラリスに告げる。

「獅子《しし》の頭に鷲《わし》の躰《からだ》、蛇《へび》の尻尾《しっぽ》。こりゃ三百年前に滅《ほろ》んだ『帝国の紋章』だ」

ラウラリスがその紋章に見覚えがあるのは、当然といえよう。

なにせ店主が口にした『滅《ほろ》んだ帝国』とは、ラウラリスが前世で統治していた『エルダヌス帝国』に他ならないからだ。

かの帝国が現代において、悪の象徴として語られていることを、ラウラリスは知っている。最後の統治者であるラウラリス当人が、そうなるように仕向けたのだから。

現在までの長きにわたる平和は、二度と帝国のような『悪』が生まれぬよう、世界の各国が努力し協定を結んでいるからである。

　そして、この獣《けもの》の紋章は帝国の紋章。つまり、現代においては『悪』を象徴するものなのだ。

　険《けわ》しい顔をする店主に、ラウラリスは冷静に答える。

「滅《ほろ》んだ帝国の紋章だってのは、私だって知ってるよ。問題は、こいつを呪具《じゅぐ》の持ち主が首からぶら下げてて、そいつと一緒にいた他の奴らも同じもんを持ってたってことだ」

「……単におしゃれで持ってたってわけじゃなさそうだな。ってなると……嬢ちゃん、面倒な奴らと関わっちまったな」

「ああ、やっぱりか」

　眉間《みけん》のしわを深くした店主に、ラウラリスは平然と返した。

　予想はしていたが、やはり名のある集団らしい。それも性質《タチ》の悪い系の。

「……で、その馬鹿どもは何者なんだい？」

　ラウラリスが聞くと、店主は低い声で言った。

「『亡国《ぼうこく》を憂《うれ》える者《もの》』。文字通り、帝国の滅亡《めつぼう》を三百年経った今でも憂《うれ》い悲しんでいる集団のことだ。そいつらがシンボルとして掲《かか》げてるのが、この紋章だ」

　名前の響きだけで、もう聞くのが嫌になってきた。だが、聞かないわけにもいくまい。

ラウラリスは己の恥部を晒《さら》されたような心境になりつつも、店主に先を尋ねた。

「……具体的にはどんな集まりなんだい？」

「俺も詳しく知ってるわけじゃあないぞ」と前置きをしてから、店主が語り出す。

「帝国最後の皇帝を神のごとく崇拝《すうはい》し、帝国の復活を目論《もくろ》んで、後ろ暗いことをやらかしてるって話だ」

「マジかぁ…………………」

思わずラウラリスは嘆《なげ》くように天を仰《あお》いだ。視線の先には、かびの生《は》えた天井しかなかったが。

「その手の馬鹿が出てこないように、なるべく手は打ってたはずなんだけどねぇ」

ラウラリスが思わずポツリと漏らすと、店主が怪訝《けげん》そうな顔をする。

「なんだって？」

「……こっちの話だ。気にしないどくれ」

顔を引きつらせるにとどめたラウラリスだったが、内心では頭を抱《かか》えて絶叫《ぜっきょう》したいほどであった。

——帝国の末期。

ラウラリスは己が死に帝国の名が消滅した後でも、残された国民たちが過剰《かじょう》に罰《ばつ》を受けぬように様々な策を講じていた。

その中で困難を極めたものの一つが、頑《かたく》なに帝国の覇権を取り戻そうと目論《もくろ》む、国や軍の上層部の排除であった。

帝国の最上層部の多くは、ラウラリスの腹心である『四天魔将《してんましょう》』や、ラウラリス個人に心からの忠誠を誓った者で固められていた。ラウラリス亡き後を託《たく》せる者たちだ。

しかし、ラウラリスの計画を知らない者たちは、帝国の滅亡《めつぼう》を目前にしても、決して諦《あきら》めようとしなかった。国家消滅の危機を前にすれば当然ではあろう。

彼らの存在は、ラウラリスが死んだ後の世に必ず影を落とす。あるいは、女帝が死んだ後も戦争を継続しようとする可能性がある。ラウラリスはそう考えていた。

故に、ラウラリスはあらゆる手を使い、そういった過激派を排除していった。

合法的に裁くこともあれば、秘密裏に暗殺を命じたこともある。

あるいは戦場の最前線で戦わせ、討《う》ち死《じ》にさせたこともある。

もしかしたら、中にはラウラリスに忠誠を誓っていた者もいたかもしれない。

だが、未来に訪れる平和に影を落とす可能性の芽を摘《つ》むために、彼女は容赦《ようしゃ》なく彼らを葬《ほうむ》ったのだ。

その結果、ラウラリスが勇者に討《う》たれた時に、戦争継続を望む声は上がらなかった。

帝国の復活を望む者も、また現れなかった。

だからこそ、今の世の平和があるわけなのだが――

（……討《う》ち漏《も》らしがあったたってわけかい）

過去の亡霊《ぼうれい》がラウラリスの前に姿を現した、ということだ。

「大丈夫か？　ちょっと顔色が悪いが」

店主の声を聞いて、思考の海に沈んでいたラウラリスの意識が浮上する。

心配そうな彼に、ラウラリスは苦笑気味に言った。

「……いや、あんたの言う通り、面倒な連中に目をつけられたなと思ってね」

そんな彼女を見て、店主は眉をひそめた。

「なぁ嬢ちゃん。もしかしてこの正体不明の呪具《じゅぐ》……出所は『亡国を憂える者』なのか？」

「厳密には違うが……ま、そんなところだよ」

今まで得た情報から推測するに、ラウラリスを襲った者たちこそが『亡国を憂える者』。

元々は彼らが呪具《じゅぐ》の所有者であり、ガマスたちは仕事で、たまたま呪具《じゅぐ》の所有者を襲ったのだろう。それが巡《めぐ》ってラウラリスの手元に来たわけだ。

店主は、案じるようにラウラリスを見た。

「大丈夫か？　『亡国を憂える者』は、目的のためなら女子《おんなこ》どもでも容赦《ようしゃ》しないらしいぞ」

「なぁに、来るなら返《かえ》り討《う》ちにするまでさ」

ラウラリスは己が背負う長剣を親指で示す。

可憐《かれん》な美少女から滲《にじ》む凄《すご》みを少しでも感じたのか、店主はゴクリと唾《つば》を呑み込んだ。

「それより、あんたこそ大丈夫なのかい？」

ラウラリスの問いかけに、店主は首を傾げる。

「なにがだ？」

「こんな厄介事《やっかいごと》の種を店に持ち込んだってのに、案外落ち着いてるからね」

すると、店主は肩を竦《すく》めた。

「呪具《じゅぐ》ってのは、良くも悪くも曰《いわ》くつきが多いからな。それなりの対処法は身につけてるさ。おっと、あんたの情報は漏らさないから安心してくれ。口止め料はきっちりもらってるからな」

曰《いわ》くつきのものを取り扱っているからこそ、筋《すじ》はきっちりと通すということなのだろう。

それにしても予想を遥《はる》かに超えて面倒な事態が絡んでいた事実に、ラウラリスは頭が痛くなりそうである。

「『亡国を憂える者』ねぇ……こっちが嘆《なげ》きたいわ」

もしかしたら、当人たちは滅《ほろ》んだ帝国を本気で憂《うれ》えているのかもしれないが、元女帝からしてみればたまったものではない。

なにせ、人生の大半を帝国滅亡《めつぼう》のために費《つい》やしたのだ。

波風立たぬようにいろいろと手を回したのに、完全に余計なマネである。

とはいえ、ラウラリスの死からすでに三百年の月日が流れている。時の移ろいとともに、世界も人も移ろう。なにかしらの問題が噴《ふ》き出《だ》すには、十分すぎる時間だろう。

この三百年間になにが起ころうが、ラウラリスには防ぎようがない。ラウラリスは死んでいたのだから。むしろ、三百年後にこうして問題を目《ま》の当たりにできたことが奇跡なのだ。

ならば、この奇跡を活《い》かすしかない。

「この正体不明の呪具《じゅぐ》を調べられる奴、この町にいるかい？」

ラウラリスが聞くと、店主は首を横に振った。

この店だって、ラウラリスがこの町で最も呪具《じゅぐ》に詳しいと思ったからこそ選んだ。そんな彼でもわからなかったのだから、その返答も当然だろう。

仕方がないと、ラウラリスは小さく笑う。

「……大方の聞きたいことは聞けたよ。ありがとよ」

「力になれたかどうかは、正直自信ないがな」

最高の結果とは言えないが、新しい事実もいくつか判明した。頭の痛い事実ではあるが、収穫には違いない。

ラウラリスは二枚の呪具《じゅぐ》をしまい、店主に別れを告げる。

「じゃ、私はこれで失礼するさ」

「またのご贔屓《ひいき》を」

ラウラリスが店主に背を向けたその時、店の扉が開かれた。

入ってきたのは、黒いロングコートに身を包んだ一人の青年。

年の頃は二十の半《なか》ばかそれ以上だろう。背丈《せたけ》はラウラリスよりも頭一つ分は高い。

もっとも、少女の躰《からだ》であるラウラリスはまだまだ成長過程にあり、最終的にはもう少し伸びる予定だ。当然、身長と同じく躰《からだ》のいろいろな部位に成長の余地があるところが末恐ろしい。

「お、いらっしゃい」

「…………」

店主が声をかけるが、青年は無言。

彼はラウラリスをチラリと一瞥《いちべつ》してから、店の中を歩く。ラウラリスへの興味はすぐ失《う》せたのか、彼女が側《そば》をすれ違っても見向きもしない。

そんな青年の横顔をチラ見したラウラリスは、内心で笑っていた。

(ほう、こいつはなかなかの上物だね……いろいろな意味で)

青年がイケメンだということもあるが、ラウラリスの興味は彼の躰《からだ》に注《そそ》がれていた。

一見すれば優男《やさおとこ》とも呼べる風貌《ふうぼう》であったが、コートの内側に隠されているのは無駄な贅肉《ぜいにく》を一切そぎ落とし、機能美とも呼べるほどに鍛《きた》え抜《ぬ》かれた肉体だと、ラウラリスは看破《かんぱ》していた。

(この歳でここまで研《と》ぎ澄《す》まされた奴は、女帝時代でもそうはいなかったね……っと、いかんいかん。ついつい癖《くせ》で)

どれほど強大な力を有していようとも、一人で国を治めることはできない。優秀な配下は当然必要になってくる。そのため、女帝ラウラリスは実力ある者を見出だし、積極的に取り込んでいた。

その頃からの習慣で、隠れた実力者を見ると興味を抱《いだ》いてしまう。

今の彼女は一介の——と呼ぶには規格外だが——旅人だ。ハンターですらない流離人《さすらいびと》。

彼に興味を抱《いだ》いたところで、どうする意味もない。

(まぁ、イケメンを見られたのは眼福《がんぷく》ってことで、今日の情報が足りなかった分の埋《う》め

合《あ》わせにするか）

厄介事《やっかいごと》で頭が痛くなったところに鎮静剤《ちんせいざい》が来たような心境で、ラウラリスは店を後にしたのだった。

第三話　忍《しの》び込むババァ

ラウラリスが呪具《じゅぐ》の鑑定に行ってから、数日が経った。

過去の自分の努力を無にするような集団を、見過ごすわけにはいかない。

『亡国を憂える者』は、どうして呪具《じゅぐ》を求めているのか。

そもそも、なにを目的として行動しているのか。

ラウラリスには、知りたいことがまだまだ残されていた。

骨董品屋《こっとうひんや》の店主は、彼らの目的が帝国の復活であると口にしていたが、あくまでも噂《うわさ》に過ぎない。

叶うなら、それは単なるホラで真意は別にあってほしいと願ってしまう。

なんにせよ、手掛かりが少なすぎる。そこでまず、ラウラリスは己が持つ手掛かりの中で、所在が明らかになっているものから手をつけることにした。

すなわち、正体不明の呪具《じゅぐ》を持っていた人物――ガマスだ。

「……というわけで、おじゃましまーす」

日もすっかり落ちた夜半、ラウラリスはハンターギルドの側《そば》に併設されている留置場に忍《しの》び込んでいた。

忍び込んで、という点でわかる通り、もちろん不法侵入だ。

ギルドの留置場は、手配犯を一時的に捕まえておく場所だ。軽微な犯罪で手配書が回った者は、ギルドの留置場に一定期間拘束《こうそく》されれば解放されることもある。

だが重い罪を犯した者は、後日もっと大規模な牢獄《ろうごく》に移送されることになる。

ガマスがどのように裁かれるかはラウラリスの知ったことではないが、まだ彼を捕縛してからそう日は経っていないため、留置場にいることは間違いないだろう。

ハンターであろうがなかろうが、正式な手続きさえ踏めば、留置場に拘束《こうそく》されている手配犯と面会することは可能だ。だがそうなると、ギルドの職員が必ず同行するという決まりがある。面会者が手配犯の逃亡を補助する可能性があるからだ。

自分以外の第三者がいるのは、なにかと都合が悪い。だからこうしてラウラリスは人目を忍《しの》び、留置場にやってきたのだった。

門に守衛《しゅえい》はいるが、夜通しの番ということで士気は高くない。拾った小石を離れた場所に投げ、少し物音を立てて気を逸《そ》らす。その隙にするりと留置場の中へと入り込んだ。

隠密行動《おんみつこうどう》の邪魔になるので、馴染みの長剣は宿に置いてきた。ついでに服装もいつもより身軽なものに着替えており、髪形も変えて口元も布で覆《おお》った。

一見しただけではラウラリスと判別できない……こともないかもしれない。

いくら服装を変え顔を隠していたとしても、僅《わず》かに覗《のぞ》く部分から漏れ出す美貌《びぼう》は隠しきれない。

それでも初対面の相手ならごまかすことは可能だろう。

「いやぁ、なんだか昔を思い出すねぇ」

ラウラリスが呟いたのは、もちろん前世での話だ。

皇族ではありながらも、まだ若く権力もなかった頃。

腐敗した貴族の屋敷に忍《しの》び込み、隠された後ろ暗い行《おこな》いの証拠を盗み出したりしたものだ。

一時期は悪党の悪巧《わるだく》みを華麗に盗み出し、白日《はくじつ》の下に晒《さら》すことから『美少女義賊現る』などと帝国市民の間で話題になったこともあった。

「あ、うん。あれはまさに若気の至りだったんだよ」

ラウラリスは覆面の下に隠した顔を少し熱くした。

もっとも、それらは彼女の正義感から来るものがほとんどであったが。

よく考えると、その若気の至りが再来しているようなものである。

なにせ今のラウラリスは紛《まご》う方なき美少女なのだから。

自爆気味に恥ずかしい過去を思い出しつつ、ラウラリスは音もなく留置場の奥へと進んでいった。

「さて、奴は情報を持ってるのかねぇ」

ガマスが手掛かりを持っている可能性は、実はあまり高くない。

おつむの出来には期待できそうにないし、あの呪具《じゅぐ》はガマスが貯め込んでいた財宝の一つに過ぎないからだ。奪った相手のことなど、いちいち覚えているかどうか。

それでも、情報の有無を確認するだけでも意味はある。あれば良し、なければ以降はガマスのことを考えなくて済む。不確定な要素を潰していくことが、思考を円滑《えんかつ》にするコツだ。

この町の規模はそこそこ大きいため、留置場もそれなりの広さがある。

ただ、ガマスの一味を全員収容するには、少し手狭のようだ。

一つの部屋に何人か放り込まれていたが、見た限りではその中にガマスの姿はない。

さすがに配下とその一味を同じ部屋に入れるようなことはしなかったらしい。

「……っと、ヤバい」

ガマスを捜して丁字路《ていじろ》に差し掛かったところで、ラウラリスは慌《あわ》てて頭を引っ込めた。

曲がった角の向こうに人の気配があったからだ。

ラウラリスは、気づかれぬようにそっと覗《のぞ》き見《み》る。通路の先にいたのは一人の青年であった。

留置場の光源は、点在している格子窓《こうしまど》から差し込む月光のみ。

だが、青年は手にランプを持っており、そのほのかな明かりが彼の顔を闇に浮かび上がらせていた。

「ん？　ありゃぁ……」

思わず、ラウラリスは声を漏らした。

彼は奇《く》しくも、ラウラリスが昼間、骨董品屋《こっとうひんや》ですれ違った青年だったからだ。

周囲に青年以外の者の姿はなく、彼はどうやら、牢屋《ろうや》の中にいる誰かと話しているようだ。

「……こいつぁ、もしかして」

ラウラリスは、視線を鋭《するど》くした。

会話の内容こそ聞き取れないが、青年の相手の声は、確かにガマスのものだ。

昼間に店ですれ違った顔を、その日の夜にこんな妙な場所で拝《おが》んだ。

しかも、自分が接触しようとしている罪人と会話をしている。

もう胡散臭《うさんくさ》さがプンプンしている。

「面倒な予感だよ」

この町に来てから、面倒ばかりが起きているような気がする。

ラウラリスが深くため息をつこうとした、その瞬間。

青年はあろうことか鍵を取り出し、牢屋《ろうや》の扉を開くと中に入ってしまった。

「おいおい、ちょっと」

よりにもよって、あの青年が内通者かもしれない。

もしもの時に脱獄を補助するガマスの手下か――いや、野盗の一味には、あの青年は雰囲気がそぐわない。

だが、彼の正体がなんであろうと、このまま静観しているわけにもいかない。

ラウラリスは丁字路《ていじろ》の陰から素早く移動すると、ガマスの牢屋《ろうや》の側《そば》まで接近する。そして、そっと扉の陰から牢屋《ろうや》の中を見た。

ラウラリスの目に映ったのは、青年がガマスを壁に押しつけ、彼の首を掴んで持ち上げている光景であった。

「か……はっ……」

辛《かろ》うじて呼吸する余地は残っているのか、首を締め上げられたガマスは苦しげに呻《うめ》く。

「正直に答えろ。『アレ』はどこにある」

「お、俺が……知るわけ………」

満足できないガマスの答えに苛立《いらだ》ったようで、青年は声を低くした。

「ほぅ……まだ余裕があるらしいな」

青年の腕に、さらに力がこもる。ガマスはどうにか彼の手を外そうと藻掻《もが》くが、万力で固定されたかのようにびくともしない。その間にどんどん顔色が悪くなっていく。

「……どうやら、手下ってぇ雰囲気じゃないね」

物陰から牢《ろう》の中を観察していたラウラリスは、そう判断した。

どこの世の中に、手下に首を絞《し》められる親玉がいるのか。

落ち目の頭目《とうもく》の座を手下が奪おうとしているとも考えられるが、やはりあの青年の持つ雰囲気は、たかだか野盗におさまるようなものではない。

ラウラリスがそう考えている間にも、青年はガマスを問い詰める。

「いいか、もう一度聞く。アレは今どこにある」

「だから……本当に……知ら……」

「……そうか。ならば、もう貴様に用はない」

青年はラウラリスに背を向けているため、その表情は窺《うかが》えない。

だが、淡々と述《の》べられた台詞《せりふ》の冷たさと、ガマスの苦しげな顔が絶望に染まったのを見て確信した。

――このままではガマスが殺される。

別にガマスが死ぬのは構わないが、奴は現時点で貴重な手掛かりだ。少なくとも情報を絞《しぼ》り取《と》るまで、殺させるわけにはいかない。

ラウラリスは素早く物陰から飛び出した。

背後に生まれた新たな気配を感じ、青年はようやく己とガマス以外の人間が、この場に居合わせたことに気がついたようだ。

彼の反応速度は素晴らしいが、それでもラウラリスを相手にするには、致命的なまでに遅かった。

「貴――」

「ふっ！」

青年が口を開ききる前に、その脇腹に蹴《け》りを叩き込む。

彼はその勢いでガマスを放し、彼の躰《からだ》は横に吹き飛ばされて牢屋《ろうや》の壁に叩きつけられた。

「ぐ……うぅぅ……」

壁からずり落ちた青年は痛みに呻《うめ》くと、そのまま意識を失った。

もちろん手加減はしてある。ラウラリスが本気で蹴《け》れば、彼の肋骨《ろっこつ》は粉砕《ふんさい》されていただろう。

「悪いね。今こいつを殺されると、ちょいと困るんだ。しばらく寝てな」

ラウラリスは動かなくなった青年に申し訳なさそうに言い、ガマスのほうを向く。

解放されたガマスは、その場にへたり込んでいた。

絞《し》められていた首を手で押さえ、少しでも新鮮な空気を取り込もうと荒く呼吸を繰り返す。

「ほれ、こっちを向きな」

ラウラリスは己の口元の布をずらし、ガマスの襟首《えりくび》を掴んだ。

欠乏《けつぼう》していた空気をようやく取り込み、朦朧《もうろう》としていたガマスは意識を取り戻していく。

彼は一瞬、魂《たましい》が抜けそうなほどのラウラリスの美貌《びぼう》に目を奪われたようだが、次の瞬間に、本当に魂《たましい》を奪われたような顔になった。

天使に心奪われると言うよりは、悪魔に魂《たましい》を引っこ抜かれる気分だろう。なにせ、自分が率《ひき》いていた盗賊一味を壊滅《かいめつ》させ、己に生き地獄を味わわせた張本人が、目の前に再度現れたのだ。

恐怖でガマスは悲鳴を上げそうになるが、その口をラウラリスが強引に手で塞《ふさ》ぐ。

「騒ぐな。でなければ、今度はもう一方の腕も潰すぞ」

かすかに耳を擽《くすぐ》るような優しい声色。

けれども込められているのは、万人を屈服させるような威圧感。

ラウラリスの囁《ささや》きに、ガマスは必死になって頷《うなず》いた。そうでなければ、この女は躊《ちゅう》躇《ちょ》なく残ったもう片方の腕も握り潰すだろうと確信していたからだ。

「よろしい」

ガマスがおとなしくなったところで、ラウラリスは彼の口から手を離した。

「さて、これで落ち着いて話を進められる」

「な……なんでテメェがここに」

驚愕《きょうがく》するガマスを見て、ラウラリスは顔をしかめる。

「私としても、あんたみたいな悪党の面《つら》なんぞ、二度も見たくなかったんだがね。そうもいかない事情ができちまったのさ」

そう言って、ラウラリスは件《くだん》の金属札《じゅぐ》を取り出した。

「こいつに見覚えはあるかい？　あんたが根城に貯め込んでいた盗品の中にあったも

んだ」

金属札を目にした途端、ガマスの視線は壁際で倒れている青年に向けられる。

「……テメェが持ってたのかよ」

絞《しぼ》り出《だ》すようなガマスの声を聞いて、ラウラリスは首を傾げた。

「どういうことだい？」

「そこのクソ野郎。俺に金属札《そいつ》の在《あ》り処《か》を聞いてきやがった。貯め込んでたもんは全部ギルドに持ってかれたと思ってたから、答えようがなかったがな」

ガマスは己の根城でラウラリスが呪具《じゅぐ》に手をつけるところを目撃していない。

彼はその時、根城の入り口の手前で縛り上げられ、意識を失ったまま地面に転がされていたのだから。盗品の全てをギルドが預かっていると思っても仕方がない。

「……もう、全く。連鎖的に面倒が増えてくじゃないか」

ラウラリスは天を仰《あお》いだ。

もしかしたら、と考えなかったわけではないが、本当に青年がこの呪具《じゅぐ》に関わっているとは。

僅《わず》かばかり萎《な》えたモチベーションを立て直す。

青年のことも気になるが、今は当初の目的が先決だ。ラウラリスは改めてガマスに問いかけた。

「私が知りたいのは、呪具《こいつ》をいつどこで、誰から奪ったのかってことだ。そいつを教えてくれりゃ、今日は素直に帰ってやるよ」

「教えなければ？」と問い返すほど、ガマスは愚《おろ》かではなかった。

そんなことをすれば、ラウラリスに腕どころか首を握り潰されるとわかりきっているからだ。

ガマスは、重い口をゆっくり開く。

「そいつのことは覚えてる。テメェに一味を潰される直前にやった仕事だからな」

ガマスの話によれば、ちょうど今くらいの頃に、一つの馬車が彼の縄張りを通りかかったらしい。

護衛らしい護衛もなく格好の獲物《えもの》だと判断したガマスはその馬車を襲い、御者《ぎょしゃ》と乗っていた人間を殺して、荷を奪ったのである。ラウラリスと遭遇《そうぐう》する一週間ほど前の出来事だそうだ。

「御者《ぎょしゃ》や客の特徴は？　なにか特別なものを身につけてなかったか？」

普段なら悪党の成果など聞くに堪《た》えないが、手掛かりを得るためには、時に悪党をも利用しなければならない。

それを理解しているラウラリスは、こみ上げてくる嫌悪感《けんおかん》に蓋《ふた》をして、問いかけた。

だが、ガマスは首を横に振る。

「さすがにそこまでは覚えてねぇよ。目立つようなもんを身につけてたら、奪って金に換えてる」

「そうだろうよ」

帝国の意匠《いしょう》が施《ほどこ》された首飾りは、質の良い金属で作られていた。犯罪組織の証《あかし》とはいえ、表面を削《けず》って売ればそれなりの金になるはず。ならば、ガマスたちが見落とすとは考えにくい。

ラウラリスが思考に耽《ふけ》っていると、ふとガマスが言う。

「ああでも、随分と急いでいるようだったぜ。まるでなにかから逃《に》げているようだった」

「逃《に》げる？　あんたたちからかい？」

「俺たちが目をつける前からだよ。思いつくとしたら、そんなところだ」

せっかく得た新しい情報だ。一つたりとも聞き逃すわけにはいかないと、ラウラリスは鋭《するど》い眼差《まなざ》しでガマスを見つめる。

「本当に？」

「勘弁してくれよ。あんたに嘘をつくような馬鹿な真似《まね》、俺がすると思うか？」

この有様で、とガマスはラウラリスに握り潰された腕を持ち上げた。最低限の治療は受けているようで、腕には包帯と添え木がされている。けれども、無事に腕の機能を取り戻せるかは疑問だ。運が悪ければ一生片腕が不自由になるだろう。ラウラリスに対して下手《へた》を打てば、もう一方の腕も不自由になる。ガマスがそれを重々理解していることは、ラウラリスにもわかっていた。

（こいつから絞《しぼ》れるのはこのくらいかね）

長年の経験から、ガマスから得られる情報はこれが限度だとラウラリスは判断した。ガマスの言う『逃《に》げているようだった』という言葉は、状況からして恐らく正しいのだろう。

でなければ、護衛もなく見通しの悪い夜道で馬車を走らせるなど、普通はあり得ない。ガマスのような悪党に、自分から襲ってくれと言っているようなものだ。

問題は、誰がなにから逃《に》げていたかだ。理由の如何《いかん》によって、状況はがらりと変わってくる。

（話を聞いた感じ、金属札を持っていたのは件《くだん》の組織の人間じゃないかもね。とすると……）

思考にさらに没頭しようとしたラウラリスだったが、唐突にそれは打ち切られた。

ラウラリスが背後を振り向く。

その目の前では、黒いコートの男が蹴《け》りを打ち出す寸前であった。

「ぐっ⁉」

ラウラリスは咄嗟《とっさ》に腕を構え、勢いがついた男の足から身をかばう。

しかし蹴《け》りの威力を殺しきれなかった彼女の躰《からだ》は、壁際まで吹き飛ばされた。

かなりの勢いで蹴《け》り飛《と》ばされたラウラリスだったが、すぐさま起き上がる。

痛みに顔をしかめながらも、意識を失うような様子はまるでなかった。

「いてて。あぁ、私もちょぃと焼きが回ったかね。まさかこんなに早く目が覚めるとは驚いた」

腕をさすりながら呟くラウラリスを、男は油断なく見据《みす》える。

「……貴様、何者だ?」

「通りすがりの美少女様だよ」

軽く答えてから、首に巻いてある布を持ち上げて口元を隠す。

牢屋《ろうや》の中は暗い。振り向いたのも一瞬であるし、顔を見られた可能性は低いだろう。

(さて、どうしたもんかい)

見た限り、青年は手練《てだ》れだ。

ラウラリスの蹴《け》りを不意打ちで食らいながら、短時間で意識を取り戻している。

彼女が手加減していたこともあるが、男の肉体が相当鍛《きた》え抜《ぬ》かれているということの証左《しょうさ》だ。

加えて、彼女を吹き飛ばした今の蹴《け》り。もしラウラリスが見た目通りのか弱い美少女であれば、命を落としていたか後遺症の残る重傷を負っていただろう。それほど強烈な一発であった。

そして、同じことを青年の側も十分すぎるほどに感じていることだろう。

あの蹴《け》りを食らいながらも「いてててて」で済んでしまう目の前の少女が、ただ者であるはずがないと。

牢屋《ろうや》内で睨《にら》み合う二人。緊張が高まる中、それを揺るがしたのは意外にもガマスであった。

「おいあんた！　あんたの捜してたブツは、そこの女が持ってるぜ！」

「ちょっ⁉」

まさかの、ここでガマスの裏切り発言。

いや、元々仲間ではないし、ガマスの言葉に嘘はない。

だが、このタイミングでそれを言うとは思いもしなかった。

青年のラウラリスを見据《みす》える目が、一層険《けわ》しさを増す。

こちらにそのつもりはなくとも、青年の中で『謎の美少女様《ラウラリス》』が、謎の不審者から明確な敵対者へと切り替わったのだ。

「────ッ」

言葉なく抜き放たれた剣を、ラウラリスは念のために持ってきていたナイフで防ぐ。

「危なっ⁉」

口で言うほどラウラリスに危機感はなかったが、青年の剣筋《けんすじ》は鋭《するど》かった。

「おとなしく呪《じゅ》具《ぐ》をこちらに渡せ」

「せめて斬りかかる前に言いな！　明らかに順序が逆だろうが‼」

確実に命を絶《た》ちきるための一撃を繰り出した当人に冷徹《れいてつ》に命令され、ラウラリスが言い返したくなるのも無理はない。

だが、その叫びを無視し、青年はさらに剣を振るった。

狭い牢屋《ろうや》の中で、戦いが繰り広げられる。

振るわれる剣とナイフによる攻撃の応酬《おうしゅう》に、ガマスは巻き込まれまいと、部屋の片隅で縮こまる。

ラウラリスと青年の頭の中からも、元野盗のことなど消え去っていた。

（こいつ、強いだけじゃない。相当修羅場《しゅらば》をくぐってきてると見た！）

立て続けに繰り出される攻撃に、ラウラリスは思わず舌を巻いた。

剣とナイフだと、大きい剣のほうが圧倒的に有利だ。

ただ、通常時ではまさにその通りだが、状況によっては不利に転じる。

牢屋《ろうや》のような狭い空間の中では、間合いの広い武器は重い枷《かせ》となる。考えなしに振るえば、剣を壁に打ちつけて動きが阻害《そがい》され、下手《へた》をすれば武器を損傷《そんしょう》する危険すらあるからだ。

だが男は、まるでここが広い平原であるかのように、縦横無尽《じゅうおうむじん》に刃《やいば》を振るってくる。

己の得物の間合いを躰《からだ》が知り尽くしており、なおかつ周囲の空間を完璧《かんぺき》に把握できているからこそできる芸当だ。

間違いなく、ラウラリスが転生してから出会った中では最も強い。

そんな凄腕《すごうで》を相手にナイフ一本で凌《しの》ぎきっているラウラリスも、やはりとんでもないわけだが。

（面倒だねぇ。手元に長剣がありゃぁ、楽だったんだが）

今の肉体の熟練度と男の技量、得物の差を考慮すると、手加減をして切り抜けられる自信はない。

（下手《へた》すると殺しちまいそうだし、仕方がないね）

ラウラリスは素早く決断すると、剣戟《けんげき》の合間を縫《ぬ》って、懐《ふところ》から一枚の札を取り出す。

火の呪文が込められた呪具《じゅぐ》だ。

「それは――っ⁉」

「火傷《やけど》したらゴメンよ！」

――次の瞬間、牢屋《ろうや》内に激しい閃光《せんこう》と爆音が轟《とどろ》いた。

◆◆◆

光に目が眩《くら》んだ青年が視界を取り戻した時、覆面少女《ラウラリス》の姿は、牢屋《ろうや》のどこにもなかった。

部屋に残されたのは、コートを羽織《はお》った自分と、光と爆音に当てられて意識を失っているガマスだけであった。

「……逃《に》げられたか」

男は剣を鞘《さや》におさめて呟く。その顔は苦々しい。

ガマスが叫んだことが正しければ、目的の品はあの少女が握っているということになる。それを目の前にしながら逃《のが》したとなれば当然だ。

けれども、それとはまた別に、青年は苛立《いらだ》ちを抱《いだ》いていた。

「明らかに手加減されていた……」

情報を引き出すには生きて制圧する必要があるため、こちらも本気は出していなかった。

けれどもそれ以上に、あの少女には余裕があった。

最後に使われた呪具《じゅぐ》にしてもそうだ。

あの呪具《じゅぐ》は、本来ならば殺傷能力《さっしょうのうりょく》を有する火を放つことができる。その気になれば、この牢《ろう》を火の海にすることも可能だ。

それをあえてせず、光と音だけを発するように調整して使われた。

まだ年若い少女に舐《な》められていた。そのことがどうしようもなく腹立たしい。

「……いや、違うな」

熱くなりそうな思考を、頭《かぶり》を振って冷却する。

あの少女に侮《あなど》られていたわけではない。逆に、相手を甘く見積もっていた己の失態だ。

最初の不意打ちを食らい、意識を取り戻してから少女を視界に入れた途端、冷静さを保っているつもりが、知らず頭に血が上《のぼ》っていたのだ。

そんな状態で戦っていれば、逃《に》げられるのも当然のこと。

たとえあの呪具《じゅぐ》が使われなかったとしても、同じ結果を辿《たど》っていただろう。

「これでは——として失格だな」

己の未熟さを自嘲《じちょう》気味に呟いてから、男は気持ちを切り替えた。

本来ならガマスを叩き起こし、あの少女に関する情報を聞き出すところだが、時間がない。

耳を澄《す》ますと、遠くから駆け足の音がこちらに近づいてくるのが聞こえてくる。

あれだけの爆音が轟《とどろ》いたのだ、騒ぎの種になるのは明らか。ここは退散するほかないだろう。

そう考え、男はさっと姿を消した。

——ギルドの職員が駆けつけた時、牢屋《ろうや》の中には白目をむいて倒れているガマス以外に、誰かがいたような形跡は残されていなかった。

第四話　腕利《うでき》きババァと剣士

謎の男とラウラリスが邂逅《かいこう》して、一週間ほどが経過した頃。

とある酒場《バー》で、後ろ暗い会合が開かれていた。

「それで、今月の売り上げはこの通りで」

「ああ、確認した。ご苦労さま」

詳細は省《はぶ》くが、これは違法な売買によって得られた利益を、手下がその商売の元締めにおさめている場面である。

元締めは、この辺《あた》りの裏稼業《うらかぎょう》を仕切る、一味の頭目《とうもく》だ。

そんな彼に、手下がふと思い出したように尋ねる。

「そういえば、聞きましたか、旦那？」

「なにをだ」

「最近、この辺《あた》りをシマにしてる奴らが、次々にとっ捕まってるって話ですよ」

「そいつぁ俺も耳にしてる」

元締めは、その話に頷《うなず》いた。

彼と馴染みの同業者も捕まっており、警戒心を強めているところだったのだ。

売上金を徴収する時に使うこの酒場《バー》には、普段以上に警備の人数を増やしていた。

手下は、心配そうに声をひそめる。

「旦那も気をつけてくださいよ。どうも捕まっちまった奴らは、共通点があるらしいですぜ」

「その口ぶりだと、俺もその共通点ってやつに該当《がいとう》してるようだな」

興味深げに元締めが言うと、部下は首を縦に振った。

「ええ。捕まったのは、ハンターギルドで賞金が懸《か》けられてる奴ばかりだとか」

「ってことは、ハンターの仕業《しわざ》か」

この元締め、数々のあくどい商売に手を出しており、一般人にも被害が及んでいる。

その結果、ギルドは適正捕縛階級を銅級《ブロンズ》として、手配書を回しているのである。

もっとも彼は手勢が多いため、返《かえ》り討《う》ちに遭《あ》うケースが多く、ハンターも手を出せないでいる。

被害の規模は銅級《ブロンズ》に認定されているが、捕縛の難度は銀級《シルバー》に匹敵するほどだ。

そしてそれを、元締め自身も十分すぎるほど自認している。

だから、もし仮にこの町に銀級《シルバー》のハンターが来訪、あるいは銅級《ブロンズ》のハンターが複数人で行動した場合には、すぐに彼のもとに知らせが届くようになっている。

知らせが届き次第、彼は町の各所にある隠れ家にひそむか、町の外に逃《に》げ出す手筈《てはず》となっていた。

そのため、元締めは余裕の表情で、手下に確認する。

「念のために聞いておくが、銀級《シルバー》が町に入ったって情報は、お前のところにも入ってないよな？」

「それはもちろん。ただ……」

「ただ……どうした？」

手下が言《い》い淀《よど》むと、元締めは先を促《うなが》した。

「……銀級《シルバー》に匹敵するなにかしらが、この町に入ったって噂《うわさ》を小耳に挟みました」

「なにかしらって……曖昧《あいまい》だな。はっきりしろ」

「それがどうにも噂《うわさ》ばっかりが先走ってるようでして……」

困ったように頭を掻《か》く手下が、耳に挟んだ噂《うわさ》を指折り数えていく。

「二メートルの巨漢を超える馬鹿力の持ち主やら、絶世の美貌《びぼう》を持った少女やら、身《み》の丈《たけ》以上の剣を振るう猛者《もさ》やら、もうどれが正しいんだか――」

ドガッシャァァァァァァァァァンッッッ!!

手下の言葉を遮《さえぎ》るように、強烈な破砕音《はさいおん》が店の入り口から轟《とどろ》いた。

突如《とつじょ》として、二メートルを超える巨漢が扉を突き破り、店の中に突っ込んできたのだ。

あまりにも唐突すぎる出来事に、元締めや手下だけでなく、警備を担当する者たちも呆然としていた。

そして、扉（だったもの）の前に立っているのは。

身《み》の丈《たけ》に近い長剣を肩に担《かつ》いだ、異性同性問わず誰もが見惚《みと》れてしまうほどの美少女だった。

――ぶっちゃけ、ラウラリスである。

店の扉を突き破った巨漢は、もちろん彼女が投げ飛ばした。

手下の聞いた噂《うわさ》はどれかが正しいのではなく、その全てが正しかったのであった。

ラウラリスは店内を見回すと、意気揚々《いきようよう》と口を開く。

「よぅ悪党ども！　どいつもこいつも見事に悪党っぽい面《つら》してるねぇ！　おかげで良心の呵責《かしゃく》に悩まなくて助かるよ！」

どちらが悪党か、とツッコミが入るほどに凶悪な笑みを浮かべたラウラリス。

なまじ顔が整っているために、本物の悪党よりもある意味で恐ろしい雰囲気を放っていた。

「て、テメェ……ここをどこだと――」

我に返った警備の一人が、ラウラリスに詰め寄る。だが、最後まで言い終える前に、彼女が片手で振るった長剣を胴に叩き込まれ、派手に吹き飛ばされる。

その勢いは凄《すさ》まじく、木造の壁を頭から突き破り、胴部が突き刺さった醜《みにく》いオブジェと化した。

なお、辛《かろ》うじて息はある。

店の中にいる全ての人間の意識が、一つとなった。

ヤベぇ奴がいると。

元締めとその配下はこの町で裏稼業《うらかぎょう》に手を染めているため、それなりの場数を踏んできている。銅級《ブロンズ》と評価される悪行の数々と、銀級《シルバー》と評価される戦闘力を有した集団だ。

そんな彼らが、この僅《わず》かの間にヤバいと断じるほど、異常な事態であった。

当のラウラリスは再び長剣を肩に担《かつ》ぐと、店の奥を鋭《するど》く見据《みす》えた。

視線は一直線に元締めへと注《そそ》がれ、鮮烈《せんれつ》な笑みがさらに凄《すご》みを増す。

「手配犯《えもの》、発見《みっけ》」

この瞬間、元締めは悟《さと》った。

――年貢の納め時か、と。

◆◆◆

ラウラリスの討《う》ち入《い》りから、数分後。

元締めは鼻から血を流しながら壁に半身を預けるように座り込み、憎《にく》たらしげに毒づく。

「……化け物め」

「褒《ほ》め言葉《ことば》として受け取っとくよ」

一方、当の化け物《ラウラリス》はケロッとしたものだ。

この程度の悪態は、生前に嫌と言うほど耳にしてきた。町の片隅で粋《いき》がる悪党《こわっぱ》の吐く台詞《せりふ》で表情を変えはしない。

店内で立っているのは、ラウラリスのみ。

警備を請け負っていた者や、元締めの商売相手たちを含めた全員が床に倒れ伏《ふ》しているか、半身が壁か天井に突き刺さっていた。

ラウラリスが手加減をしていたからか、死人こそ出なかったが、それが幸いかどうかは微妙なところだ。中には、後の生活に不自由するような怪我《けが》をした者もいるかもしれない。

とはいえ、因果応報《いんがおうほう》だ、とラウラリスは気の毒にも思わなかった。

元締めとその配下は、善良な一般人を食いものにして、稼いでいた悪党だ。

そのせいでギルドに賞金を懸《か》けられることになり、回り回ってラウラリスを引き寄せることとなったのだから。

ついでに店の内装やテーブル、椅子なども滅茶苦茶《めちゃくちゃ》になっていたが、悪党の溜まり場として使われていたくらいだから、店自体もろくなものじゃないだろう。

ラウラリスはそう心の中で断じると、元締めを鋭《するど》く見据《みす》える。

「さて、あんたらをギルドに突き出す前に、ちょいと聞いておきたいことがある。あぁ、別に答えるかどうかはあんたに任せるよ。ただ、下手《へた》に隠すと、躰《からだ》の一部が胴体と泣き別れする羽目になるから、よく考えな」

元締めは観念したように肩を落とした。

ラウラリスの口調こそ軽かったが、つまり彼女は口にした内容を軽い調子で行《おこな》ってしまえると理解したからだ。

完全に悪党の所業ではあるが、ラウラリスのスタンスは『悪をさらなる大悪で完膚《かんぷ》なきまで叩き潰す』である。

元締めから特に反論がないことを確認すると、ラウラリスは長剣を鞘《さや》におさめる。

そして、懐《ふところ》から『帝国の紋章』が施《ほどこ》されたペンダントを取り出し、元締めの目の前に翳《かざ》した。

「こいつに見覚えはあるかい？」

彼はそれを知っていたようで、すぐに口を開く。

「『亡国を憂える者』って奴らが身につけてるもんじゃねぇか。まさか、あんたもその一員か？」

「冗談はよしとくれ」

元々は自国の紋章であっただけに、ラウラリスは盛大に顔をしかめた。

「私は逆に迷惑を被《こうむ》ってるんだよ。聞きたいのは、最近こいつを見たかどうかってことだ」

「それを知ってどうするつもりだ」

「それを知って、あんたはどうするつもりだ？」

質問を質問で返す。

普通に考えれば失礼にも思えるやり取りであったが、この場合は違った。

暗に「つべこべ言わずにさっさと答えろ」という意味で、ラウラリスは言ったのであった。

元締めは乱れた髪をさらに掻《か》きむしり、訥々《とつとつ》と語り出す。

「……俺のところとは直接の繋《つな》がりはねぇ。だが、同業の何人かが、最近になって奴らと取引を始めたって話は聞いてる」

「取引の内容は？」

「年代物の呪具《じゅぐ》を探してるって話だ。あと、呪具《じゅぐ》を扱える職人の斡旋《あっせん》も頼んでいたらしい」

元締めは、他にも『亡国を憂える者』の情報をラウラリスに明かしていった。

話を聞き終えたラウラリスは、元締めを縄でグルグル巻きにして拘束《こうそく》すると、足を掴んでギルドまで引きずっていった。

途中で元締めは頭が地面に擦《こす》れた痛みで悲鳴を上げたが、もちろん彼女は足を止めない。

ラウラリスがギルドへと到着する頃には、元締めの後頭部には削《けず》り取《と》られたように髪がなくなっていた。この先、髪が元のように生《は》えるかは不明である。

顔を引きつらせる夜勤の受付嬢から報奨金《ほうしょうきん》を受け取り、ついでに元締めの組織の者たちが酒場で伸びていることをギルドの職員に伝えると、ラウラリスはギルドを去った。

（さっきの奴が言っていたことは、前とその前の奴が吐いたことと似たり寄ったり、か）

元締めが語った内容は、ラウラリスがすでに知り得ているものがほとんどであった。

頭の中で元締めの話を繰り返し、ラウラリスは嘆息《たんそく》する。

残念ながら彼女が求めているような情報が、未だに手に入っていないからだ。

この一週間で、ラウラリスは何人もの手配犯を捕縛した。

その目的は、表《おもて》では出回っていない裏の情報を、手配犯から入手するためであったのだ。

裏の情報とはもちろん『亡国を憂える者』、通称『亡国』と呼ばれる集団に関してだ。

蛇《じゃ》の道は蛇《へび》とはよく言ったもの。

非合法な組織の情報を得るには、別の非合法な組織に接触するのが一番の近道なのである。

そのついでに、ラウラリスは悪党をとっ捕まえて報奨金《ほうしょうきん》を得ていたのだ。

めぼしい銅級《ブロンズ》や鉄級《メタル》から石級《ストーン》の小物を根刮《ねこそ》ぎ刈《か》ってもいいが、ここまでやってみて新しい情報を得ることができないとなると、徒労《とろう》に思えるのは否《いな》めない。多少なりとも稼ぎになるのが救いだ。

捕縛した手配犯から引き出した情報を合わせると、『亡国』は元はこの町にはおらず、つい最近になって現れたという。

その出現の時期は、ガマスが馬車を襲ってから少し経過した頃――ラウラリスがこの町に到着する少し前。

そして、『亡国』はこの町で、呪具《じゅぐ》の取引を裏社会の重役たちに持ちかけていたそうだ。

（奴らの拠点《きょてん》は、この町じゃなく別の場所。馬車が逃《に》げてきたのも別の町から。とすると――）

ガマスが襲撃した馬車に乗っていた者たちは『亡国』から呪具《じゅぐ》を奪ったのではないだろうか。

恐らく、経緯はこうだろう。

正体不明の某《なにがし》が『亡国』から呪具《じゅぐ》を奪い逃走。『亡国』の追っ手から逃《のが》れるために、夜道を馬車で急いでいた。

そこで運悪くガマスに見つかり、呪具《じゅぐ》ごと荷を奪われて殺された。

盗んだ者の逃走経路から、目的地がこの町だと判断した『亡国』が呪具《じゅぐ》を捜そうと、町の裏勢力に接触。呪具《じゅぐ》が裏の市場に流れていないか探りを入れる。

やがて、逃亡していた馬車がこの町に到着する前に野盗《ガマス》に襲われ、呪具《じゅぐ》が荷ごと奪われてしまったことが判明する。

ガマスの手に渡ってしまった呪具《じゅぐ》をどうやって取り戻そうか、手をこまぬいているところに現れたのが、謎の美少女剣士ラウラリス、というわけだ。

（『亡国』は、この町の人間にとっては外様《とざま》。繋《つな》がりが薄い分得られる情報も薄い。聞き込みは、この辺《あた》りが限度だろうよ）

これまでは（ラウラリス基準で）安全策をとっていたが、以降は多少なりともリスクを承知で踏み込んでいく必要があるだろう。

最初の襲撃以降、『亡国』はラウラリスの前に現れていない。襲ってきたなら返《かえ》り討《う》ちにして、ありったけの情報をカスカスになるまで絞《しぼ》り取《と》ってやろうと思っていたが、当てが外れた。

少なくとも『亡国』の構成員がまだこの町にいるということは、捕まえた手配犯から聞いている。

彼らが機を窺《うかが》っているのか、あるいは態勢を整えているのかは不明だが、ラウラリスが待ちに徹《てっ》するのはここまでだ。

ラウラリスのほうも、ただ手配犯を捕まえることだけに時間を費《つい》やしていたのではない。

彼女も彼女で、準備を整えていたのであった。

とはいえ、次なる行動を起こすにしても、すでに日は暮れており、辺《あた》りは薄暗くなっている。

と、いうことで――

「はい、お待ちどおさま！」

「おお、待ってたよ」

ラウラリスはこの町に来てから、何度か利用している定食屋で晩飯を食べていた。

あの、『亡国』の者どもに襲撃された時の定食屋である。

初めて訪れた時のように、テーブルの上に空《から》の皿がうずたかく積まれているような、異常な光景はなかった。

ラウラリスの前に置かれたのは、普通に一人前の料理である。

ただ、女性一人が消費するにはかなりのボリュームであったが。

「仕事した後の飯は美味《うま》いねぇ」

また一人、悪党を懲《こ》らしめたことが、ラウラリスの食欲を増進させる。

悪党の悲鳴が最大の味付け《スパイス》となっている辺《あた》りが凄《すさ》まじい。

「……そういえば、あの男はどうしようかねぇ」

ふと、ラウラリスは思い出した。

さほど不安がないラウラリスであったが、一つだけ懸念《けねん》がある。

ガマスの牢《ろう》で遭遇《そうぐう》した、あの男だ。

少し調べれば、ガマスを捕縛したのがラウラリスであることは、彼にもわかるだろう。特に隠してはいないし、なにより彼女の容姿は非常に日立つ。ギルドで少し探りを入れれば、すぐに判明するはずだ。

なのに、『亡国』と同じで、こちらに仕掛けてくるような気配がない。もっとも、仕掛けてこない理由に関してある程度の想像はついていた。当面は放置してもいいだろう。

「……しかし、ちょいと気になるね」

ラウラリスは食事の手を止め、口に出してボヤいた。

あの男の実力には目を見張るものがあった。

本来の得物でなかったとはいえ、彼女を前に一歩も引かなかった剣技はかなりのものだ。

ラウラリスが今世で出会った中で、一番の実力者なのは間違いない。

けれども、それとはまた違った意味で、あの男の扱う『技』がラウラリスの中でどうにも引っかかっていた。

「年寄りになると、どうにも物忘れが激しくなってかなわんね」

思い出せそうで思い出せないもどかしさに、ラウラリスはコツコツと己の頭を小突《こづ》いた。

「…………ま、そのうち思い出すだろう」

軽い調子で一旦結論を出すと、ラウラリスは食事を再開する。

「相席、良いだろうか」

「構わないよ」

不意にかけられた声に、ラウラリスは料理から目を離さずに答えた。

椅子を引く音、椅子に腰を落とす音を耳にし、口に含んだ料理をある程度呑み込んでから、彼女は相席者に目を向ける。

「…………………」

ちょうど寸前まで考えていた、あの男が座っていた。

ラウラリスは男を一瞥《いちべつ》し、改めて料理を口に運んだ。

あまりにも自然な流れで食事を続ける少女に、男は視線を鋭《するど》くする。

それをまるっと無視し、ラウラリスはさらりと言った。

「なにか頼まないのかい？」

「腹は減っていない」

飯屋になにをしに来たんだよ、とツッコミを入れられる人物は、残念ながらこの場にはいない。

「ふぅ、ごちそうさま」

それからしばらくして、全ての料理を食べ終えたラウラリスは一息つき、男へと目を向けた。

「飯を食う気がないのなら、なんで飯屋に来たんだよ」

ラウラリスがなにも言わなかったのは、単に、食事中に必要以上の言葉を喋《しゃべ》るのが嫌だっただけであった。

青年は、ラウラリスの問いに淡々と答える。

「……最近、この町のギルドで、手配犯を片っ端から捕まえているフリーの賞金稼ぎの話を聞いた。それは、あんたで間違いないか？」

「私以外にフリーの賞金稼ぎがいなけりゃ、ね」

男の見透《みす》かすような視線に晒《さら》されても、ラウラリスは僅《わず》かにも調子を崩さない。逆に男を見定めようと、油断のない視線を返す。

周囲の客たちは、二人の間に漂《ただよ》う緊迫感に居心地が悪そうであった。

やがて、ラウラリスが小さく笑みを漏らす。

「その口ぶりだと、私に用があるみたいだね」

「ああ、仕事を頼みたい」

「その手の話なら、ギルドに持ち込んどくれ」

「安心してくれ。あんたの仕事には違いない」

ラウラリスの返答を予想していたのか、彼女の言葉に構わずに、男は続ける。

微妙な押しの強さに、ラウラリスはかすかに眉を上げると、肩を竦《すく》めて話の先を促《うなが》した。

「手配犯を一人、捕縛するのに協力してほしい」

男はコートのポケットから折りたたんだ紙を取り出すと、ラウラリスに差し出す。

受け取って開いてみると、それはギルドが発行している一枚の手配書であった。

ただ、描かれている人相に見覚えはない。

ラウラリスはこの町のギルドに張り出されている手配犯の人相書《にんそうが》きは全て把握している。だが、その手配書に該当《がいとう》する者はいなかった。

載《の》っている人相書《にんそうが》きは、貧相としか言いようがない。

頬骨が浮き出るほど痩《や》せており、目には力がない。今まさに病気であると言われても、普通に信じてしまうだろう。だが、捕縛の難易度を表す適正捕縛階級は、ガマスを超える銀級《シルバー》。報奨金《ほうしょうきん》も相当な額になっている。

こんな常に病を抱《かか》えていそうな男が、なにをやらかしたのか。

ラウラリスは疑問に思いながら、男に言う。

「見ない顔だねぇ。しかも、かなりの大物だ」

「王都にあるギルドの本部で発行されたばかりの手配書だ。この町付近にはまだ出回っていない」

手配犯の概要を記《しる》した一文に視線を走らせ、ラウラリスは少しだけ目を見開く。

――『亡国を憂える者』の幹部。

彼女が今、最も求めている文が記《しる》されていた。

「そのエカロという男が、この付近に潜伏しているという情報がある。あんたにはそいつを捕縛する際の協力をお願いしたい」

「具体的な居所《いどころ》は掴んでいるのかい？」

「ある程度はな。ただ、さすがに俺一人では手に余る。奴の周囲には常に配下がいる。他を相手にしている間にエカロを取り逃《とに》がせば、奴は雲隠れするだろう。そうなれば、エカロが再び姿を現すまで待つしかなくなる。だから一度の接触で確実に捕まえたい」

ラウラリスにとっては、まさに渡りに船の提案だった。

とはいえ、男の真意がわからない以上、素直に了承するわけにもいかない。

「どうして私に依頼を？　人手が欲しいんなら、ギルドに依頼を出せばいいじゃないのさ」

　ハンターが多くの依頼を請け負うことができるのは、ギルドという後ろ盾があるからこそ。

　ギルドの制定する規則に従う代わりに、ギルドから身元を保証されるのだ。

　その点でいえば、なんら後ろ盾を持たないフリーの賞金稼ぎへの依頼は、リスクが生じる。彼らの身を証明するのは、彼らの身一つしかないからだ。

　だから、わざわざラウラリス個人に依頼するメリットは少ない。

　そう思ってラウラリスが問うと、男は冷静に答えた。

「ギルドへの申請には、なにかと手間がかかる。エカロの潜伏先はわかっているが、いつまでもそこにいるとは限らない。できることなら、今日明日中にでも行動を起こしたい」

　男の言葉は理にかなってはいるが、それを鵜呑《うの》みにするほどラウラリスの経験は浅くない。

　それでもラウラリスは、言及せずに話を聞き続ける。

「それに、人間を相手にする上では、恐らくこの町のどのハンターよりもあんたは腕利《うでき》きだ」

　男の視線が、壁に立てかけてある長剣に向く。

少女の身には不釣り合いすぎる得物ではあるが、それを操《あやつ》れることを疑っていない目だ。

ラウラリスは少し考えた後、ゆっくりと口を開いた。

「報酬《ほうしゅう》は？」

「報奨金《ほうしょうきん》の五割だ。それと、仕事の間に掛かった経費はこちらが出そう」

「いいだろう。引き受けた」

恐らく、男の真意はほとんど明かされなかった。

それでも、ラウラリスの目的にはかなった提案であるため、男の意図が些《いささ》か不明瞭であることは、今彼女が負うべきリスクだと判断する。そして、正面に座る青年を見つめた。

「こっからは、短い間とはいえ一緒に仕事をするんだ。自己紹介しておこうか。私の名前はラウラリス。ご存じの通り、フリーの賞金稼ぎさ」

彼女の名を聞いた途端、男の表情が僅《わず》かに揺らいだ。

恐らく、彼も『悪の女帝』の名前を知っているのだろう。

「……俺はケイン。本職は違うが、今はあんたと同じでフリーの賞金稼ぎをやってる。しばらくの間、よろしく頼む」

お互いに名乗り合った後、二人は契約の代わりに握手を交《か》わしたのだった。

第五話　浪漫《ロマン》とババァ

ラウラリスがケインと名乗った青年とともに出発したのは、契約を結んだ翌日であった。

行く先々で誰かしらとの交流はあるものの、ラウラリスは基本的にいつも一人だった。それ故に、仕事上での関係とはいえ、誰かと行動をともにするのは新鮮な気持ちが湧き上がる。

とはいえ、楽しいばかりの旅路ではない。ケインのもたらした情報によれば、『亡国』の幹部エカロの潜伏先は、ここから歩いて一週間ほどかかる、離れた場所にある町だ。

その上、それは最短の道を辿《たど》った計算であり、本道を使うならば、この倍近くはかかる。

ラウラリスとケインが今歩いているのは、当然最短のほうである。いわゆる獣道《けものみち》と呼ばれるルート。

本道が人の手によって整備されているのに対し、獣道《けものみち》はまさに野生動物が利用する道だ。管理などされているはずはなく、そもそも人が通ることを想定されていない。

そんな道を、二人はひたすら進んでいた。

二人が獣道《けものみち》を進んでいる理由は、主に二つ。

一つ目は前述の通り、単純に時間の短縮のためだ。

現時点でのエカロの潜伏先は把握できていても、明日にどうなっているかは不明だ。

もしかしたら二人が町に到着する前に、そこを離れている可能性も否《いな》めない。

万が一のことは十分すぎるほど考えられるため、なるべく早く辿《たど》り着《つ》く必要がある。

もう一つは、ラウラリスたちの接近を『亡国』に悟《さと》られたくないからだ。

エカロ自身も、己に手配犯としてギルドから賞金が懸《か》けられていることを承知のはず。

賞金目当てにやってくるハンターや、それに類するものを警戒していると考えるのが妥当《だとう》だ。

武装した人間が二人近づいていると知れば、エカロに警戒心を抱《いだ》かせる。下手《へた》をすればやはり、潜伏先を変えられる恐れがある。

故に、二人が姿を隠して移動することは理にかなっている。

「こう、道なき道を歩くってぇのは、浪漫《ロマン》がないかい？」

ラウラリスはそう尋ねるが、ケインはこちらに視線を向けることもなく、淡々と返す。

「効率を重視しただけだ。そんなものは感じない」

「まだ若いのに枯《か》れてるねぇ。若者は常に浪漫《ロマン》を目指してなきゃ駄目だよ」

「いいから黙って歩け」

睨《にら》みつけるような目と、短くも強い言葉で、ケインが言った。

契約主に言われれば従うのが普通であろうが、残念ながら、ラウラリスは到底『普通』の枠組《わくぐ》みにおさまる程度の少女ではない。

そのため彼女は、ケインが許容できるギリギリのラインを見極めた上で返事をする。

「無理だね。これも契約のうちだと割り切って諦《あきら》めな」

幸いと言っていいのか、ラウラリスもケインも、獣道《けものみち》を進むことを苦に思うような軟弱者ではない。

従軍の経験もあるラウラリスは、木々が生《お》い茂《しげ》る森の中での、戦闘をはじめとした行動の術《すべ》を熟知している。そして、恐らくケインもそうなのだろう。ずんずんと進んでいくラウラリスに遅れることなく、余裕を持ってついてきていた。

（しかもいつでも武器を抜けるように、体幹を安定させてる。こいつは鍛《きた》えりゃ相当なもんになるね）

チラリと背後を一瞥《いちべつ》したラウラリスは笑みを浮かべた。

育て甲斐《がい》のありそうな人材を見つけると、どうにもうずうずしてしまう。

それがたとえ、己を狙っている可能性のある人間でもだ。

牢屋《ろうや》で会ったあの晩のことは、ラウラリスもケインも一切話題に出していない。

それ故に、ケインがラウラリスを『牢《ろう》で会った謎の美少女様』と知っているのか、実はまだ不明なのだ。もしかしたら、謎の美少女様とは関係なしに、純粋にエカロを捕まえるためにラウラリスに仕事を持ちかけた可能性もある。

彼女も、この辺《あた》りの話をズバリ尋ねるようなことはなかった。まだ口にすべきではないと感じたからだ。

なにかしらのきっかけがあるまでは、単なる雇用関係を維持しておくほうが安全である。

「ところで聞くが、エカロってのは、なにをやらかしたんだい？『亡国』ってのが大昔の皇帝を崇拝《すうはい》してる大馬鹿どもで、傍迷惑《はためいわく》な奴らってのは聞いてるが、具体的にはさっぱりだ」

ラウラリスの質問を聞いて、ケインは表情を険《けわ》しくした。

「どうして気になる？　お前は賞金稼ぎであって、兵士でも警備隊でもないはず。奴の罪がなんであろうと関係ないだろう」

「こう見えても、私は慎重派なんだよ」

思い切りのよすぎる節《ふし》はあれど、彼女は非常に思慮《しりょ》深く聡明《そうめい》だ。即断即決《そくだんそっけつ》の場面が多く見られるが、それは長年の経験と素早い思考で瞬時に判断しているに過ぎない。

ラウラリスは、さらに言う。

「手配書に描かれてた人相は、今にも病気でぽっくり逝《い》っちまいそうなほど貧相だったが、もしかしたらあの見た目で、実は怪力無双《かいりきむそう》かもしれないだろ？　相対したらどうやって戦うか、考えておきたくてね」

可憐《かれん》な美少女の姿でありながら、身《み》の丈《たけ》サイズの長剣を背負ったまま、すいすい森の中を歩く様《さま》を見せられると、ラウラリスの台詞《せりふ》にはこれでもかというほど説得力がある。

彼女の発言は極端ではあったが、外見や手配書に記載された情報だけでは測れない部分はあるはずである。銀級《シルバー》と目《もく》される危険度にはそれなりの理由があるはずなのだ。

ラウラリスはそう思い、ケインに目を向ける。彼は考えるように視線を逸《そ》らしてから、口を開いた。

「そもそも『亡国を憂える者』は、今の世で異端の存在だ。傍迷惑《はためいわく》の一言《ひとこと》で片付けられるような、生やさしい集団じゃない」

「……具体的に、どのくらいヤバい連中なのさ」

骨董品屋《こっとうひんや》の店主から多少は聞いてはいたが、彼にとって『亡国』の存在は、いわば対岸の火事。

実在は知っていても、伝わっているのは噂《うわさ》程度で、詳しい話は聞けていなかった。

ラウラリスに促《うなが》されて、ケインは話を続けた。

「『亡国』の連中は、儀式と称していくつもの事件を引き起こしている。中には、一般人に多くの死傷者が出るほどの事態にまで発展したものもある。その被害すら、奴らは儀式のための貴《たっと》い犠牲《ぎせい》だと、高らかに宣言している」

「それ、完全にテロリストじゃねぇか」

想定よりも数段上の傍迷惑《はためいわく》さに、ラウラリスは頭痛を覚えそうになった。

帝国時代にも、暴力的政治主張《テロリズム》の類《たぐ》いは存在していた。

女帝ラウラリスの行《おこな》った統治は、内実はともかく、一見すれば暴力と恐怖による圧政だ。それに対抗するために、暴力を手段にする者は多くいた。

目先のことだけを捉《とら》えて、己の中にあるちっぽけな理想を叶えるために無辜《むこ》の民を傷つける者。そして、ラウラリスの力を削《そ》ぐためテロ活動を支援する貴族。

他国からのちょっかいだけではなく、ラウラリスを恐れた自国の貴族までテロ行為をしていた辺《あた》り、帝国の腐敗具合が推し量《はか》れる。

もちろん、それをラウラリスが許すはずもない。

暴力による反旗は、それをさらに上回る理不尽な皇帝の力によって叩き潰した。その苛烈《かれつ》ぶりは、民や貴族たちに恐れを抱《いだ》かせるには十分すぎるほどだった。

そんなことを思い出しながら、ラウラリスは疑問を口にする。

「儀式ってなんなのさ。邪教みたく、生《い》け贄《にえ》の血を捧《ささ》げて悪魔でも呼び出そうってのかい」

「その手のことをしでかそうとした輩《やから》もいる」

「いるのかよ……」

呪文の中には、悪魔——のようななにかを現世に召喚するものもある。

実際に成功した例は、ラウラリスの記憶の中では少ないが。

だが少ないながらも、悪魔のようななにかが現れた例は存在する。

「実際に悪魔が出てきたことは……確認された範囲ではないがな」

「そいつはよかった。いや、マジで」

ケインの言葉を聞いて、ラウラリスはひとまず胸を撫で下ろした。

悪魔が絡んだ事件というモノは、大抵の場合は悲惨《ひさん》な結末に終わる。その被害者の中には当然、召喚に携《たずさ》わった者たちも含まれる。少なくとも、ラウラリスが知る限り、悪魔を呼び出して幸せな結末を迎えた話は聞いたことがなかった。

ラウラリスは気を取り直して、さらにエカロについて尋ねる。

「で、件《くだん》のエカロとやらも、儀式を行《おこな》って悪魔を呼び出そうって馬鹿なのか？」

「奴が儀式を経《へ》て、なにをしようとしているかは、具体的には不明だ。わかっているのは、エカロが呪具《じゅぐ》を集めて、王都から離れたこの地でなにかを行《おこな》おうとしている、ということだけだ」

エカロが集めようとしている呪具《じゅぐ》の一つは、ラウラリスの持つ金属札だろう。

彼女は一度頷《うなず》き、さらに問う。

「エカロ自身の戦闘力は？」

「そこまではさすがに不明だ。エカロが実際に戦闘に参加したという目撃情報がほとんどないからな」

「一番肝心なところがざっくりとしすぎだろうよ」

やれやれ、とラウラリスは首を横に振った。そんな彼女に、ケインは真剣な眼差《まなざ》しを向ける。

「だが、単に人心掌握術《じんしんしょうあくじゅつ》に秀《ひい》でているだけでは、幹部とまでは呼ばれない。適正捕縛階級が銀級《シルバー》であることを加味すれば、油断していい相手ではないだろう」

「まぁ、悪魔なんぞに手を出すんだ。頭のイカレ具合には気をつけたほうが良さそうだね」

最初からわかりきってはいたが、改めて聞いてみると本当にロクな集団ではない。

始末が悪いのは、そんな集団の行動の根幹が、他ならぬ『滅《ほろ》んだ帝国』であること。

気が滅入《めい》ること、この上ない。

とはいえ、そんなことをケインに話したところで無駄だ。正直に告白したところで、正気を疑われるのがオチである。

結局、己の中にため込んで、うまい具合に心の中で整理をつけるしかなかった。

俯《うつむ》きながらため息を零《こぼ》すラウラリスだったが、不意にその顔がぱっと持ち上がる。

「なんかこっちに来るよ！　恐らく危険種《きけんしゅ》！」

危険種というのは、人間に害を加える可能性が非常に高い動植物の総称である。

ラウラリスは振り返りながら、長剣の柄《つか》に手を掛ける。しかし、ケインがそれを制した。

「あんたは下がっててくれ。森の中じゃ、その得物は扱いにくいだろう」

そう言って、ケインは腰に提《さ》げた剣を引き抜いた。

ラウラリスは少しだけ考えたが、肩を竦《すく》めて柄《つか》から手を離す。

だがそれは、ケインの言ったことに納得したからではない。残念ながら、彼の指摘は全くの的外《まとはず》れである。

ラウラリスにとって、森の木々は障害物にはなり得ない。なにが来ようとも、周囲の樹木ごと叩き斬ればいいからだ。それができるだけの力を、彼女は持っていた。

それでもケインの指示に従ったのは、気まぐれではない。

つまりは、ケインの実力を確かめようと思ったのだった。

二人が見据《みす》える先の茂《しげ》みをかき分けて飛び出してきたのは、外見だけならば猫だ。

ただし、体長が二メートルを優《ゆう》に超える、巨大な猫である。

それは『タイロンキャット』と呼ばれる危険種で、前足に異様に発達した爪が生《は》えているのが特徴だ。

ハンターの討伐《とうばつ》推奨階級は銅級《ブロンズ》。それも、万全の態勢を整えるなら複数人が必要になる強敵だ。外見通り猫のような俊敏性《しゅんびんせい》を持ち、巨大な爪で繰り出す一撃は、革《かわ》の防具程度ならたやすく切り裂く。

タイロンキャットが飛びかかりざまに、自慢の爪を振るう。しかし、それは空《くう》を切った。

紙一重の動きでタイロンキャットの攻撃を躱《かわ》したケインは、すれ違いざまにその首筋に剣を滑《すべ》らせた。

（……今の動きは？）

ラウラリスはそれを見て、ほんの僅《わず》かだけ目を見張る。

タイロンキャットはケインの背後で着地すると、再び彼に襲いかかろうと振り向いた。

だが、そこでようやく肉体が斬られたという事実を認識したのか、パッと血飛沫《ちしぶき》が舞う。

やがて、タイロンキャットは力なく地に倒れて、息絶《いきた》えた。

「お見事」

感心したラウラリスは、ケインに拍手を送る。

「この程度で実力を示せたかは疑問だがな」

呼吸を乱す気配すらなく、ケインは血糊《ちのり》もついていない剣を鞘《さや》におさめた。彼は、ラウラリスがあっさりと己の指示に従った意図がわかっていたのだ。

ラウラリスは、ケインが並々ならぬ腕前の持ち主であることはすでに承知していたが、それは人間を相手にした場合だ。危険種相手にどれほどの動きができるか、確かめておきたかった。

大したものだと、ラウラリスは満足げに口を開く。

「そう言いなさんな。目的地までの道中で背中を預ける分には問題ないって、今のでわかったしね」

ラウラリスはケインに笑いかけながら肩を叩くと、背嚢《はいのう》の中から大振りのナイフを取り出し、事切れたタイロンキャットに近づいた。

そんなラウラリスを見て、ケインは不思議そうにする。

「なにをするつもりだ？」

「ん？　決まってんだろ。せっかく仕留めた獲物《えもの》を放置したら、バチが当たるだろうさ」

そう言って、ラウラリスは躊躇《ためら》うことなくタイロンキャットの躰《からだ》にナイフを突き立てた。

「……解体ができるのか？」

「本職《ハンター》ほど綺麗にゃできないけどねぇ」

謙遜《けんそん》しつつ、ラウラリスは手際よく危険種の皮を剥《は》ぎ、内臓を取り出していく。

見目麗《みめうるわ》しい美女が躊躇《ちゅうちょ》なく獣《けもの》を解体《バラ》していく様子に、ケインは冷静沈着《れいせいちんちゃく》な表情を保てず顔を引きつらせた。

ラウラリスはすぐにタイロンキャットの解体作業を終え、達成感とともに流れた汗を拭《ぬぐ》う。

「ふぅ、コレで終わりっと」

「とりあえず顔についた血は拭《ふ》いてくれ」

ケインが、硬い声で言った。

可愛らしく輝かしい笑みを浮かべた少女の頬に、血がべったりとついている。

それは、ホラー以外の何物でもなかったのだった。

第六話　ババァクエスト（ラスボス風）

ラウラリスたちが町を出発した日の暮れ――

ケインはラウラリスの健脚《けんきゃく》具合に驚いて、口を開いた。

「予定よりも大分《だいぶ》進んだぞ」

「はっはっは。こう見えても体力には自信があるからね」

ラウラリスは、余裕綽々《よゆうしゃくしゃく》といった様子で笑う。

「背中の長剣を見ればわかるが……正直に言えば予想以上だ」

とても獣道《けものみち》を歩いているとは思えないほどの進み具合。このままのペースで行けば、予定よりも一日二日は早く、目的の町に到着できるだろう。

とはいえ、一週間はかかるところが一日二日ほど短くなった程度。

町まではまだ数日かかるため、日が落ちてしまう前にケインとラウラリスは早速《さっそく》野営の準備を始める。

二人とも慣れた手つきで役割を分担し、すぐさま焚《た》き火《び》が灯《とも》った。

二人の今晩の夕食は、ケインが仕留め、ラウラリスが捌《さば》いたばかりのタイロンキャットだ。

ケインは感心しながら言う。

「ハンターでもないのに、慣れたものだな」

「本職にゃぁとても敵《かな》わないよ。丁寧にやったつもりだけど、結構無駄が出ちまったからねぇ」

焼きたてジューシーな串焼き肉を頬張りながら言うラウラリス。

お世辞にも美味とは言えないが、塩漬けにして保存期間を延ばした干し肉よりは遥《はる》かに上等だった。

用意した夕食を食べ終えた後、ラウラリスはふと疑問を口にする。

「そういやぁ、あんたはどうしてエカロを狙ってるんだい？」

「どうして、とは？」

無表情のまま問い返すケインに、ラウラリスは自分の考えを述《の》べた。

「こんな辺鄙《へんぴ》なところにまで、わざわざエカロを捕まえに来たんだ。単に手配犯だからってわけじゃないだろうさ」

人の数が多ければ、悪事に手を染める輩《やから》も必然的に増える。当然、王都は辺境の町に比べて手配犯の数も多くなる。

適正捕縛階級が銀級《シルバー》とランクが高いとはいえ、エカロは手配犯の一人に過ぎない。単に報奨金《ほうしょうきん》が目当てならば、手近にも他の銀級《シルバー》がいたはずだ。なのに、わざわざ王都から離れた町に足を運んだなら、相応の理由があると考えるのが自然だろう。

「お前に説明する必要性は感じられないな」

ケインの口調は淡々としていたが、だからこそ明確な拒絶を感じられた。

「あ、そう。だったら別にいいや」

あっさり話を切り上げたラウラリスに、ケインは意外そうな顔になる。もっと食い下がると思っていたようだ。

「興味本位で聞いただけだよ。私とあんたは仲良しこよしじゃないんだしね。無理に聞き出す気はないよ」

ケインとはあくまで仕事上の関係だ。詮索《せんさく》するのはマナー違反だろう。

そういう意味を込めて、ラウラリスは言った。

それからしばらく焚《た》き火《び》を囲んでいると、今度はケインのほうから口を開く。

「あんたは、どうして賞金稼ぎをしているんだ？」

「おや、私の質問には答えないってのに、こっちのことは聞き出そうってのかい？」

からかうようなラウラリスに、ケインは口をへの字に曲げた。

彼の反応に満足がいき、ラウラリスは「うひひ」と小さく笑う。

「私の場合は、隠すことでもないさ。賞金稼ぎは、いわば趣味と実益を兼ねてるからね」

「趣味だと？」

「おうさ」

ラウラリスは傍《かたわ》らに置いてある己の長剣をぽんと叩く。

「昔から、目の前の悪党ってのを、どうにも見過ごせない性質《タチ》でねぇ。そんな悪党《やつら》を捕まえりゃぁ稼ぎになるってんなら、まさに一石二鳥《いっせきにちょう》ってもんさ」

「……正義の味方のつもりか？」

ケインに怪訝《けげん》な目を向けられ、ラウラリスは首を横に振った。

「そこまでご大層なもんじゃぁないよ。言った通り、単に見過ごせないだけなのさ」

ケインは、それがラウラリスの本心ではないと疑っているのかもしれない。

（見た目だけだが）うら若き乙女《おとめ》が長剣を背負っているだけでも異様なのに、趣味は悪党退治と言われても、信《しん》じ難《がた》いのも当然だろう。

だが、ラウラリスの言葉に嘘はない。悪党退治は彼女のライフワークと言っても過言ではないほどだ。

ただ、今回のエカロに関しては多少事情が異なる。

見過ごせないという点では変わりないが、さらに『余計な過去《もの》をほじくり返しやがって』という憤慨《ふんがい》が混ざっているからだ。

とりあえず、エカロをしばき倒して、『亡国』に関して洗いざらい聞き出すことが、今現在の目的だ。

「さて、と。ちょいと席を外すよ」

ラウラリスは徐《おもむろ》に傍《かたわ》らに置いていた長剣を背負い直し、立ち上がった。

「どこへ行く？」

「お花摘《はなつ》みという名の野暮用だよ。寝る頃になっても戻らなかったら捜しに来とくれ」

「…………」

あからさますぎる言い回しに、ケインは顔をしかめた。

ラウラリスはそんな彼をケラケラと笑ってから、焚《た》き火《び》の側《そば》を離れたのだった。

焚《た》き火《び》が見えなくなってからさらにしばらく進んだ場所で、ラウラリスは足を止めた。

何気ない動作で辺《あた》りを見渡す。

聞こえてくるのは遠くの動物の鳴き声や、風で葉が揺れる音だけ。

明かりはほとんどなく、夜天の星の光だけが生《お》い茂《しげ》る木々の葉の間から僅《わず》かに覗《のぞ》く程度だ。

──そんななにもない場所で、不意に少女の姿が地上から消え去った。

「こんばんは」

「──⁉」

彼女が再び姿を現したのは、ある樹木の枝の上。そこで機会を窺《うかが》っていた、怪しい男の背後だった。

挨拶《あいさつ》を背中に投げられた男は、この上なく驚く。気配を殺し、細心の注意を払ってラウラリスを木の上から監視していたはずなのに、気がつけば後ろをとられていたのだから、当然だろう。

ラウラリスは、ずっと気がついていたのだ。

町を出発してから今の今まで、自分たちが尾行されていることに。

そして、ラウラリスが一人になった時を見計らって、尾行している者たちが仕掛けてくるつもりでいたことにも。

少女が相棒と離れ、一人で暗い森の中に向かった。そんな彼女を狙うには格好の状況に、隠れて隙を窺《うかが》っていた刺客《しかく》の気持ちが逸《はや》った。

それをラウラリスは見逃《みのが》さなかった。自分を狙う存在を確実に捕らえるため、彼女は追跡に気がつきながらも、今の今まで放置していたのだ。

「おや、よく見たらあの時の男じゃないか」

偶然かあるいは必然か。

ラウラリスを陰から監視していたのは、ガマスをギルドに引き渡した後にラウラリスに接触してきた男のうちの一人だった。

男の隠密《おんみつ》能力はなかなかのものだった。もしかしたら面と向かって戦うより、陰から対象を仕留めるほうに本領を発揮するタイプなのかもしれない。

しかし、些《いささ》か相手が悪すぎた。

前世のラウラリスにとって、暗殺されそうになることなど日常茶飯事《にちじょうさはんじ》。

仮に熟睡していたとしても、僅《わず》かの殺気を向けられればすぐに気がつくのだ。

「こんな夜更《よふ》けに、どうもご苦労さん」

「くっ……」

男は慌《あわ》てて木の上から飛び下り、ラウラリスから逃《のが》れようとするが――

「残念、男は回り込まれてしまった」

「なにぃぃっ!?」

動いたのは、明らかにラウラリスのほうが遅かった。だが地上に下りたのは、彼女のほうが先。

これにはたまらず、男は悲鳴を上げた。

「私から逃《に》げようなんぞ、三百と八十年早いね」

妙に具体的な年数を口にするラウラリス。男はなおもラウラリスから逃《に》げようと飛《と》び退《の》くが、それよりも彼女が長剣を引き抜くほうが、数段早かった。

「ていやっ」

可愛らしい掛け声からは想像もつかないほど、凶悪な速さで剣が振り抜かれる。

長剣を打ち込まれ、男の躰《からだ》が勢いよく木へと叩きつけられた。

男はずるりと木の幹《みき》から剥《は》がれるように落ちると、僅《わず》かに身じろぎした後動かなくなった。

「おお、この程度で気絶してしまうとは情けない」

妙にノリノリなラウラリスである。

男の躰《からだ》が形を保っているのは、ラウラリスが手加減していたが故。もしラウラリスが本気で剣を振るえば、男は潰れた果実のようになっていただろう。

一瞬にして仲間の一人が倒されたことに、周囲で待機していた他の二人が動揺する。

彼らは思わず躰《からだ》を震わせ、乗っていた木の枝を揺らしてしまう。

それは、ラウラリスに居場所を知らせる結果となった。

「ババァからは逃《に》げられない！」

彼らが逃走を選択しようと試《こころ》みた瞬間には、もう手遅れ。

ギラリと光る鋭《するど》い視線が男たちを寸分違《たが》わず射貫《いぬ》き、長剣が振りかぶられた。

瞬《また》く間《ま》に男たちを制圧したラウラリスは、意識を失った彼らを一カ所に集め、後ろ手に縛り上げた。

「さて、いい情報が聞き出せると楽で助かるんだがねぇ」

ラウラリスは、ぺちぺちとリーダー格と思《おぼ》しき男の頬を叩く。

「ほれ、目を覚ましな。今回はちゃんと手加減できたから」

男の最初の反応は薄かったが、しばらくすると煩《わずら》わしそうに眉をひそめ、ゆっくりと目を開く。

「はい、おはようさん。今は真夜中だけどね」

男は一瞬呆《ほう》けたような顔になった後、己が陥《おちい》っている状況に気がつき、反射的に動こうと藻掻《もが》く。しかし縛り上げられているため、その抵抗は徒労《とろう》に終わる。

「貴様っ……」

「うんうん。悪党の『貴様っ』をいただきましたよ。いやぁ、コレを聞くために悪党をボコッてると言っても過言じゃないかもしれないねぇ」

本音とも戯《ざ》れ言《ごと》とも取れることを口にするラウラリス。実際は半々程度といったところだ。全てではないが、楽しみの一つではあるかもしれなかった。

「さて、本題に入る前にっと」

ラウラリスは背後に視線と言葉を投げる。

「そんなところに隠れとらんで、出てきなよ」

声が森の闇に吸い込まれる。

己の言葉に対して反応がなくとも、ラウラリスは確信めいた顔で、ずっと森の奥を見《み》据《す》え続けた。

「……………………」

やがて、木々の陰から一人の青年――ケインが姿を現す。

その表情は険《けわ》しく、ラウラリスを見る目には警戒の色が強く浮かんでいた。

「……いつから気がついていた」

「食堂で顔を合わせた時からだね」

ラウラリスの答えに、ケインは顔をしかめた。

ラウラリスと出会ってからの短い期間に、何度こんな表情を浮かべたのだろうかと、そんなことを思っているのかもしれない。

ラウラリスがケインと離れて一人になったのは、自分たちを追跡していた『亡国』の刺客《しかく》を誘い出すため。

けれども、ラウラリスが誘い出したかったのは刺客《しかく》だけではなく、ケインも含まれていたのである。

「ほれ、あんたのお目当てはコレだろ？」

ラウラリスは詳細不明の金属札《じゅぐ》を取り出した。

それを目にした瞬間、ケインの手がピクリと動いたが、彼は反対側の手でそれを押《お》し止《とど》めるように手首を握った。

「……どうして、このタイミングでそれを取り出す」

「逆に聞くがね。どうして私が呪具《こいつ》を取り出した時点で奪いに来ないんだい？」

ケインに牢《ろう》で会った時は、謎の美少女様《ラウラリス》が呪具《じゅぐ》を持っているとわかった時点で、問答《もんどう》無用《むよう》で襲いかかってきた。相手の正体や目的など考える余地がないほど、重要な品だとわかる。

「それは……」

ケインは言《い》い淀《よど》んだ後、なにかに思い至ったように目を見開く。

「まさか……俺に見せつけるために、わざわざ奴らをここまでおびき寄せたのか？」

ラウラリスは、ニヤリと笑った。

隠密《おんみつ》を得意とする『亡国』の刺客《しかく》を圧倒してみせたラウラリスの技量を、ケインの記憶に刻み込む。

それがまさに、ラウラリスがケインを誘い出した理由だ。

彼の中にラウラリスの高い戦闘力への警戒心を植えつけ、安易に手を出せる相手ではないと判断させた。

ラウラリスは自身の戦闘力をケインに示し、それを抑止力としたのだ。

「これ以上、面倒を増やすのは嫌でね。手っ取り早く話を進めるには、コレが一番だと思ったんだよ」

結局のところケインも、ギルドの牢《ろう》で戦った相手であると気がついていたということだ。その上で、契約関係を結んだ仕事仲間という体《てい》でここまで来た。

町を出発するまでは、ここまで早急に事を進めるつもりは、ラウラリスにはなかった。だから、ラウラリスからは牢《ろう》で会った時のことを聞かなかった。

けれども、道中でケインから『亡国』の話を聞いて気が変わった。

予想していたよりも、遥《はる》かに性質《タチ》の悪い集団を相手にするのだ。ケインの正体など、余計な考え事はできるだけ減らしておくに限る。そう判断したラウラリスは、厄介《やっかい》な刺《し》客《かく》と余計な思考を、一緒くたに払ってしまうことにしたのだった。

ケインは苦虫を噛み潰したような表情をしながら、重々しく口を開く。

「呪具《じゅぐ》をこちらに渡すつもりはないと言うことか」

「そりゃ、今後の話次第だよ。あんたが私を疑っているように、私だってあんたを信じちゃいないんだ。あんたが『亡国』の連中と関わりがないとしても、敵の敵が味方とは限らないだろうさ」

ケインが単なる賞金稼ぎでないのは明らかだ。正体が曖昧《あいまい》である以上、そう簡単に呪《じゅ》具《ぐ》を渡すことはできない。

「……最初から俺のことを疑っているのなら、どうして手を組んだ」

「『亡国』に関する情報が、あまり手元になかったからね。時にはリスクを承知で踏み出す必要がある。あんたもそうだろ？」

ケインにとってのラウラリスは、呪具《じゅぐ》を追っている過程で遭遇《そうぐう》した、正体不明の美少女様。『亡国』の関係者か、あるいは『亡国』とは全く無関係の誰かか。高い戦闘力と豊かな胸を持っているという点を除《のぞ》けば、わからないことだらけだっただろう。

そんな相手に顔を晒《さら》して接触することは、彼にとってもリスクが高い。

だが、その高いリスクを背負ってでも、呪具《じゅぐ》に近づく必要があったということだ。

それに、とラウラリスは内心で付け加える。彼女には、気がかりがあった。

戦う際のケインの立ち回り、動き、剣筋《けんすじ》。

それらがどうにも頭に引っかかって離れない。

それを確かめるためにも、ラウラリスはリスクを承知でケインと組むことを選んだのだ。

「とりあえず、エカロをとっ捕まえるまでは休戦だ。それまでは引き続き、雇用契約を結んだままってことで」

「……………わかった。こちらとしても、今の段階で『亡国』の連中だけじゃなく、そちらとも敵対するのは面倒だからな」

「そりゃ重畳《ちょうじょう》。あ、契約はそのままだから、仕事上の諸経費は後できっちり請求させてもらうよ」

「………………………」

シリアスな空気をぶち壊すような台詞《せりふ》に、ケインの顔がこれまでで一番渋《しぶ》くなった。

彼の表情はともかく、特に反論がなかったことを肯定と受け取り、ラウラリスは改めて刺客《しかく》たちに向き直る。

「じゃあ、いよいよ本題に入ろうか。待たせて悪かったね、あんたたち」

笑みを浮かべるラウラリスだが、その目には野獣を思わせる凶悪な光が宿っていた。

相変わらず、悪党を前にするとイキイキとし始めるババァである。

「痛い目に遭《あ》いたくなかったら、知ってることを洗いざらいぶちまけてもらうよ」

「……………………くくく」

威圧を込めて投げたラウラリスの言葉に返ってきたのは、引きつったような笑い声だった。ラウラリスは、一層眼光を鋭《するど》くする。

「……なにが可笑《おか》しいんだい？」

「どうやら、貴様は我らごときでは手に負えないようだ。非常に遺憾《いかん》ながらそれは認めよう」

俯《うつむ》いていた男が、顔を上げる。その表情筋は引きつり、歪《ゆが》んだ笑みを浮かべていた。喉《のど》から絞《しぼ》り出《だ》される声も裏返っている。

けれども、その目だけは血走り、力がこもっていた。眼球が飛び出さんばかりに、ギョロリと目が開かれている。

自分たちを一瞬で倒したラウラリスに加えて、ケインもいる圧倒的不利な状況で、男の反応は異様であった。

（あ、これはやっべぇパターンだわ）

この時点で、ラウラリスは己の見通しの甘さを悟《さと》った。

ラウラリスは当初、『亡国を憂える者』は傍迷惑《はためいわく》な思想団体のようなものだと考えていた。

ケインの話を聞いて、それよりも数段危険な存在であると認識し直していたが、それでもまだ足りなかったのだ。

――病的なまでの信仰心や忠誠心。

刺客《しかく》の目にはその光が宿っていた。

信ずる者のために、己の命すら投げ出す覚悟がある。

聞こえはいいが、相対する者にとっては面倒以外の何物でもない。

ラウラリス、そしてケインも、このままではマズいと両者ともに剣の柄《つか》に手を掛ける。

ラウラリスは、男を斬《き》り伏《ふ》せんと踏み込んだ。

しかし、情報を聞き出すことを考えていた手前、反応が遅れてしまった。

「だが、偉大なるあの御方のために！　我が命を引き換えにしてでも、貴様らをここで葬《ほうむ》ろう!!」

カッと開かれた男の目が、血に濡れたような紅《くれない》に染まった。

そして次の瞬間、刺客《しかく》を拘束《こうそく》していたはずの縄が力任せに引きちぎられた。

「マジかい!?」

さすがのラウラリスも驚愕《きょうがく》を露《あら》わにする。

刺客《しかく》を縛っていた縄は、人の力では容易《たやす》くちぎれない程度の強度を持っていたはずだ。

それに、刺客《しかく》の外見は筋肉質とは言《い》い難《がた》い。ラウラリスのような特殊な身体運用をしているならともかく、力よりも速度を重視する躰《からだ》の作りに見える。

予想外すぎる刺客《しかく》の膂力《りょりょく》に、ラウラリスの動きが僅《わず》かに鈍《にぶ》る。それでも一瞬で動揺から立ち直った彼女は、今度こそ迷わず長剣を刺客《しかく》へと振り下ろした。

——ズドンッ!

打ち込まれた地面がめくれ上がるほどの一撃。しかし、そこに刺客《しかく》の姿はなかった。

舌打ちをしながらラウラリスが見上げた先には、四《よ》つん這《ば》いで木の枝の上に乗る刺客《しかく》の姿がある。

さながら獣《けもの》のごとく。薄暗い森の中で、刺客《しかく》の赤い瞳だけが妖《あや》しく光っていた。

「ちっ、面倒なものを使われたみたいだな」

すでに剣を引き抜いていたケインが、苦々しく呟いた。それを聞いて、ラウラリスは勢いよく彼を見る。

「おい、ケイン。あんたなにか知ってんのかい⁉」

「『亡国』の戦闘員が追い詰められた時によく使う〝奥の手〟だ」

「具体的にはなん――」

言葉を最後まで口にする前に、ラウラリスはケインがいる場所まで飛《と》び退《の》いた。

刹那《せつな》の後に、刺客《しかく》の拳《こぶし》が彼女がいた地点を叩く。その破壊力たるや、ラウラリスが長剣を打ち込んだ時以上だ。大地が陥没《かんぼつ》し、粉塵《ふんじん》を巻き上げるほど。

ラウラリスとケインは変貌《へんぼう》した刺客《しかく》を迎《むか》え撃《う》とうと剣を構える。

しかし、刺客《しかく》が次に目を向けたのは、ラウラリスたちではなかった。

刺客《しかく》は地面に食い込んだ腕を引き抜いた。すると首から上が独立しているかのように、グリンと頭を動かす。赤い目が見据《みす》えたのは、仲間であるはずの拘束《こうそく》された二人の男だった。

彼らは、激しい音でようやく意識を取り戻したようだ。だが、彼らが目を覚まして最初に見たのは、赤い瞳をした仲間。

「ひ――」

男たちの喉《のど》から音が漏れる。しかし、それは即座に途切れた。声が悲鳴に変わる前に、赤目の刺客《しかく》が振るった腕によって、一人の男の躰《からだ》が吹き飛ばされたからだ。

一直線に滑空《かっくう》する男の躰《からだ》。やがて木の幹《みき》に叩きつけられて動きが止まるも、目や鼻、耳と、穴という穴から血が噴《ふ》き出《だ》し、首はあらぬ方向にねじ曲がっていた。生きているかどうか、問うまでもないだろう。

「まっ――」

残った一人は、制止の声を張り上げようとするが、やはりその言葉も最後まで紡がれることはなかった。

赤目の刺客《しかく》が放った拳《こぶし》が、男の頭部を粉砕《ふんさい》する。砕《くだ》かれた頭の内容物が辺《あた》りに飛び散った。

血みどろな光景を目《ま》の当たりにし、ラウラリスはゲンナリとした。

「なんだか、一気にバイオレンスな状況に転がり込んだね」

ケインも、厳しい声を出す。

「ああなったら最後、敵も味方も関係ない。周囲のあらゆるものを破壊するだけの存在になり果てる。それこそ、自分の躰《からだ》が崩壊するまでな」

よく見ると、仲間の血で赤く染まった刺客《しかく》の拳《こぶし》は、指が揃《そろ》わずぐちゃぐちゃに変形していた。

あの男は完全に理性を失うことを代償として、限界を超えた力を得ているのだ。拳《こぶし》の有様は、限界以上の力を振るったためだ。己を省《かえり》みないその姿は、まさに狂戦士《バーサーカー》と言えよう。

「『亡国』が事件を起こした際、被害が大きくなる理由の一つが、あれだ。奴らは死ぬまで止まらん」

「そういうのは前もって教えてくれると助かったよ」

「言い訳のしようがないな」

ラウラリスが即座に指摘すると、ケインは意外にもあっさり自らの非を認めた。

ただ、ラウラリス自身にも油断がなかったとは言い切れない。

刺客《しかく》の豹変《ひょうへん》に動揺せず、即座に叩き切っていれば、残りの二人を死なせずに済んだ。

とはいえ、その二人も同じような〝奥の手〟を持っていたかもしれないので、情報が引き出せた可能性は低いが。

今さらなにをどう言ったところで後の祭り。反省会は、この状況を乗り切ってからだ。

狂戦士《バーサーカー》と化した刺客《しかく》が振り返り、赤い目にラウラリスとケインを映し出す。

どうやら、逃《に》がしてくれる気はないらしい。

「……ま、こっちとしても、あんな傍迷惑《はためいわく》な奴を野放しにする気はないけどね」

ラウラリスは長剣を担《かつ》ぐと、徐《おもむろ》に踏み出した。

剣を携《たずさ》えているとはいえ、あまりにも気負いがないラウラリスにケインが苦言を呈《てい》する。

「おい。ああなった奴らは、そう簡単には止まらんぞ」

「知ってるよ。あの手の輩《やから》を相手にするのは、初めてではないんでね」

ラウラリスが前世で駆け抜けたのは、戦乱の世。

命を捨ててラウラリスに挑む敵も多くいた。目の前のこの狂戦士《バーサーカー》に似たような者もいた。だから当然、その対処法も熟知している。

雄叫《おたけ》びを上げながら、狂戦士《バーサーカー》がラウラリスに肉薄した。

壊れた拳《こぶし》をそのまま振るい、彼女を殺さんと迫《せま》りくる。ラウラリスとて、人間の頭を一撃で粉砕《ふんさい》するような威力をまともに食らっては、たまったものではない。

もっとも、まともに食らえばの話である。

ラウラリスは、柔らかく歩を進めた。

まるで湖面の薄氷を渡るような、優しい一歩。

——ズン。

だというのに、大地が鳴動した。

それは、己の肉体を十全に把握した末に会得《えとく》できる、完璧《かんぺき》な体重移動。

ラウラリスが使う、特殊な躰《からだ》の利用の仕方――『全身連帯駆動《ぜんしんれんたいくどう》』。

それは、肉体のあらゆる要素を連動させることによって、常人を超えた膂力《りょりょく》を発揮する身体運用法だ。それを使うことによって、ラウラリスの華奢《きゃしゃ》な脚であっても、地面を揺らすことができる。

「今度は手加減なしだ。悪く思うな」

ラウラリスは冷酷《れいこく》に告げると、剣を振るった。

本気を出したラウラリスが振るう剣を前にすれば、いくら狂戦士《バーサーカー》が己の身体能力を限界以上に発揮したところで、巨山に生身の人間が抗《あらが》うのと等しかった。

狂戦士《バーサーカー》の躰《からだ》が、一刀のもとに両断される。

下半身は勢いのまま地面を転がり、高らかに宙を舞った上半身は間を置いて地に落ちた。

「こういった面倒な奴は、一発で仕留めるに限る」

ラウラリスが剣を鞘《さや》におさめる。

その直後、斬られたことをようやく自覚したかのように、狂戦士《バーサーカー》の断面から血が噴《ふ》き出《だ》す。ビクビクと痙攣《けいれん》していた躰《からだ》は、じきに動かなくなった。

◆◆◆

「…………………」

ラウラリスの剣捌《けんさば》きを見て、ケインは言葉を失っていた。

相手が面倒な奴かどうかという問題ではないだろ、というまともな言葉を挟むような余裕は、彼にはない。それくらい、ラウラリスの剣筋《けんすじ》に驚愕《きょうがく》を抱《いだ》いていた。

牢屋《ろうや》での戦闘。先ほどの刺客《しかく》三人を瞬《またた》く間《ま》に無力化した時の動き。

それを見て、ラウラリスが相当の手練《てだ》れだとは予想していたが、まるでその強さの底が知れなかった。

そして、今の一刀。

(あの動きはまさか……いやそんなはずは)

ケインは己の中に生じた可能性を、即座に打ち消した。

しかし、理性では違うと断じても心の奥では否定しきれない。

もしケインが思い至った可能性が事実であるとすれば、ラウラリスという少女は——

「おい、なにをぼさっとしてんだい」

当のラウラリスに声をかけられ、思考の海に浸《ひた》っていたケインは、ハッと我に返った。

「こいつの身ぐるみをひっぺがすよ。相手の手の内はなるべく知っておきたいからね。手掛かりがないか調べる」

「あ、ああ。そうだな」

内心の動揺を押し殺すように、ケインは頷《うなず》いたのだった。

◆◆◆

ラウラリスが分かたれた刺客《しかく》の上半身を探っていると、興味深いものを発見した。

「おや、こいつは……」

彼女が刺客《しかく》の懐《ふところ》から取り出したのは、血にまみれた金属札――呪具《じゅぐ》であった。

「おい、ケイン」

下半身を調べていたケインに、ラウラリスは呪具《じゅぐ》を投げ渡す。

「あんたなら、こいつがなんなのかわかるだろ」

「……これは、奴らが狂戦士《バーサーカー》化するために用《もち》いる呪具《じゅぐ》だ」

「具体的にはどんな効果があるんだい」

「…………………」

ケインは迷いを見せたが、諦《あきら》めたようにため息をついた。

呪具《じゅぐ》の正体を隠す重要性と、隠し立てした際に生じるラウラリスとの関係悪化を天秤《てんびん》にかければ、後者のほうが圧倒的に重いと判断したのだろう。

「死んだ戦士たちの霊を呼び出し、使用者の肉体に憑依《ひょうい》させる代物《しろもの》だ」

「降霊術か……また扱いづらいもんに手を出しよって……」

ケインが説明した通り、降霊術とは死んだ者の魂《たましい》を現世に降臨《こうりん》させ、生きた人間に憑《ひょう》依《い》させる術である。そうすることによって、死んだ人間が所持していた技能を、召喚した人間が再現できるようになるのだ。だが、説明ほど単純ではない。

ラウラリスが生きていた時代にも、降霊術を用《もち》いて戦力を強化するため、研究していた者たちはいた。経験の浅い新兵に死んだ経験豊富な兵の魂《たましい》を宿らせて、短期間で戦力の向上を図《はか》ることを試《こころ》みたのだ。しかし、この研究はほとんど頓挫《とんざ》した。

人間の魂《たましい》と肉体は常に一対一であり、それ以上でもそれ以下でもない。そこに魂《たましい》をもう一つ詰め込めば、確実に容量過多《キャパオーバー》で不具合が出てくる。おおよその場合は、呼び出した魂《たましい》に肉体を乗っ取られ、理性を失った状態で暴走する。そして最後は破壊の限りを尽くし、肉体が過負荷に耐えきれず死に至るのだ。

兵を使い捨てにする危険性があり、なおかつその周囲へも深刻な被害を及ぼすそのような研究を、ラウラリスは良しとしなかった。

結果、降霊術の研究機関は皇帝の勅命《ちょくめい》で解体され、研究内容は全て消し去った。

「私が知る限り、降霊術の戦術的利用ってのは、お話にならないくらいに成功率が低かったはずだが……呼び出せる霊は選べるのかい？」

「もちろん無理だ」

「だろうねぇ」

そもそもの話、魂《たましい》という存在そのものが、人間の理解の範疇《はんちゅう》を超える曖昧《あいまい》な存在だ。それを自在に選別し、意図的に肉体に宿そうなどと考えるのは、それこそ『神の御《み》業《わざ》』に他ならない。

（いやまぁ、神様ならできるんだろうけど）

ある意味で降霊術を実体験しているラウラリスだったが、今はどうでもいい話だ。

ラウラリスはケインの答えを聞いて、思わず肩を竦《すく》める。

「暴走を前提に運用する上に、呼び出した霊が本当に戦闘に適した者の魂《たましい》かは、実際に降ろしてみるまでわからん。命を賭《か》け金《きん》にした博打《ばくち》にしちゃ、リスクが高すぎるよ」

下手《へた》をすれば、己よりも戦闘力が劣《おと》った魂《たましい》を呼び出す可能性もあるのだ。それでは、全く意味がない。この辺《あた》りも、かつての研究が失敗に終わった理由の一つである。

「もっとも、降霊術などという手間をかけるのは、『亡国』の中でもエカロの一派だけだがな。他の幹部の一派はもっと楽な方法を使う」

ケインが言うには、狂戦士《バーサーカー》化するにはいくつかの方法がある。

薬物を使ったり、暗示をかけたり。特殊な例だが、個人が元々霊を利用する才能を有している場合もあるそうだ。それらを利用するほうが、降霊術に比べればよほど確実である。

「とすると、だ」

そう言って、ラウラリスは己が持っていた呪具《じゅぐ》を取り出す。『亡国』が求め、ケインも狙っているものだ。

「こいつは降霊術に関係するって線が濃厚だね」

「――っ」

ラウラリスの言葉に、ケインは息を呑んだ。

「その反応を見ると、当たりっぽいね」

満足のいく反応に、ラウラリスはうひひと笑うのであった。

『亡国』からの襲撃は、あの一度きり。その後は特に妨害などはなく、数日のうちにケインとラウラリスは無事に目的地である町に辿《たど》り着《つ》いた。

「なかなか活気がありそうだねぇ。ほら、ケインも突っ立ってないで、早く来なよ」

ケインが立ち止まっていると、ラウラリスに声をかけられる。

彼は己を呼ぶ声に顔をしかめるが、一つため息をつくと彼女を追った。

ケインの前を歩くラウラリスは、楽しげに町を眺めている。

その様子はまるで、上京したばかりの田舎娘《いなかむすめ》といった風だ。田舎娘《いなかむすめ》にしては煌びやかではあるが、年相応には見える。だが、ラウラリスの目には、時折鋭《するど》さが宿っていた。

ケインは、表面上では平常心を取《と》り繕《つくろ》っていたが、その内心は穏やかとは言《い》い難《がた》かった。

理由は明白だ。

『亡国』の襲撃のあった夜に見たラウラリスの姿が、ケインに警戒心を抱《いだ》かせていたからだ。

あの晩、彼女は呪具《じゅぐ》が降霊術に関わるものだと言い当てた後、ケインにこう言った。

『あんたはなるべく隠しときたかったんだろうが、敵さんの目的はある程度は知っとかなきゃ、対策もとれないからね。悪いとは思ったけど、確認だけはさせてもらったよ。安心おし。別に呪具《こいつ》をどうこうしようとは思っちゃいないし、あんたと敵対するつもりもない。言ったろうさ、雇用契約はそのままだって。つまりはそういうことだよ』

ラウラリスは胸の谷間に呪具《じゅぐ》を押し込むと、それ以降ケインの前で取り出すことはなかった。

それを使用するつもりはなくとも、ケインに渡すつもりもまたないということだろう。ハッキリ言って、警戒するなというほうが無理な話だ。まるで、なにもかもを見透《みす》かされているようなのだから。

ケインには、こちらが隙を見せればさらに余計なことまで見抜かれるという確信があった。おかげで、自身の言動にすら注意を払わなければならない始末だ。

果たして、この少女とともに行動を続けていいのか、ケインは迷っていた。

だが、ラウラリスの能力は、協力者として非常に魅力的だ。

狂戦士《バーサーカー》と化した『亡国』の刺客《しかく》を、難なく斬《き》り伏《ふ》せたあの剣技。まさに技の理《ことわり》を集約したかのような一閃《いっせん》。それを一切気負わず、まるで息をするようにやってのけた。

得体の知れぬ者に素直に背中を預けて良いのかという葛藤《かっとう》はある。

とはいえ『亡国』は、己の命すら目的のために迷わず捧《ささ》げる集団だ。

ラウラリスは、リスクを加味したとしても非常に心強い存在だった。

そしてもう一つ、ケインにはラウラリスと行動したい理由がある。

彼には、ラウラリスの扱う剣術に心当たりがあるのだ。それを果たして剣術と称して良いかは、疑問だが。

戦いの最中に彼女が見せた動きを総合すると、一つの可能性に行き当たる。しかし、それを素直に受け入れるには、現実味に欠けていた。こんな少女がそれを使えるなんて、常識的に考えてあり得ない。

しかし、だからといって否定もしきれない。それが非常にもどかしい。

「どうしたんだい、なんだか上《うわ》の空《そら》みたいだけど」

ケインの内心など露知《つゆし》らずといった風に、ラウラリスが声をかける。

こちらはここ数日、ずっと悩んで気を張りっぱなしだというのに、その原因である彼女はまるで態度を変えずにいる。それを妙に腹立たしく思いつつも、ケインは表《おもて》に出さずに言葉を返す。

「……なんでもない。それよりも、あまりキョロキョロするな。どこに奴らの手の者がいるかわからないんだぞ。目立つような行動は控えろ」

「あら、やだねぇ。そんな剣呑《けんのん》な雰囲気を出してる奴に言われたかないよぉ」

ご近所のおばさんが噂話《うわさばなし》をするような気軽さで、そう言ってのけるラウラリス。たまらず、ケインの口がへの字に曲がった。

そんなケインの肩を、ラウラリスは手の甲でポスポスと軽く叩く。

「何気なくを装《よそお》っていても、見る目がある奴が見りゃ、肩肘《かたひじ》張ってんのがバレバレだよ。もうちょいと力を抜かんとね」

「……お前の場合は抜きすぎな気もするが」

ケインが思わずそう言うと、ラウラリスは朗《ほが》らかに笑った。

「こちらが油断してるって相手が思うくらいが、ちょうどいいってことさ。そうすりゃ、あちら側から仕掛けてくれるからね。いちいち捜す手間が省《はぶ》ける」

「……それで本命が出てくる保証はないだろう」

「だろうね。けど、少なくとも奴らの手駒《てごま》がこの町にいるって確信は得られる」

ラウラリスはケインの疑問に対して、即座に的確な回答をする。

本当に、この少女は何者なのだろうか。経験豊富な老齢の戦士と言われても、素直に納得してしまいそうだ。これではどちらが年上かわからない。

　それから、ラウラリスは嘆息《たんそく》した。

「つかね、この組み合わせで目立つなと言うほうが、どだい無理だろ。もうね、町に入った時点でめっちゃ目立ってるからね、私たち。今さら取り繕《つくろ》ったところで意味ないさ」

「……言っている意味が、よくわからないんだが。お前はともかく、俺は普通にしているだけだぞ」

「おっと、こいつは無自覚だったのか。罪作りな男になりそうだよ。いや、もうなってるのか？」

　あちゃぁ、とラウラリスは額《ひたい》に手を当てる。

　ケインには彼女がそう言う理由に全く見当がつかず、首を傾げることしかできない。

　すると、ラウラリスはハッキリ言い切った。

「私は言うに及ばずだが……あんたも微笑みを浮かべれば、どんな女性だって一撃で見《み》惚《と》れてしまうほど美形じゃないか」

　そう言われてみれば、すれ違うたびに誰かの視線を感じている気がする。

　今の今まで、ケインにはその自覚がまるでなかったが。

　そんな彼を見て、ラウラリスは再び大きくため息をついた。

「ま、それはいいとして。これからどうすんだい。まさか、当てもないってわけじゃぁないんだろ？」

この手の輩《やから》にはなにを言っても詮《せん》ないことと割り切ったのだろう、ラウラリスは早々に話を変えた。

ケインはその問いに頷《うなず》く。

「……当然だ。前もってこの町の情報屋に、エカロに関するネタを仕入れるように頼んである」

「そりゃ準備がよろしいことで」

「夜になったら、奴がよく利用している酒場に行くぞ。話はそれからだ」

「了解。夜まではまだ時間があるね。となりゃあ、まずは腹ごしらえだ」

ラウラリスは笑みを浮かべながら、ほっそりとした腹に手を添えた。

ここ数日は野宿ばかりだったから、久しぶりにまともな手料理が食べられるとあって、楽しみなようだ。

「いやぁ、旅の楽しみは、訪れた先での食べ歩きだからねぇ。あ、代金はそちら持ちでよろしく」

「……そういう契約だったからな」

「よし！　じゃぁ、今日はちょっとだけ頑張っちゃうぞ♪」

可愛らしく両手で握《にぎ》り拳《こぶし》を作るラウラリスに「なにを頑張るんだ？」とケインは首を傾げる。

——彼は知らなかった。ちょっと頑張ったラウラリスの食いっぷりを。

まさかあの（一部を除《のぞ》いた）細い躰《からだ》に、五人前以上の料理が入るなど誰がわかろうか。

しかも、彼らが入った定食屋はこの町ではグレードの高い店。当然、代金も馬鹿にならない。

ケインは少しだけ、最初に取り決めた契約の内容を後悔したのであった。

◆◆◆

ラウラリスたちが昼食を平らげた時、まだ夕暮れまで時間があった。

ラウラリスは一度、財布の中身を見てもの凄《すご》く渋《しぶ》い顔をしていたケインと別れた。日が落ちる頃までは、別行動を取ることにしたのだ。

ラウラリスが最初に向かったのは武具屋。長剣の点検を頼むためである。

彼女も日頃の点検は行《おこな》っているが、本格的な整備は本職に頼むのが確実だ。

ラウラリスは、これまでこの長剣をかなり乱暴に扱っている。この町でも確実に一悶《ひともん》着《ちゃく》はあるだろうし、装備は常に万全にしておきたかった。

「じゃ、頼んだよ」

「はい、かしこまりました」

店員に別れを告げたラウラリスの腰には、代用品の剣が提《さ》げられている。愛用の武器と比べると頼りないが、明日になれば戻ってくるのだから我慢すればいい。

それに、悪いことばかりでもない。

「いやぁ、なんだかんだで結構重いからねぇ。肩が軽いのなんのって」

機嫌よくラウラリスは肩に手を当てて、腕をぐりぐりと回す。

普段は軽いもののように振るってはいるが、実際のあの長剣の重量はかなりのもの。常日頃から身につけていれば、当然躰《からだ》への負担は大きくなる。

とはいえ、長剣がなくなったとしても、彼女には日常的に肩に負担を掛けるものが備わっている。

そう、胸部の豊かな双丘である。ラウラリスにとっては長剣よりも遥《はる》かに深刻な身体的負担の要因。だが長剣と違って脱着できるものではないので、諦《あきら》めていた。たわわに実ったものの話は、今は置いておく。

「さて、夕暮れまでどう時間を潰すかねぇ」

町に到着したのが、昼の少し前。それから昼食をとり武具屋に長剣を預けて、今に至る。日は少しだけ傾いているが、まだまだ明るい時間帯だ。

「とりあえず、ギルドで手配書のチェックでもしとくかい」

この町に来た目的は『亡国』の幹部であるエカロの捕縛であるが、他の手配犯を見逃《みのが》す理由にはならない。優先順位は低いが、暇を持て余した時にでも刈《か》り取《と》ればいいだろう。暇潰しにされる手配犯たちは、もういっそ哀《あわ》れかもしれない。

道行く人にギルドの場所を尋ねつつ、目的の場所へと向かうラウラリス。

だが、やはり初めて訪れる町の土地勘のなさ故に、路地裏に迷い込んでしまった。

「ま、これはこれで楽しいからいいけどね」

新しい場所に足を踏み入れるというだけで、ラウラリスの心は躍《おど》った。

前世では皇族だった彼女は、そうそう一人で自由に出歩くことができなかった。その反動かもしれない。

路地裏というのは、町の隙間だ。

表《おもて》から見えないからこそ、町の隠された姿が現れるように感じられる。

晴れやかな表《おもて》の世界からは窺《うかが》うことのできない、裏の世界がそこにはあるのだ。

「なんて、詩人みたく詠《よ》んではみたものの、ちょいとクサかったかね」

誰も見ていないとわかっていても、ラウラリスはなんとなく照れくさくて頬を掻《か》いた。

そろそろ表通《おもてどお》りに戻ろうとした時、彼女は足を止めてため息を零《こぼ》す。

「……なんだか、最近似たようなことがあった気がするねぇ」

やれやれだと首を横に振るラウラリス。

すると、彼女の前後の曲がり角から、ローブを羽織《はお》った男が数人ほど姿を現した。フードを深く被《かぶ》っているために表情は窺《うかが》えないが、隙間から覗《のぞ》く目は間違いなくラウラリスを捉《とら》えていた。

「ったく、これじゃおちおち外も出歩けないよ」

ラウラリスも歩けばトラブルに当たる、と言わんばかりである。

男たちは、ラウラリスとの距離を徐々に詰めていく。

狭苦しい路地の脇道は、男たちが出てきたところにしかない。

その男たちに前後から挟まれているため、彼女に逃《に》げ道はないのだ。

とはいえ、逃《に》げる必要など最初からなかった。

――ゴッ！

ラウラリスの膝《ひざ》が、男の顎《あご》を打った音がする。

彼女は一呼吸《ひとこきゅう》の間に十歩近い距離を詰め、正面にいた男の一人に飛《と》び膝蹴《ひざげ》りを浴《あ》びせたのだ。

まるで突かれたビリヤードの球のように、男の躰《からだ》が後方へすっ飛んでいく。そして、男が立っていた位置にラウラリスが軽やかに着地した。

ローブ姿の全員の動きが硬直する。彼らには、男が突然視界から消え、代わりにラウラリスが現れたかのように見えたのだろう。それを見逃《みのが》すラウラリスではない。

「ほあちゃぁっ！」

謎の気合いを発しながら、ラウラリスは手近な男に肩甲骨《けんこうこつ》の辺《あた》りから体当たりをぶちかました。

その山のごとき重厚な一撃を受け、男の躰《からだ》はやはり軽々と吹っ飛び、民家の壁に叩きつけられた。

この時になってようやく、硬直していた不審者たちが動き出す。

だが、それは挑むか逃《に》げるかの迷いを孕《はら》んだ曖昧《あいまい》なもの。どちらにせよ、ラウラリスに蹂躙《じゅうりん》されるという結果に変わりはない。

ラウラリスは遠慮なく、男たちを薙《な》ぎ払《はら》った。

意識のなくなった男たちを一カ所に集めたところで、お待ちかねの剥《は》ぎ取《と》りタイムである。

「さてさて、今回はなにが出てくるかね」

ラウラリスは楽しそうに呟きながら、意気揚々《いきようよう》と彼らの懐《ふところ》をまさぐった。

……が、その笑みはすぐさま渋《しぶ》い表情へと変化する。

男の懐《ふところ》から出てきたのは『獣《けもの》』をかたどったペンダント。つまり、こいつらは『亡国』の構成員である。

ラウラリスの心境は、くじ引きで外《はず》れを引いた時に近かった。それも、罰《ばつ》ゲームつきのやつだ。

「私たちが来ることを警戒していたか、あるいはすでにこの町にいることがバレていたか……」

そこまで考えて、ラウラリスは「ん？」と首を傾げた。

「それにしちゃぁ、ちょいと手応《てごた》えがなさすぎる」

今気絶している男たちは、戦闘員としては最低ラインの実力だった。恐らく、鉄級《メタル》ハンターほどの腕があれば、返《かえ》り討《う》ちにできる程度だろう。前の町で襲ってきた刺客《しかく》と比べれば、明らかに格下だ。

加えて、ラウラリスは狂戦士《バーサーカー》と化した刺客《しかく》をも返《かえ》り討《う》ちにしている。実際にそのことが報告されていなくとも、刺客《しかく》が帰還しなければ『亡国』が警戒を抱《いだ》くには十分だろう。

もし本気でラウラリスを相手にするとなれば、相応の手勢を揃《そろ》えるはずだ。もし揃《そろ》わなければ、手を出さずに時期を窺《うかが》うのではないか。

「…………もしかして、私のことを知らなかった？」

そういえば、とラウラリスは己の背中に視線を向けた。

今の彼女は、トレードマークである長剣を背負っていない。先ほど武具屋に預けたばかりだからだ。

ラウラリスといえば『美少女×巨乳×長剣』でワンセットである。

彼女の特徴を要点のみで伝えるとなれば、この三つだ。そのうちの一つが欠けている今、『亡国』の人間は、自分を要注意人物だと認識できていない可能性があった。

「ってことはあれか、私はたまたま襲われたってことになるのか……」

もし仮にこの推測が正しければ、次の疑問が生まれてくる。

すなわち、どうしてラウラリスが襲われたか。

「どうやら、単にエカロを見つけるだけじゃ済まなそうだね。こいつは楽な仕事じゃぁなさそうだ」

ラウラリスは、ポツリとボヤいたのだった。

第七話　噂《うわさ》のババァ

日が暮れ始めた頃、ラウラリスとケインは予定通り合流し、情報屋が利用しているという酒場へ向かった。

店は酔いに任せて騒ぐような類《たぐ》いではなく、酒の味わいを純粋に楽しめるような、落ち着いた雰囲気であった。店の奥には楽器を持った演奏家たちがおり、ゆったりとした音楽を奏《かな》でている。

恐らくは一般庶民よりも、貴族や富豪《ふごう》を相手にするような店なのだろう。店内には客がちらほら座っているが、誰もが上品な服装をしていた。

いくら見目が良かろうとも、ラウラリスやケインの格好はハンターに近い粗野《そや》なものだ。この店の空気には些《いささ》かそぐわない。

だが、ケインは気にせず店の中へと進んでいく。ラウラリスも彼に続いた。

ケインが向かったのは、店の端のテーブル席。そこには、若い男が座っていた。

「あれかい？」

ケインは頷《うなず》きもせずに男に近づく。その男は手元のグラスに注《そそ》がれた酒を一口呷《ひとくちあお》ると、ケインに向けて笑みを浮かべた。

「よう、ケイン。待ってたぜ」

「情報は？」

「そう焦《あせ》りなさんな。せっかく酒場に来たってのに、酒の一つでも頼まなきゃ店に失礼だろ」

端的に用件を述《の》べたケインに対して、情報屋の男はグラスを揺らした。

ケインは小さく眉をひそめつつも、情報屋の正面に腰を下ろす。ラウラリスも彼の隣に座った。

情報屋は店員を呼ぶと、二人に適当なものを見繕《みつくろ》うよう頼んだ。

ほどなくして、ラウラリスとケインの前にグラスが運ばれてくる。それから情報屋は、ケインのほうに身を乗り出した。

「随分と見目麗《みめうるわ》しいお嬢さんを連れてるじゃないか、おい。是非ともお近づきになりたい。ちょっと紹介してくれないか？」

「彼女とは雇用契約を結んでいるに過ぎん。関係を作りたいなら、自分でどうにかしろ」

ケインは情報屋の態度に一切動じず、淡々と答える。

「相変わらずオカタい男のようで」

つまらんと言わんばかりに席に座り直すと、情報屋は改めてラウラリスへと目を向けた。

「俺の名前はアマン。ケインに聞いてるとは思うが、情報屋だ。お嬢さんの名を伺《うかが》っても？」

「ラウラリスだ。フリーの賞金稼ぎをしてる」

それを聞いたアマンは、驚きの表情を浮かべた。

「……こいつはまた凄《すご》いのを引っかけたな、ケイン。このお嬢さん、最近ギルドで話題になってる、あのラウラリスだろ？」

さすがは情報を商売道具にしているだけはある。ラウラリスのことも、すでに知っていたようだ。

アマンは、自らの持つラウラリスの情報を語り出す。

「噂《うわさ》じゃ、とある町で手配書が回ってた犯罪者どもを根刮《ねこそ》ぎ捕まえたとか、銀級《シルバー》ハンターでも複数で挑むような危険種を一人で討伐《とうばつ》したとか。他にもいろいろとあるが、実はしわくちゃのババァが若返って絶世の美少女に変貌《へんぼう》した姿だって、一番妙なのもあるぜ」

「なんだそれは……最初の二つはともかく、最後のは意味がわからんな」

「全くだ」

呆《あき》れたとばかりの男二人に対して、ラウラリスは微妙な心境になる。

最後の一つは完全に噂《うわさ》に尾ひれがついた結果だろうが、一周回って正しいのだから妙な話だ。

ともかく、とケインが改めて口を開く。

「彼女が腕利《うでき》きなのは、俺が保証する。それよりも本題に入ってくれ」

「あいよ。じゃ、お仕事のお話をしましょうか」

アマンはグラスの中身をもう一口含んでから、話を始めた。

「まずは悪いお知らせからだ。『亡国』の幹部であるエカロの正確な居場所は、残念ながら未だに不明だ。これについちゃあ俺の力不足だ。本当に申し訳ない」

それまでのおちゃらけた雰囲気を引っ込めたアマンはテーブルに両手をつき、深く頭を下げた。

「見当がついていないわけではないんだろ？」

ラウラリスが尋ねると、アマンは頷《うなず》く。

「ああ。調べた結果、潜伏先として怪しい場所の目星はいくつかついてる。いかんせん確証はねぇが……。ただ、エカロがこの町にいるのは間違いない。これだけは断言できる」

「そいつはよかった。ここまで来たのが無駄骨にならなくて済みそうだ」

この町にエカロがいるという確証があるだけで、ラウラリスにとっては十分な情報であった。

「とりあえず、潜伏先の目星は、後で印《しるし》をつけた地図を渡す。無理に探りを入れたら勘づかれる恐れがあるから、くれぐれも気をつけてくれ。それと、実は今、この町でちょっとした事件が起こってるんだが――」

アマンの話によれば、ここしばらくの間に町に住む女性が行方不明《ゆくえふめい》になる事件が起こっていた。

行方《ゆくえ》をくらましたのは、全員が若い女性。アマンの調べによれば、おおよそがいわゆる美人と言われている者ばかりだという。

「話の流れからすると、この行方不明《ゆくえふめい》事件に、エカロが絡んでるということか？」

ケインの問いを、アマンは肯定して続ける。

「女性が姿をくらます前後に、ローブを羽織《はお》った怪しい人間が付近で目撃されてる。それに、事件が起こった時期とエカロがこの町に来た時期が合致する。偶然と言い切るには怪しすぎだ」

町の警備隊が消えた女性の行方《ゆくえ》を追っているが、状況は芳《かんば》しくない。彼らも『亡国』の関与を疑いはしているようだが、その目的を含めて尻尾《しっぽ》を掴めないでいるという。

「お嬢さんはこの事件、どう考える？」

アマンに聞かれ、ラウラリスはきっぱりと言った。

「『亡国』の仕業《しわざ》なのは間違いないねぇ」

「おや、どうしてそう断言できる」

不思議そうなアマンに、ラウラリスは平然と答える。

「だって、実際に襲われたからね、私」

「「は？」」

ケインとアマンが揃《そろ》って疑問符を浮かべるのも無理はない。

ラウラリスは簡潔に、ケインと一旦別れた後の出来事を二人に伝えた。

「……なんで目を離した隙にそんな面倒事に巻き込まれているんだ、お前は。というか、なんでそれをもっと早く言わないんだ」

「私のせいじゃないよ。そんなの『亡国』の奴らに聞いておくれ。すぐに言わなかったのは、タイミングが合わなかっただけ。この席で言うつもりは最初からあったよ」

頭痛をこらえるように眉間《みけん》を揉《も》むケインに、ラウラリスはしれっと答えた。

「で、その襲ってきた『亡国』の組織員はどうしたんだ」

眉をひそめたままのケインに、ラウラリスはなんでもないことのように言う。

「とりあえず全員の両脚をへし折ってから、警備隊に突き出しといた」

「怖っ⁉　え、このお嬢さん、さらっと恐ろしいこと言いましたけど、ちょっと」

ラウラリスの発言に、アマンがビビる。アマンでなくとも、普通はビビる。

それが美少女の口からさも当然のように出てくれば、なおさらだ。

逃亡されないためと尋問の手間を省《はぶ》くため、ラウラリスは気絶した『亡国』の構成員の脚を容赦《ようしゃ》なく踏み折った。ラウラリスにとって悪党の悲鳴など雑音に等しい。積極的に聞きたいとは思わないが、いくら耳に届いたところで心が動くことはない。

ケインの反応はアマンほど顕著《けんちょ》ではなく、もう驚くのが面倒になったといった風だった。一言《ひとこと》申したい気持ちはあるようだが、それよりも話を先に進めることを選ぶ。

「当然、情報は引き出したんだろうな」

「そりゃもちろん、引き渡す前にね。けど、大した話は聞けなかったよ。いつでも切り捨てられる末端員だったんだろうね」

彼らは人気《ひとけ》のないところで年頃の綺麗な女性を攫《さら》い、所定の場所まで運ぶことだけを命じられていた。その後のことは、別の構成員に任せていたという。

奇《く》しくも、ラウラリスが巻き込まれたおかげで、この町で起きている誘拐《ゆうかい》事件が『亡国』の犯行であることが裏づけられた。

「そうだ、アマン。あんたの言ってた、エカロの潜伏先の候補を書いた地図を出しとくれよ」

「あ、ああ」

衝撃からどうにか立ち直ったアマンは、ラウラリスに言われるがままに、テーブルの上にこの町の地図を広げた。地図上に、いくつか赤い点が記《しる》されている。

「この赤い点がエカロの潜伏先候補だ」

「……どれも、それなりに規模の大きい商店や高級宿屋だな」

アマンが指さした箇所を見て、ケインが顎《あご》に手を当てる。

「だから、なおさら手が出しにくい場所でな。下手《へた》すりゃこちらが潰されちまう。ただ、こいつらとエカロに繋《つな》がりがあるのは間違いねぇ」

アマンは肩を竦《すく》めながら言った。ラウラリスはなるほどと思いながら、口を開く。

「『亡国』の資金源ってのが、そこら辺か」

「お、理解が早いねぇ、ラウラリスちゃん。まさしくその通りだ」

アマンは感心したとばかりに、明るい声を出した。

「エカロに手を貸している者が『亡国』の思想に共感しているかはさておき、奴らの裏社会への影響力は決して小さくない。そっちの筋《すじ》で商売をするために『亡国』と取引をしている奴らは多い」

「この手の輩《やから》はいつの世も絶えないね。本当に嘆《なげ》かわしいことだよ」

アマンの言葉を聞いて、ラウラリスはやれやれと天を仰《あお》いだ。

ラウラリスとて、清廉潔白《せいれんけっぱく》を信奉《しんぽう》しているわけではない。むしろ彼女ほど清濁《せいだく》を併《あわ》せ持《も》つ人間も、そうはいないだろう。

しかし、それでもなお『亡国』という存在は許《ゆる》し難《がた》い。個人的な事情もかなりあるが、少なくとも一般人に被害を及ぼすような組織は許容できなかった。

ラウラリスはここ数日でよく零《こぼ》すようになったため息をもう一つ重ね、改めて地図を見据《みす》える。

「私が襲われたのはこの辺《あた》りで――」

と、地図の一点を指し示し、テーブルの周りをキョロキョロと見回す。

「書くものはあるかい？」

ラウラリスは聞くが、ケインとアマンは揃《そろ》って首を横に振った。

「ちっ、しょうがないね」

ラウラリスは舌打ちをしてから、腰に差してある狩猟用ナイフを引き抜き、躊躇《ちゅうちょ》なく己の指先を切った。そして傷口から滲《にじ》み出《だ》した血を、地図に押し当てる。

「……随分とワイルドな印《しるし》だな」

「でもって、確か攫《さら》った女性の受け渡し場所がここだ」

アマンのツッコミをスルーしたラウラリスは、もう一つ血で印《しるし》をつけ、話を続ける。

「この町の地理にはまだ疎《うと》いから、どちらもおおよそだけどね。そう間違っちゃいないと思うよ」

ラウラリスは血の滲《にじ》んだ指をペロリと舐《な》めた。切ったのは薄皮一枚ほどで、少し待てば血も止まるだろう。

それよりも、問題なのは受け渡しの場所だ。ラウラリスはその一点を、じっと眺める。

「受け渡し場所の近くに、大きな店があるね」

「そこはトズラ商会の店だな。表向《おもてむ》きは普通の商売をしてるが、裏ではそれなりに危ない品も取り扱ってる。規模も結構なものだ」

アマンの答えを聞いて、ラウラリスは思考を巡《めぐ》らせた。

「単純に考えりゃぁ、ここに攫《さら》われた女性が運び込まれてるってことになるね。エカロが中にひそんでいる可能性は？」

ラウラリスの質問に、アマンは腕を組んで唸《うな》る。

「それはなんともだな。ただ、トズラ商会が一連の誘拐《ゆうかい》事件に関与してる疑いは、これで強くなったわけだ」

「現時点では確定ではないぞ。本当に、ここに女性たちが運び込まれているとは限らない。あくまでも攫《さら》った女性の受け渡し場所に近いというだけだからな」

ケインは険《けわ》しい目で、地図に描かれた商会を睨《にら》んだ。

別に彼は、ラウラリスやアマンの推測にケチをつけたいわけではないだろう。トズラ商会の怪しさを理解しつつも、二人が推測だけで先走った行動をしないように、待ったをかけたのだ。

「……まぁケインの言う通りなんだ。確固たる証拠がない今、さっきも言ったように下《へ》手《た》に突《つつ》けばこちらが危うい」

アマンも声を落として言う。

無策で商会へと突入し、なにも出ませんでしたでは笑い話にもならない。

うーん、と、ラウラリスは可愛らしく頭を傾けた。

「……これが単なるマフィアとかだったら、ぶっ潰して情報を絞《しぼ》り出《だ》せば済むんだけどねぇ」

ただし、出てきた台詞《せりふ》は物騒極まりなかった。

「やべぇ、今の全っ然冗談に聞こえなかった」

「奇遇だな。俺もだ」

思わず身震いするアマンとケイン。そんな彼らに、ラウラリスは軽やかに笑った。

「よしとくれよ。さすがに私も今回はそんなことしないって」

今回は──という単語が、二人には際だって恐ろしく感じられた。

それからしばらく、三人での話し合いは続く。

「現時点では以上だ。力になれたかどうかはわからんがね」

話を終えたアマンは、軽薄な笑みを浮かべながら肩を竦《すく》めた。

確かに、エカロの居場所について決定的な情報がなかったのは惜《お》しいが、それでも有力な手掛かりもいくつか仕入れられたのは間違いない。

「また情報が入ったら、今度はこちらから連絡する。まだこの町にはしばらくいるんだろ？」

アマンの問いに、ケインは頷《うなず》く。

「ああ。少なくともエカロがこの町にいる間はな」

「了解した。じゃ、お前たちの健闘を祈ってるよ」

そう言って、アマンはグラスの酒を一気に呷《あお》ると、代金をテーブルの上に置いて立ち上がった。

「ここは俺が払っておこう」

「お、悪いな」

ケインの言葉に甘え、アマンは代金を懐《ふところ》に戻すと、軽い足取りで店を後にした。

アマンが去ってから、ラウラリスが口を開く。

「んで、今後の方針は？」

「まずはトズラ商会を当たろう。もちろん、客としてな」

「その辺《あた》りが無難かねぇ」

飄々《ひょうひょう》としたラウラリスを見て、ケインは眉根を寄せた。

「くれぐれも、無闇に突っ込んでくれるなよ」

「さっきも言った通り、確信がなかったら無茶な真似《まね》はしないさ」

それは逆に、確信があったらどこまでも無茶をする、ともとれる。

それに気づいてかケインの表情は晴れないが、ラウラリスは素知らぬ顔で、ぽんと手を打った。

「ま、なんにせよ今日はここまでだろう。私の得物も、明日にならなきゃ手元に戻ってこないしね」

それにはケインも同意のようだ。そして彼は思い出したように、ラウラリスに尋ねる。

「俺は少し寄るところがあるが、お前はどうする？」

「晩飯がまだだから、この店で済ませるよ。あんたも一緒にどうだい？」

「あれだけ食ってまだ食うのか……」

昼間の悪夢じみた光景を思い出したようで、ケインはゲンナリとした。

空《から》の皿がうずたかく積み上がるにつれて、財布の中身が薄くなっていくのは、なかなかの恐怖だったのだろう。

「これでも育ち盛りだからねぇ。消化が早いんだよ。つっても、昼間ほど頑張るつもりはないから安心しなよ。精々二人前だ」

ケインはなにか言いたげだったが、その口を閉じた。

そして彼は疲れた面持《おもも》ちで、財布の中からそれなりの額を取り出すと、ラウラリスの前に置く。

「精算はこれでしろ。足りなくなったら、また後で俺に請求してくれ。じゃあ明日な」

「あいよ。お休み。私はこれからいただきますだけどね」

もうなにも言うまい、とばかりの表情のケインを見送りながら、ラウラリスはなにを食べようか考え始めたのだった。

◆◆◆

ケインはラウラリスと別れた後、星明かりと民家や酒場の光が照らす町を歩く。

やがて辿《たど》り着《つ》いたのは町の外《はず》れ。そこにはすでに、一人の男が壁に背を預けて待っていた。

——アマンだ。

「よぅ、ケイン。さっきぶりだな。ラウラリスちゃんはどうしたんだ」

「さっきの酒場で夕飯だとさ。本当に、昼間にあれだけ食ってまだ入るとは、驚きだ」

あの細い胴体のどこにおさまるのだろうか。改めて思い返してみても謎である。

それこそ、ケインが生まれてこのかた抱《いだ》いた中でも、五指に入るほどの疑問だ。

「おいおい、一人で置いてきたのかよ。……いやまぁ、あのお嬢さんなら問題ないか」

「ああ、むしろ襲う奴が不憫《ふびん》に思えてしまうな」

「酷《ひで》ぇ言い草だ」

アマンはそう言うが、ケインの言葉を否定はしなかった。

ケインの口調は、ラウラリスがいた先ほどに比べて、随分と軽い。それは、アマンが彼にとって気の置けない相手である証左《しょうさ》である。ひとしきり談笑したのち、アマンは表情を引き締めた。

「……それで、改まってなんなのよ」

「お前に調べてほしいことがある」

ケインが向かった先にアマンがいたのは、決して偶然ではない。二人が合図で意思を伝えていたからだ。

最初、アマンは代金を自分で払おうとした。けれども、ケインが奢《おご》ると言い出した。あれは『後で二人で話がしたい』という、以前から二人の間で取り決めていた合図だったのだ。さらに付け加えると、これを使うのは、重要な話の場合に限っていた。

そのため、アマンは不思議そうな顔をする。

「そんなの、ラウラリスちゃんの前で話してもよかっただろうさ」

「……お前に調べてほしいのは、そのラウラリスのことだ」

「あー、本人の前で『お嬢さんのことを調べてほしい』とは言えねぇよな」

納得した風に頷《うなず》いたアマンだったが、改めて首を傾げる。

「でも一応、お前さんはあのお嬢さんのことを信用はしてるんだよな」

「ああ。常識外《はず》れで些《いささ》か乱暴だが、善良であるのは間違いない」

少なくとも、無辜《むこ》の民を傷つけることを良しとしない点は、信じることができる。そう答えると、アマンはますます眉根を寄せた。

「だったら、改めて調べる必要はないんでね？　エカロを捕縛する上での一時的な繋《つな》がりなんだし……」

「……だとしても、やはり彼女の素性《すじょう》は謎すぎる」

ケインが言うと、アマンは半分だけ納得したといった顔をする。

「確かになぁ。あの年頃の娘さんがどんな修羅場《しゅらば》をくぐり抜けたら、あんな凄《すご》みを出せるんだろうねえ。けどよ、こちらに協力的ってんなら、それも問題はねぇんじゃねぇか？」

「彼女が……『全身連帯駆動』の使い手だとしてもか？」

張り詰めたような沈黙の後に、アマンは我に返った。

「え、お前なに言ってんのさ」

「実のところ、俺も確信があるわけじゃない」

常識的に考えれば、そんなことあり得ないはずなのだ。

けれども。

「あの体躯《たいく》に見合わぬ膂力《りょりょく》と、我武者羅《がむしゃら》のようでいて、計算し尽くされた動き。常識だ

けを取っ払ってしまえば、彼女の動きは『全身連帯駆動』の使い手特有のものだ」

「いやいや、その辺《あた》りの常識は捨てちゃ駄目だろ。だってよ、アレは――」

動揺するアマンに、ケインが言葉を被《かぶ》せる。

「俺たちのように選ばれた者の中で、さらに一握りにしか扱えない技術だ。我流で習得できるような生半可《なまはんか》な技術《もの》じゃない。それは、俺が誰よりも知っているつもりだ」

理性では否定していても本能が肯定している。ケインの心境は、まさにそれであった。

アマンは戸惑《とまど》いながらも、ゆっくりと口を開く。

「……他ならぬお前が言うんだから、勘違いの一言《ひとこと》で済ますには重すぎらぁな」

「だからこそ、お前には彼女の身元を洗ってほしい。彼女がどこで『全身連帯駆動』を習得したのか。その手掛かりだけでも知っておきたい」

「本当に、あのお嬢さんが『全身連帯駆動』を使ってんなら、俺としても気になる。いや……」

アマンは頭《かぶり》を振ると、ラウラリスには見せなかった真剣な表情を浮かべた。

「場合によっては『機関』にも関わる超重要事項になり得るからな。ああ、わかった。俺のほうから『機関』に問い合わせてみる」

「手間を増やすが、頼む」

ケインが頭を下げると、アマンは熱した頭を冷やすように深く呼吸した。

「だが、お前もわかっちゃいるだろうが、今はエカロの捕縛が最優先。ラウラリスちゃんのことに関しちゃ、しばらくは片手間になる。すぐに結果が出るとは思わないでくれ」

ケインはそれに頷《うなず》き、補足を入れる。

「その辺《あた》りは承知してる。だが、くれぐれもラウラリスに悟《さと》られないようにしてくれ」

「俺がそんなヘマをするとでも」

プライドを傷つけられたとばかりに眉をつり上げるアマンに、ケインは険《けわ》しい表情でさらに言った。

「冗談を抜きにしてだ。下手《へた》をすれば余計なことまで勘づかれる恐れがある」

「……はいはい、そっちもわかったよ。……ったく、お前にこれほど言わせるって、どれだけトンデモなんだよ、あの可憐《かれん》なお嬢さんは」

ヤレヤレと額《ひたい》に手を当てるアマンに、ケインは思い出したように付け足した。

「それと、件《くだん》の呪具《じゅぐ》は、今彼女の手の内にある」

「はぁっ⁉」

アマンが素《す》っ頓狂《とんきょう》な声を上げた。

「おまっ、それが一番重要な話じゃねぇか！　つか、俺より先にお前がヘマしてるだろ!!」

「仕方がないだろう。呪具《じゅぐ》は俺が見つけた時点で、すでに彼女の手にあったんだからな」

詰め寄るアマンを、ケインは鬱陶《うっとう》しげに押し返した。

それからケインは、ラウラリスが呪具《じゅぐ》を手に入れた経緯と、自分が接触してからの出来事を簡潔に説明する。一通り聞き終えたアマンは、天を仰《あお》いだ。

「…………わかった。殉職《じゅんしょく》した奴のことも含めて、『機関』には報告しておく」

「ああ、そうしてやってくれ」

「それよりも大丈夫かよ。聞いた感じじゃ、彼女も呪具《じゅぐ》の正体に察しがついてるようだが」

「こればかりはなんともな。臨機応変《りんきおうへん》に対応するしかないさ」

肩を竦《すく》めるケイン。ラウラリスの前で見せる振る舞いからは、想像できないほど軽い仕草だ。

それを見て、アマンは苦笑いする。

「結局は行き当たりばったりってことだろうが。お前って基本的に優秀だけど、たまにそういうところがあるよな。いや、その上できっちり結果を出しちまうから腹立たしい」

「そう拗《す》ねるな。裏方のお前がいてこそなんだからな」

「おだてってもなにも出ねぇぞ。……今度改めてなんか奢《おご》れよ」

「エカロを捕まえた後でな」

そう言って二人は互いに拳《こぶし》をぶつけ合うと、別の方向へ歩いて、この場を後にしたのであった。

第八話　大女優なババァ

昨日の晩に話した通り、ラウラリスとケインはトズラ商会を訪れた。無論、目的は買い物などではなく、『亡国』との関係を探るためだ。

「……本当にその格好で行くのか？」

「ったりまえだろ。わざわざこのために服を新調したんだからね」

今のラウラリスは、いつもの町娘が革鎧《かわよろい》を着たような姿ではなく、お嬢様然としたドレスを纏《まと》っていた。いつもは縛っている髪も解《ほど》いており、美貌《びぼう》が普段以上に際立っている。

「格好を言うなら、あんたもそうだろうよ」

「それはそうなんだが……」

ケインも普段の黒コートではなく、紳士服を着ている。髪もきっちりとセットしてあり、ただでさえ整っている顔立ちが、さらに強調されていた。

そして、彼は身《み》の丈《たけ》近くもある巨大なケースを背負っていた。中には、メンテナンスを終えたラウラリスの長剣と、ケインの剣がおさめられている。

二人が普段とは違う格好をしていることには、理由があった。トズラ商会が実際に『亡国』と関係を結び、ラウラリスたちの情報を有していた時に備えた変装である。

ラウラリスは己の姿を見せつけるようにくるりと回転した。

スカートがふわりと浮かぶその様子は、まるで舞台の上で踊る舞姫のようである。

「どうだい。なかなかのもんだろ」

「……………ああ」

「なんでそうも歯切れが悪いのかね。まあいい、最後の確認だ。私はお忍《しの》びで来た高貴な身分のお嬢様で、あんたはその護衛兼執事だ」

「言われなくてもわかっている」

ケインの設定は、護衛兼執事。荷物持ちとして常にケースを背負っていることへの言い訳だ。

ケインは心配げに眉をひそめる。

「だが、大丈夫なのか？　貴族令嬢のフリなんて……」

「なぁに、心配しなさんな。昔取った杵柄《きねづか》ってやつだよ」

ラウラリスは意気揚々《いきようよう》と、店へ足を踏み入れる。ケインはため息を一つ零《こぼ》すと、表情を引き締めてラウラリスの後に続いた。

「いらっしゃいませ、お客様。ようこそトズラ商会へ」

トズラ商会は、高級品を扱う宝飾店。客層も相応に上流階級の人間ばかりだ。

当然、求められる店員の質も高い。ラウラリスが店に入るなり、店員が恭《うやうや》しく頭を下げた。

「本日はどのようなご用件で？」

「偶然付近を通りかかったものですから、伺《うかが》わせていただきました」

ラウラリスは見る者を蕩《とろ》かすような魅力的な笑みを浮かべ、店員に言葉を返す。

普段の口調とのギャップに、ケインは「嘘だろ？」と盛大にツッコミを入れたそうであった。

そんな彼を気にも留めず、ラウラリスは店員と話し続ける。

「用がありましたら声をかけますので、私のことは放っておいてもらっても大丈夫ですよ」

「そうですか。では、失礼いたします」

店員はもう一度頭を下げると、ラウラリスたちから離れていった。

店員の背を見送ってから、ラウラリスはケインに向けて普段通りに不敵な笑みを浮かべる。

「ま、ざっとこんなもんさ。なんの問題もなかっただろ？」

変わり身の早さに、ケインはもはや脱帽《だつぼう》したくなった。

「そろそろ、お前のことが恐ろしくなってきた」

「おや、こんな可憐《かれん》な美少女に対して失礼だね」

「本当に可憐《かれん》な美少女だったら、まずそんな台詞《せりふ》は吐かないだろう」

「おっと、こりゃ一本取られた」

ラウラリスはうししと笑い、改めて店内を見回す。

「んじゃまぁ、真面目にお仕事しますか」

店内にいる客たちは、仕立てのよさそうな服を着ている者が多い。やはり金持ちや身分の高い者たちだろう。見た限り、怪しげな雰囲気を放っている人間や、危なげな品が置いてある様子はない。

「そんなものを一般の客がいる区画に置いておくほど、愚《おろ》かではないか」

そう呟いたケインに、ラウラリスも頷《うなず》く。

「餌《えさ》に食いついてこなけりゃ、今日は適当に冷やかした後、素直に引き下がるかい」

「餌《えさ》……ねぇ」

ケインは訝《いぶか》しげな視線をラウラリスに向けた。その目は、詐欺師《さぎし》を見るそれであった。

「とりあえずは、素直にお買い物でも楽しむとしようか」

そう言って、ラウラリスは手近にあった髪飾りを手に取ると、己の髪に添える。

「どうだい、似合うかい？」

デザインはおしゃれではあるのだが、それ以上に当人の素材が極上なのだ。路傍《ろぼう》の石であろうとも、彼女が身につければ宝石のごとく輝きを放つ。

だが、ケインはなにも言わなかった。

「…………」

「ほうかいほうかい、似合ってるか。値段も手頃だし、いただいてこうかね」

ケインの憮然《ぶぜん》とした態度をラウラリスは好意的に受け取り、勝手に話を進める。ケインは少し悔《くや》しげな表情をした後、意外そうに口を開いた。

「……というか、お前もその手のものに興味があるんだな」

「こういうのを嫌いな女はいないよ。それに女ってのはね、生まれたばかりのバブバブ言ってる赤ん坊でも、腰が曲がったよぼよぼのババァになっても、女なんだよ」

女帝ラウラリスは、死ぬ間際まで背筋をピンと伸ばし足腰もしっかりしていた。今以上に長剣をビュンビュン振り回す傑物《けつぶつ》であったが、それでも自身が女であることを忘れてはいなかった。派手なものは嫌いであったが、控えめな飾りであれば好んで身につけていた。

楽しそうなラウラリスを横目に、ケインはこめかみを揉《も》む。

「そもそも、探りを入れている店で、ものを買おうとする神経を疑いたくなる」

「別にいいじゃないか。ぶっ潰しちまえば払った金は返ってくるしね」

「おい」

完全に蛮族の発想である。

「冗談さ。この店が筋《すじ》を通して、堅気《かたぎ》に迷惑を掛けてなきゃ見逃《みのが》すさ」

ラウラリスは笑いながら言う。筋《すじ》も通さず堅気《かたぎ》に迷惑を掛ける輩《やから》であれば、見逃《みのが》さずに叩き潰すと言っているようなものだ。ケインの頭はズキズキと痛んだ。

そうこうしている彼らのもとに、一人の男性が近づいてくる。二人は、彼が単なる店員ではないとすぐにわかった。身につけている服や装飾が、他の店員と比べて明らかに質のいいものだったからだ。

その男性は、にこやかにラウラリスとケインに話しかける。

「どうです？　当店の品揃《しなぞろ》えはなかなかのものでしょう」

「ええ。おかげでどれを選ぶか迷ってしまうほどです。これだけのものを扱っているお店は、それこそ王都にまで足を運ばないとないかもしれませんね」

「さすがにそれは言いすぎです。ですが、そう言っていただけるとは嬉しい限りです」

身なりのいい男性はラウラリスに微笑み、一礼した。

「当店の主《ぬし》をしている、マルカニ・トズラと申します。以後お見知りおきを」

――餌《えさ》に食いついた。

……天使のような笑みを保ったまま、ラウラリスはその内心で不敵な笑みを浮かべていた。

◆◆◆

(まさか本当に来るとはな)

この店の主と和《なご》やかに談笑するラウラリスの背後で、ケインは驚きを通り越して呆《あき》れに近い心境に至っていた。

餌《えさ》とはつまり、着飾ったラウラリス自身のことであった。

彼女は、己の美貌《びぼう》とそれが周囲に与える影響力を正確に把握している。

だからこそ、ラウラリスは自分が商会の建物に入れば、お偉方が接触してくると踏んでいたのだ。きっと、自分のことをどこぞの貴族の娘だと勝手に勘違いするだろうと。

果だ。

目論見《もくろみ》は見事に成功し、トズラ商会のトップが接触してきた。最上の魚が釣れた結

（本当に、こいつは何者なんだ。ただの賞金稼ぎで済むようなレベルじゃないぞ）

ラウラリスがしていることは、とてもではないが単なる町娘や田舎者《いなかもの》にはできない。

常に他者から見られる立場――それこそ、王侯貴族でなければ、培《つちか》えない優美さを纏《まと》っているのだから。

いや、仮にその立場に身を置いていたとしても、主観を排した価値観を己の中に取り込むことは至難の業《わざ》だ。並みの者であれば、必ず自惚《うぬぼ》れか謙遜《けんそん》が邪魔をする。

それをラウラリスは、自意識過剰《かじょう》でもなく過小評価もせず、他者が己を見てどのような感情を抱くかということを冷静に分析できているのだ。

ますます、ラウラリスの謎が深まっていく。

王侯貴族でも限られた者しか身につけられないような優美さを持ち、その上で『全身連帯駆動』と思《おぼ》しき身体運用を行《おこな》い、あれほどまでの戦闘力を有している。

いったいどのような経緯であれば、そんなでたらめな能力を会得《えとく》できるのか、ケインには見当もつかない。アマンの報告を期待するほかなかった。

彼が思考を巡《めぐ》らせている間にも、ラウラリスとマルカニの話は続いていた。

その会話の中で、ふとマルカニが尋ねる。

「ところでお嬢様。どのような品をご所望で？」

「ええ。……実は、店の中を探していたのですが、どうにも見つからなくて」

いつの間にかお嬢様呼び。いや、ラウラリスは名乗っていないいため、呼び方としてはそれしかないのだが。

それはともかく。ラウラリスはそれまでのたわいない話から、一歩踏み込んだ言葉を口にした。

「ある人から、この店に来ればもしかしたらと聞いていたのですが……」

「ほう、それはまたなんとも。具体的にはどのようなものでしょうか」

マルカニは目を光らせ、興味深そうに話を促《うなが》す。

「それはちょっと……この場では」

ラウラリスは、弱気で可憐《かれん》な乙女《おとめ》が周囲を恐れるかのように、辺《あた》りを見回す。その仕草は、いかにも店内にいる他の客が気になって仕方がないといった風だ。

（都の大女優ばりの演技力だな）

その気になれば、一夜にしてトップスターになれるのではないか。ケインは半《なか》ば本気で考えた。

不安がる（ような演技をした）ラウラリスを見て、マルカニは笑みを浮かべたまま、それまでの客受けするような穏やかな雰囲気を、別のものへと変えた。

「なるほど……承りました。でしたら、こちらへどうぞ」

マルカニは恭《うやうや》しくラウラリスの手を取り、エスコートする紳士のように案内しようとする。そして、ふとケインに目をやった。

「あ、そちらの方は……」

「俺がどうした？」

「ええ。その、非常に申し上げにくいのですが──」

マルカニはラウラリスの手を引きながら、後についてくるケインになにか言おうとする。だが、それに被《かぶ》せるようにして、ラウラリスが口を開いた。

「彼は私の護衛兼執事です。それがいかがされましたか？」

柔らかい口調でありながら、マルカニの発言を潰すラウラリス。それを聞いて、マルカニは頭を下げた。

「……いえ、なんでもありません。失礼いたしました」

本来であればケインの同行を断ろうとしたのだろうが、ラウラリスの言葉には有無を言わさぬ迫力があったため、できなかったようだ。

「では改めて、こちらへどうぞ。お付きの方もご一緒に」

マルカニに連れられて、二人は店の奥へと進んでいった。

◆◆◆

ラウラリスは店の地下へと続く階段を歩きながら、静かに思考を巡《めぐ》らせていた。

実のところ、ラウラリスたちはトズラ商会が扱っている裏の品が、なにかは知らなかった。アマンも危ない品であるということしか掴めなかったらしい。

果たして、彼女たちが向かった先に待ち受けているものとは……

「ｏｈ……こいつぁ、さすがの私も予想外だ」

マルカニに連れてこられた部屋に、所狭しと並べられた品を見て、ラウラリスはお嬢様口調も忘れて唖然《あぜん》としていた。後ろについていたケインも、ラウラリスと同じ表情をしている。

「さぁ、ご覧になってください。我が商会の誇《ほこ》る、最高級のドレスたちを！」

マルカニは、誇《ほこ》らしさすら感じていそうな笑みを浮かべ、手でそれらを示した。

トズラ商会の扱う裏の品というのは、彼の言う通り衣装《ドレス》だ。

　しかし、一般的なものとは些《いささ》か趣が異なるものであった。

　女性ものの甲冑《かっちゅう》と思《おぼ》しきものには胸当ての上半分がなく、ついでに何故かミニスカ仕様。肌の露出も多く、鎧《よろい》としての機能は皆無。胴体部を帯で巻いて固定する形の異国風の衣装も、裾《すそ》が異様に短い。医者の助手をする女性の装《よそお》いもある。さらに、服と言っていいのか判断に迷う布きれも展示されていた。形からして下着のようだが、局部の一点しか隠すことができず、着たとしてもほぼ全裸と変わらないだろう。

「女騎士の鎧《よろい》からキモノ、看護師服からミズギまで。その他、お客様の望むあらゆる衣装を取《と》り揃《そろ》えております！」

　様々な職業の衣装があるのは、ラウラリスにもわかる。けれども、どれもがそれらの職に対して十分に機能を果たせるようには見えなかった。というか、どうして総じて布面積が小さいのだろうか。

「さぁさぁ、奥のほうにも衣装はありますので、思う存分ご覧になってください」

　マルカニに促《うなが》されて、地下の店内を歩くラウラリスたち。本当に多くの衣装が並んでいる。

「……なぁケイン。この品揃《しなぞろ》えはなんなんだい？　私にはちっとも理解できないんだが」

　マルカニに聞こえないように囁《ささや》くと、ケインが絞《しぼ》り出《だ》すように答えた。

「これはいわゆる『コスチュームプレイ』というやつだ」

「こすちゅ……え、なにそれ？」

ババァは理解できなかった。

ケインは苦虫をすり潰して味わわされたような苦々しい表情で、ラウラリスの疑問に答える。

「別の職業の衣装を着て楽しむ趣味のことだ」

「いや……それって楽しいの？」

「俺だって知識として知っているだけで、こうして目《ま》の当たりにするのは初めてだからな……これは確かに、危ない品だな。誰も口を割らないわけだ」

ケインは呻《うめ》くように呟いた。

アマンが情報を仕入れられなかったのも無理はない。

トズラ商会がコスプレショップをしているとうっかり口を滑《すべ》らせれば、そんな店に出入りしているという事実を暴露しているようなものだからだ。上流階級の女性が持つ趣味にしては特殊すぎる。バレたらいい笑いものだ。

「いろいろと三百年で進みすぎだろ」

はぁ、とラウラリスは感心とも呆《あき》れともいまいち判断がつかないため息をついた。

三百年前には、コスプレなるものは聞いたことも見たこともなかった。

「いやまぁ、平和になったおかげってぇのもあるんだろうけどさ。なんか人の秘めたる欲っていうか、業《ごう》の深さを感じちまうねぇ……」

コスプレで人間の業《ごう》の深さを感じるババァである。

恐らく、長い平和が保たれたことで、戦争に傾けられていた意識を他に向けられるようになったのだ。そのおかげで様々な分野が発展した。このコスプレもその一つだろう。

ラウラリスは衣装の一つに手を触《ふ》れた。

「うわ、無駄に良い生地を使ってんのが、妙に腹立つ」

「値札に書かれている額も凄《すご》いな。……そこらの貴族のご令嬢が着る衣装よりも高くないか、これ」

ケインも唖然《あぜん》としている。服としての機能はともかく、素材は上物である。さすがに鎧《よろい》には本物の鉄は使われていないが、施《ほどこ》されている装飾は非常に精巧だ。上流階級を相手にしているだけのことはある。

「どうでしょう。当店が用意している衣装は、その細部に至るまで腕のある職人の手で仕上げています」

「え、ええ。本当にどれも素晴らしいもので……ぶはぁっっ⁉」

背後から近づいてきたマルカニに、慌《あわ》ててお嬢様の仮面を被《かぶ》って答えようとしたのだが、ババァは噴《ふ》き出《だ》した。ケインも同じく、彼の姿を一目見て金縛《かなしば》りにあったかのように硬直する。

マルカニは、先ほどまでの紳士然とした姿ではなかった。

貴族に雇われ、屋敷の家事全般を担《にな》う女性の職業——女中《メイド》の格好をしていたのだ。

改めて言うまでもないが、マルカニは男性である。そんな彼が、黒のワンピースとエプロンドレスに身を包み、頭にはフリルつきのカチューシャをつけているのだから、ババァも冷静さを保ってはいられなかった。というか、いつの間に着替えたのか。

「驚かれましたか？　この格好は、裏の店にいらした方を対応する時の正装——といえばよろしいでしょうか」

正装の意味を、改めて辞書で調べたくなったババァである。とりあえず、ラウラリスはマルカニの下半分——フリルスカートから下を極力見ないように努《つと》めた。

軽く咳払《せきばら》いをしてから、ラウラリスは気合いでお嬢様の微笑みを作る。

「よ、よくお似合いですね」

「はっはっは。お世辞は結構です。あまり世間には認められないものであると自覚しておりますが、お客様の趣味が、全ての人間に受け入れられないものではないのだと知っていただきたいのです。だから、あえて私はこの格好をするのです」

ラウラリスには理解し難《がた》いが、マルカニはマルカニなりに考えるところがあって女中《メイド》の格好をしていることだけはわかった。

ラウラリスは上《うわ》っ面《つら》だけを見て噴《ふ》き出《だ》した自身を恥じ――

「まぁ、この格好もわりと好きでやってるんですがね」

「いい加減にしろよ、あんたちょっと⁉」

マルカニの一言《ひとこと》に、思わず素でツッコミを入れてしまった。

お嬢様の仮面が剥《は》がれていることを思い出し、彼女はコホリと可愛らしい咳払《せきばら》いをして仕切り直す。

「申し訳ありません。少し取り乱してしまったようです」

「いえいえ、お気になさらずに」

メイド服姿のマルカニは首を横に振った。

「お嬢様はこの手の店にいらっしゃるのは初めてのご様子。戸惑《とまど》うのも無理もありません」

ラウラリスは「いやあんたのせいだからね⁉」というツッコミを、今度は辛《かろ》うじてこらえる。

「それで、お眼鏡にかなう品はありましたかな？」

「えっと……じ、実は興味はあったのですが、具体的になにを選ぶかは決めていなくて……」

ババァはこれまで培《つちか》ってきた対人スキルを総動員し、当たり障《あ》《さわ》りのないようにマルカニとの会話を試《こころ》みる。新たな躰《からだ》を得てから、もしかしたら一番追い詰められているかもしれなかった。

「なるほどなるほど。ご安心ください、お嬢様。当店は初心者から玄人《くろうと》、幼女から果ては老婆まで、お客様へのサポートを万全のものとしております」

（玄人《くろうと》ってなにさ⁉　つか、老婆までってすげぇな！）

心の中で、ツッコミの嵐がおさまらないラウラリス。

ちなみにケインは、ラウラリスとマルカニの会話に巻き込まれないよう沈黙を貫《つらぬ》いていた。ついでに、表面上は冷静を保ちながらも、いつになく焦《あせ》っているラウラリスを眺めて楽しんでいるようだ。なかなかイイ性格をしている。

「お悩みのようでしたら、当店おすすめの品をご紹介させていただきたいのですが、よろしいですか？」

「よ、よろしくお願いします」

ラウラリスはすっかりマルカニのペースに乗せられ、言われるがままに頷《うなず》いてしまう。

そのままマルカニの後についていくと、彼は奥の棚の中から一着の服を手に取った。

「ここに並んでいるどの衣装も、自慢の品と言えます。とはいえ本音を言えば、人には向き不向きがあります。お嬢様の背丈《せたけ》と体格を考えますと――」

マルカニは、ハンガーに掛けてあったそれを、ラウラリスによく見えるように広げる。

「こちらなど、非常によくお似合いかと思われますが」

「は……はぁ。それはどう――」

ラウラリスは近くでその衣装を見て、唐突に動きを止めた。

（……なんか、見たことあるような？）

記憶の奥底に蓋《ふた》をしていたものが、こちらをこっそり覗《のぞ》いている。ラウラリスはそんな心境に陥《おちい》っていた。

「これは軍の士官服……ですか。だが、こんなものは見たことがない」

ケインが顎《あご》に手を当てて呟いた。

確かに、要所に士官服だとわかる部分はあるのだが、全体的に小洒落《こじゃれ》ている。半袖半ズボンで、例に漏れず胸元が開き気味。その上から、大きめのコートを羽織《はお》るようになっている。

まるで、子どもが無理矢理大人びた格好をするための服、といった感じであった。

「……この服は、どのような職業の方が着るのでしょうか？　やはり軍人様ですか？」

恐る恐るラウラリスはマルカニに尋ねた。頭の中では警鐘《けいしょう》がガンガンと鳴り響いたが、聞かずにはいられない。

「実はですね。この衣装は、三百年前に滅《ほろ》んだ帝国時代の資料から再現したものなのですよ」

「では、帝国軍の？」

ケインが言うと、マルカニが「チッチッチ」と指を振って否定した。

「帝国の士官服を基《もと》にしてはいますが、残念ながら違います」

マルカニはもったいぶるように一呼吸《ひとこきゅう》置いた後、大仰《おおぎょう》な身振り手振りで、ラウラリスが震えた手で持つ衣装を称《たた》えるように言い放つ。

「こちらは帝国後期に活動していた、とある美少女怪盗が着ていたとされる衣装なのですよ！」

ラウラリスはこの瞬間、本気で魂《たましい》が天に召《め》されるかと思った。そのくらいの精神的ダメージを負った。

そんな彼女には気づかず、マルカニはさらに語り続ける。

「その美少女怪盗は、悪徳貴族の屋敷から盗んだ金銀財宝を市民に分け与え、その上で裏で行《おこな》われていた違法な行為を白日《はくじつ》の下に晒《さら》していたと伝えられています」

「いわゆる義賊というやつですか。……ですが、帝国後期といえば、国全体が腐敗していた頃ですよね。本当にそのような者がいたのですか？」

ケインが訝《いぶか》しげに問うと、マルカニは瞳を爛々《らんらん》と輝かせた。

「腐敗していたからこそ、彼女のような正義の存在が、民衆たちの目には光り輝いて映ったのでしょう。だからこそ、活動の期間は数年足らずと短いものでしたが、多くの資料が市民の手を渡って後世にまで伝わったのです」

この間、ラウラリスは俯《うつむ》いたまま一言《ひとこと》も喋《しゃべ》っていない。というか口を開くこともできず、耳まで熱くしていた。

――なにを隠そう、マルカニの言う美少女怪盗とは、ズバリ女帝ラウラリスが若気の至りでやらかしたことであった。

己の黒歴史が目の前に蘇れば、現役時代は無双を誇《ほこ》った歴戦の女傑《じょけつ》であろうとも、ダメージは大きい。

「この衣装も、それらの資料を繋《つな》ぎ合わせて再現したものです」

繋《つな》ぎ合わせたとは言うが、ラウラリスの手にある衣装は若かりし頃に着ていた怪盗衣装そのままであった。

恐ろしいのは、怪盗ラウラリスの姿を後世にまで伝えきった民衆か。あるいは、三百年を経《へ》て、つぎはぎの情報から見事に過去の衣装を再現しきったマルカニの執念か。

「これは当店が誇《ほこ》る品の中でも特に自慢のものなのですが、ただ残念なことに、これまで来店されたお客様にも、着こなせる方がいらっしゃらなかったのですよ」

残念そうに述《の》べるマルカニの視線は、怪盗衣装の胸部に向けられていた。

ラウラリスには、彼の言いたいことがよくわかった。衣装に合う背丈《せたけ》の少女が普通に着ると、とある一点がもの凄《すご》く余るのである。それはもうぶかぶかになってしまうのだ。

「多少のサイズ変更ならできるのですが、この衣装は、下手《へた》に弄《いじ》ると全体のバランスが崩れてしまうので、手を加えられないのです。それに、似合わないとわかっている衣装を売ることは、私の矜持《プライド》が許しません」

そんな矜持《プライド》など捨ててしまえ、とラウラリスは言ってやりたかった。

マルカニは彼女の心情など露知《つゆし》らず、ぐっと身を乗り出してくる。

「ですが、お嬢様なら見事に着こなすことができると私は確信しております。いえ、むしろこの衣装は、お嬢様のためにあると言っても過言ではないでしょう！」

当然も当然。バッチリ似合うに決まっている。なにせ、本人の衣装である。

この怪盗衣装の基《もと》、つまりは当時のラウラリスが纏《まと》っていた衣装であるが、なんと彼女のお手製であった。士官服を基《もと》に動きやすさを高めた上で、いろいろと若さ故の衝動をぶつけてしまったのだ。

その結果、怪盗の衣装など本来は見せびらかすものではないはずなのに、無駄にスタイリッシュにコケティッシュでビューティフルな一品に仕上がったのである。

さすがのラウラリスもこんなことになるとは思わず、ただ呆然とするしかなかったのだった。

◆◆◆

一方のケインは、ふとお嬢様《ラウラリス》の様子が尋常でないことに気がついた。

「おい、大丈夫か？」

「ああ……………大丈夫だよ……………うん」

ラウラリスの声には大丈夫な要素が欠片も見当たらず、掠《かす》れきっていた。

何故か、ラウラリスは大きなショックを受けているようだ。理由はわからないが、元に戻るまで時間がかかると判断し、ケインは彼女のことを放置していよいよ本題に入る。

「そういえば、最近はこの辺《あた》りも、なにかと物騒と聞いていますが」

「ああ、例の婦女誘拐《ふじょゆうかい》事件ですか。うら若き女性を攫《さら》うなど嘆《なげ》かわしい限りです」

ケインの言葉に対して、マルカニの反応は特に慌《あわ》てた風ではなかった。むしろ、事件に対して心底憤《いきどお》りを感じているようだ。もちろん、それが本心かは現段階では不明だが。

「お嬢様もお気をつけくださいね。護衛の方がいらっしゃるからといって、不用意に出歩いてはいけませんよ」

「…………あい」

マルカニの言葉に、上《うわ》の空《そら》で答えるラウラリス。「いい加減、正気に戻れ」とケインは言ってやりたくなったが、一応は執事という設定なので、強い台詞《せりふ》が吐けない。もどかしいが、このまま話を進めるしかない。

ただ、ケインが見たところ、現時点でこの店が『亡国』のような裏社会と直接繋《つな》がりを持っている可能性は低いと考えられた。扱っている商品は確かに怪しさといかがわしさ満載であったが、法的に違反しているような点は見受けられない。別の場所で違法な品を取引しているという可能性も、あるにはあるが……

（メイド服を好んで着る男が裏社会に繋《つな》がっているなど、真面目に考えたくない）

マルカニのメイド姿にはケインもショックを受けており、そこに関しては思考を放棄したくなっていた。

だが次の瞬間、マルカニは重大な情報を口にする。

「……まことに残念な話ではありますが、実は当店にいらしたお客様の一人が、どうやら例の事件に巻き込まれたらしいという話も聞いております」

肩を落としたマルカニの言葉に、ケインは息を呑んだ。

「なんですって？」

ラウラリスもしょぼくれていた雰囲気を瞬時に霧散《むさん》させ、厳しい声を出す。どれほど気落ちしていても、重要な仕事は忘れていなかったようだ。ケインは安堵《あんど》を抱《いだ》いてから、マルカニに先を促《うなが》す。

「……お嬢様の安全のためにも、少しお話を伺《うかが》ってもよろしいですか？」

「ええ。本来ならばお客様の――特にこちらの部屋にお越しいただいた方の情報は、秘《ひ》匿《とく》すべきなのですが……」

マルカニは悲しげな視線をラウラリスに向けた。

「……私がどうかしましたか？」

「ええ。そのお客様というのが、ちょうどお嬢様と同じくらいの年頃の方でして」

どうやら、ラウラリスのことを見て改めて思い出したらしい。マルカニは痛ましそうに語る。

その客というのは、この町に住む裕福な家庭の娘だという。この店には、親に秘密で数名の護衛とともに訪れていたようだ。

「騎士や戦士の装《よそお》いを好んで来てくださっていたのを、よく覚えています」

その情報はいらねぇよ、とケインとラウラリスは同時にツッコミを入れそうになったが、雰囲気をぶち壊すので自重した。

マルカニの話によると、その少女がいつからかとんと姿を現さなくなった。気になった彼が調べてみると、少女は行方《ゆくえ》知れずになっており、彼女の両親も捜索届を出していた。

「その少女がこの店を利用していたということを、ご家族には？」

「もちろんお伝えしました。お客様を見つける手掛かりになればと」

ケインの問いに、マルカニは頷《うなず》いた。コスプレのことは、本来ならば秘めておくべき客の個人情報。家族であろうとも話すべきではない。だが深刻な事態であるため、彼は迷わずに、少女がこの店の常連だと家族に知らせた。

しかしながら、失踪《しっそう》した少女は今現在も行方《ゆくえ》が知れないという。

話を聞き終えたケインは、ラウラリスとともにマルカニに別れを告げて店を後にした。

「結局、さほど実入りのある情報は得られなかったな」

ケインは手に紙袋を提《さ》げ、店を振り返りながら呟いた。新たな情報が得られる最有力候補の店が、ただのコスプレショップ。残念な気持ちは拭《ぬぐ》えない。

「いや、そう断じるのはまだ早い。間違いなく、私たちにとって新しい情報は得られた」

対してラウラリスの口調は軽かった。どうやら、先ほどまでのショックからは完全に立ち直ったようだ。……少し空元気《からげんき》にも見えるが。

「あの店の利用客が一人、失踪《しっそう》していた。確かに、俺たちにとっては新しい情報だ。だが、このくらいの情報なら、アマンも仕入れていたはずだぞ」

「けど、私たちは知らなかった。違うかい？」

「それは――」

反論しようとしたケインだったが、すぐに呑み込んだ。強く言い返せる材料がなかったからだ。

「アマンの口からこの情報が出てこなかった理由として、考えられるのはざっくりと分けりゃ二つだ」

ラウラリスは指を二本立てた。

「アマンが単純にこのことを私らに伝え忘れていた。あるいは、伝える意味がないと判断した」

「それは二つ合わせて、一つ目という意味か」

つまりはアマンがやらかしたということである。ラウラリスが頷《うなず》くのを見て、ケインはすぐに否定した。

「奴はお調子者だが、請け負った仕事には真摯《しんし》に取り組む男だ。俺たちに伝え忘れたというのは考えにくい」

「だろうね。そいつに関しちゃ私も同意見だ」

もしアマンが本当に情報を持っていたとすれば、それをケインたちに伝えないはずがない。

「とすれば、もう一つの可能性は——」

「そもそも、アマンがこの情報を入手できていなかった、ということか」

「ご明察」

ケインの答えを聞いて、ラウラリスはニッと笑う。

「ケインの言う通りアマンが腕利《うでき》きの情報屋ってんなら、この情報はその腕利《うでき》きの網《あみ》をすり抜けたものってことになる」

偶然にしろ必然にしろ、重要なのはその理由だ。ラウラリスは、鋭《するど》い目でケインを見つめた。

「ケイン。アマンに渡りをつけられるか？」

「問題ない。失踪《しっそう》した少女に関して調べさせよう」

「ああ。きっとそれが、次なる手掛かりになるからねぇ」

まずは、アマンがその情報を見逃《みのが》した原因を知ること。

ケインはラウラリスの言葉に、強く頷《うなず》いたのだった。

第九話　忍《しの》び込む華麗なババァ

トズラ商会を訪れてから四日後の深夜。住民のほとんどが寝静まった頃、ラウラリスとケインは民家の屋根の上からとある屋敷を見下ろしていた。

「……本当にやる気か？」

「ここまで来てなにを言ってんだい」

あまり気乗りしない様子のケインに対して、ラウラリスは呆《あき》れたように言う。

アマンに急いで調べさせた結果、失踪《しっそう》した娘はトヨナ・ルークルトであることが判明した。

そして、そのトヨナという娘は、表立《おもてだ》っては失踪《しっそう》していないことになっていた。

より正確にいえば、トヨナは一度失踪《しっそう》している。そしてトヨナの親は町の治安組織から、ハンター、果ては野良の情報屋にまで、多方面に捜索依頼を出していた。

通常なら、これだけ手広く依頼を出すのは難しい。治安組織はともかく、ハンターや情報屋を雇うには金が掛かるからだ。だが、方々の村や町の特産や工芸品の売買を行《おこな》う交易商であるルークルト家の財力は、この町では有数だ。娘の捜索のための資金には問題がなかった。

ある時を境《さかい》に、それらの依頼が取り下げられた。普通に考えれば娘が発見されたからだろう。

だが――

「アマンが調べた限りじゃ、トヨナって娘さんの所在は未だに不明。少なくとも、ここ最近、娘さんの姿を見た外の人間はいない」

そう言ってラウラリスが見据《みす》えるのは、ルークルト家の屋敷だ。

ルークルト家は娘の捜索を打ち切っている。つまり、トヨナが行方不明《ゆくえふめい》になっているという事実は、現時点では〝ない〟のだ。アマンがこの情報を逃《のが》していたのは、トヨナの行方不明《ゆくえふめい》事件がすでに完結していたから。今回のように改めて調べなければ、わからなかっただろう。

「トヨナが失踪《しっそう》したのは、連続誘拐《ゆうかい》事件が発生した初期の頃。しかも、あの屋敷はトズラ商会よりも、攫《さら》った娘を引き渡す場所にずっと近い場所にある。確固たる証拠があるわけじゃあないが、調べてみる価値はあるだろうよ」

もし本当にルークルト家が事件に関わっているとすれば、直接尋ねたところで答えが返ってくるはずがない。だからラウラリスは、夜の闇に乗じてルークルト家の屋敷に忍《しの》び込むことにしたのだ。

「それはいいとして、だ」

犯罪行為の証拠を探すために、不法侵入という犯罪に手を染める。このことに関して、ケインはなにも言わなかった。エカロを捕まえるためであれば、法に触《ふ》れることも厭《いと》わないのだろう。だが、ケインは別のことが気になっているようだ。

彼はラウラリスが着ている服を指さした。

「本当に、その格好で行く気か？」

「うっ……」

ズバリ指摘されたラウラリスは呻《うめ》く。

「いやほら。見つからないつもりではあるけど、万が一姿を見られる可能性もあるわけで。素性《すじょう》が特定されやすい普段通りの格好で行くわけにもいかないじゃん？」

「それは同感だ」

現に、ケインもいつものコート姿ではなく、顔や衣服が隠れるようなマントを羽織《はお》っている。

「だが、わざわざどうしてその衣装なんだ？」

そう、今の彼女は、怪盗ラウラリスのコスチュームを纏《まと》っていたのだ。

実は彼女、マルカニの店でこの衣装を購入していたのである。おかげで、貯め込んでいた宝石をいくつか手放すハメになったが、この衣装がこれ以上他者の目に触《ふ》れるよりは遥《はる》かにマシだった。

「まさか……帝国で活躍した怪盗にあやかって、なんて馬鹿な理由じゃないだろうな」

「それだけは断じて違う」

まるで過去の自分に酔いしれているようではないか。ラウラリスは断固として否定した。

彼女が羞恥を感じながらもこの衣装に袖を通したのは、ひとえに機能性を重視した結果だ。

マルカニは、本当に（無駄に）いい仕事をしていた。

この服は過去にラウラリスが使っていた怪盗衣装にかなり近く、単なる遊び以上の出来《で》映《き》え《ば》となっていた。

洒落《しゃれ》ていながら、着ている者の動きを阻害《そがい》しない作りで、コートの内側には多くの収納袋《ポケット》がある。また、使用されている生地も上等で、布同士が擦《こす》れ合《あ》っても全く音がしない上に、肌触りも最高なのだ。

「……単なるお遊び衣装にしか見えないが、そんなに凄《すご》いのか」

ラウラリスの説明を受けてもなお、胡散《うさん》くさいと言いたげな視線を向けるケイン。

とにかく、羞恥心《しゅうちしん》にさえ目を瞑《つぶ》れば、隠密行動《おんみつこうどう》にはもってこいのスタイルなのである。

「ええい、ここまで来て恥ずかしがってても仕方がない」

ラウラリスはヤケクソ気味に腹をくくると、ビシッとこれから忍《しの》び込む屋敷を指さした。

「さ、華麗に行くとしようか！」

「華麗に？」

「……今のは忘れとくれ」

ヤケクソすぎて、昔に使っていた台詞《せりふ》が飛び出てしまった。冷静なツッコミを受けて、猛烈《もうれつ》に恥ずかしくなるラウラリスであった。

はじめこそグダグダしていたが、そこはやはりラウラリス。屋敷に忍《しの》び込む手腕は見事なものであった。人目につきにくい二階の窓に屋根伝いで近づくと、彼女はコの字に曲がった細長い針金を取り出す。

「いつの間に用意したんだ……」

「この手の仕事ってのは、事前準備がなによりも大事なんだよ……よし、入った」

唖然《あぜん》とするケインを無視して、窓の隙間から針金を通したラウラリスは、曲がった針金の先端を器用に使い鍵を外した。

「では、夜分遅くにおじゃましまぁす」

ラウラリスは窓から屋敷に侵入し、誰に聞かせるでもなくそっと囁《ささや》いた。その後に、ケインが続く。ルークルト家は裕福なので、盗人対策に使用人たちが夜の見回りをしていたが、見つかるような二人ではない。

ラウラリスたちが最初に向かったのは、ルークルト家の娘――トヨナの寝室だ。

屋敷の間取りは、アマンが調べてくれている。この辺《あた》りの情報は、苦もなく調べられたようだ。

その情報を頼りに、二人は足音一つ立てず、それでいて迅速《じんそく》な動きで屋敷の中を移動する。

そして誰にも見つからずに寝室の扉の前まで辿《たど》り着《つ》いたが、案の定扉は施錠《せじょう》されていた。

ラウラリスは怪盗衣装の懐《ふところ》から細い針金を数本取り出すと、扉の鍵穴に差し込む。

「ちょいちょいちょい、ちょちょいのちょいとな」

――カチリ。

ラウラリスが鼻歌交じりに針金を弄《いじ》ると、ものの数秒で解錠《かいじょう》されてしまった。

職人芸じみた技術に、ケインは胡散《うさん》くさげな目をラウラリスに向ける。ケインの視線に、ラウラリスは素知らぬフリで部屋の扉を僅《わず》かに開いた。

隙間から内部を確認し、ケインに顔を向けて首を縦に振る。ケインから頷《うなず》きが返ってきたのを見て、素早く室内に侵入して扉を閉めた。

中は、年頃の娘らしい部屋だった。

「……やはりいないか」

ケインは室内を見回したが、人の気配は皆無。置かれたベッドを確認してみても、もぬけの殻《から》だ。

掃除はされているようだが、最近この部屋が使われた形跡は見つけられなかった。

「やっぱり、娘さんが未だに行方不明《ゆくえふめい》って線は、濃厚だね」

娘の不在を確認できたところで、次にラウラリスたちが向かったのはルークルト家の書斎――つまりトヨナの父親の仕事部屋だ。

こちらもやはり扉は施錠《せじょう》されていたが、ラウラリスが「ちょちょい」と鍵を開けた。あまりの慣れた手つきに、ケインがドン引きするほどである。

交易商の仕事部屋だけあり、娘の部屋よりも置かれているものは多かった。帳簿らしきものがほとんどであろう。

執務机に積み重なっていた帳簿の一冊を取ると、ラウラリスはパラパラと中を流し読みする。

「パッと見た限りでは、妙な取引をしている気配はないねぇ。真面目に働いていて大変結構だ」

ラウラリスは女帝時代、腐るほど商人や貴族の裏取引を暴《あば》いていた。それらに比べて、今見ている帳簿は綺麗なものだ。少なくとも違法な取引の気配はなかった。

もっとも、法を犯すような取引の帳簿をこんなわかりやすい場所に置いておくとは考えにくい。もしあるとすれば、もっと奥深く、外からは見えにくい位置に保管されているだろう。

「この量を全部調べていたら朝になるぞ」

「そもそも、私たちは裏取引の証拠を押さえに来たわけじゃないしね」

顔をしかめるケインに、ラウラリスはあっさり答える。調べなければならないのは別のことだ。

彼女は部屋の中をパッと見回してから、ふと執務机の引き出しを調べ始めた。ケインは怪訝《けげん》な顔をする。

「なにを探している」

「とりあえず、一番ありふれたもんをちょっとね」

と、ラウラリスは引き出しの中に、さらに鍵の掛けられた引き出しを見つけた。細い針金一本で手早く解錠《かいじょう》し、引き出しを開く。ところが、その中身は空《から》っぽであった。

だが、当人はにやりと笑う。

「お、こりゃ〝当たり〟だね」

「当たり？　なにも入っていないぞ」

「ところがどっこい。こういうのは……っと」

不思議そうなケインに答えつつ、ラウラリスは引き出しの裏側を覗《のぞ》き込《こ》む。そこには、小さな穴が一つあった。

ラウラリスはそこに長めの針金を差し込んだ。すると、針金に押されて、引き出しの底が持ち上がる。引き出しは二重構造になっていたのだ。底の下から現れた新たな空間には、一冊の本がおさまっていた。

「定番の隠し場所だね」

得意げなラウラリスに、今度こそケインは不審者を見るような目になった。

「お前、なんでそんなに手慣れているんだ」

「秘密を多く持った乙女《おとめ》って魅力的だろ？」

ラウラリスの場合は『乙女』と書いて『ババァ』と読む感じである。

とりあえず聞いても答えないという意思だけは伝わったようで、ケインは内心のモヤモヤを発散するように頭を掻《か》いた。

◆◆◆

——イムルス・ルークルトは強い後悔に苛《さいな》まれていた。

これまでの人生では、祖父の代から父へ、そして己に受け継がれた交易商を真摯《しんし》に営んできた。

危ない取引や品には決して手を出さず、これまで培《つちか》ってきた経験と商人としての勘を頼りに堅実に商会を経営し、それでいて愛する妻や娘と一緒に平穏な幸せを享受《きょうじゅ》してきた。

最近の小さな悩みと言えば、娘——トヨナの趣味だ。

どうやら、巷の片隅で流行《はや》っているという、コスチュームプレイにハマっているらしい。

時折なんだかよくわからない服を買っては、自室にある鏡の前で着て楽しんでいるのだ。

本人は隠しているつもりであろうが、両親や屋敷の使用人たちにはバレバレであった。

衣装はかなり高いようだが、商人の娘として金銭の扱いはちゃんと教育してきた。そのおかげだろうか、衣装を売っている店に足繁《あししげ》く通ってはいたが、それでも自分に許された範囲の金でやりくりしているようだった。

そこに文句はないが、娘の趣味自体に関して、イムルスは些《いささ》か理解が追いつかなかった。

それでも、彼は娘の趣味を頭ごなしに否定するのはよくないと思っていた。

商売というのは、需要があるところに商品を供給すること。あるところでは見向きもされない品が、別の場所では飛ぶように売れることなど、よくある話だ。

趣味だってそうだ。自分には理解に苦しむものであっても、娘にとっては夢中になれるものなのだから、商人として否定はできなかった。結局は黙って見守るに至る。

ただ妻は、娘の趣味に関してはある程度の理解を示しているらしい。やはり同性だからか、綺麗な衣装には興味があるのだろう。

これが男親の寂しさかと切ない気持ちを味わいながらも、幸せに暮らしていた。

――だが、トヨナが失踪《しっそう》し、そんな日々はもろくも崩れ去った。

それは、例の店からの帰り道だったという。

己の持つ資産を目当てに家族へ危害を加える者がいないとも限らないため、娘が外出する際には必ず数人の護衛をつけていた。元は銅級《ブロンズ》のハンターであり、実力も経験も豊富な者たちだ。

だが、そんな護衛たちもろとも、娘は忽然《こつぜん》と姿を消したのだ。

イムルスは思いつく限りの手段を使って、娘の捜索に乗り出した。ハンターや情報屋、町の警備隊にまで、とにかくあらゆる手を使ってでも娘を捜し出そうと試《こころ》みた。

『亡国を憂える者』を名乗る者が接触してきたのは、捜索を始めてから一週間が経とうかという頃だった。

噂《うわさ》には聞いていた、かつて繁栄《はんえい》し滅亡《めつぼう》した『悪の帝国』と、その最後の皇帝を今も崇《あが》めている組織。

過激な集団ではあるが、主《おも》な活動の場は国の首都をはじめとした、人が多く集まる場所だ。この町もそれなりに栄えているが、首都に比べれば遥《はる》かに寂しいだろうから、まさか眼前に現れるとは思っていなかった。

彼らはイムルスに二つのものを見せた。

一つは、髪の一房《ひとふさ》。それがトヨナのものであるのは、すぐにわかった。

二つ目は——切り落とされた腕。

イムルスの顔から血の気が引き､口からは悲鳴が漏れた。『亡国を憂える者』の構成員は、その腕の持ち主は、娘につけていた護衛であると告げた。

真実を問う勇気をイムルスは持っていなかったが、少なくとも目の前にいるのは、人の腕を切り落とし、証拠として持ってくるほど危険な存在である、とだけは理解できた。

そして『亡国』は要求してきた。

——娘の腕を見たくなければ、この町における自分たちの活動に協力しろと。

もし拒《こば》めば、『亡国』の者たちは間違いなく娘の腕を切り落とし、自分の目の前に持ってくる。

イムルスに選択の余地はなかったのだ。

◆◆◆

「——わかってはいた。自分がどれほど愚《おろ》かなことに加担しているか。だが、それでもやめるわけにはいかないのだ……」

項垂《うなだ》れたイムルスは、悲痛に声を震わせる。

「なぁ、私はいったいどうすればよかったのだ？」

縋《すが》りつくような言葉は、前に立つ二人――ラウラリスとケインに向けられていた。

「「……………………」」

声を投げられた二人は答えない。なにをどう口にしたところで、上辺だけの空《から》っぽな台詞《せりふ》にしかならない気がしたからだ。

――ラウラリスが書斎で見つけた本は、イムルスの日記であった。

はじめのほうこそ日々の何気ない出来事を書き綴《か つづ》ったものだったが、ある日を境《さかい》に不安と懺悔《ざんげ》に満ちた内容へと変じていった。無論、トヨナが誘拐《ゆうかい》された日を境《さかい》にしてだ。

そこから先に記《しる》されていたものは、ラウラリスとケインが予想していたことに違《たが》わぬ内容であった。イムルスは『亡国』に目をつけられて娘を人質にされ、活動の援助を行《おこな》っていたのだ。

ラウラリスとケインは日記を読み終えると、イムルスの寝室へと向かった。

そして、苦しげな表情で眠っていたイムルスを叩き起こした。

イムルスは悲鳴を上げかけたが（ラウラリスが口を塞《ふさ》いだ）、落ち着いた頃に書斎で見つけた日記を見せると、僅《わず》かに動揺し、すぐに諦《あきら》めたような表情を浮かべた。もしかしたら、頭の片隅で己の所業を誰かに知ってほしかったのかもしれない。

それからラウラリスは、自分たちの目的を告げた上で、イムルスに洗いざらい吐かせたのだ。

——そして、今に至る。

もしここに無関係の第三者がいれば、全ての事実を日記に記《しる》していたことを迂闊《うかつ》だと言うかもしれない。悪事に加担していた証拠を自らの手で残していたなんて、と。

だが、ラウラリスはイムルスを蔑《さげす》むような気持ちにはなれなかった。

恐らく、誰にも言えない罪悪感の逃《に》げ道として、日頃の習慣を使ったのだろう。普段通りに日記をつけることで、どうにか冷静さを保とうとしていたのだ。それでも、日々募《つの》る後ろ暗い気持ちはどうにもならない。

深刻な雰囲気に、しばらく誰も口を開けなかった。

そんな悲痛な沈黙を破ったのは、ケインだった。

「最初に言った通り、俺たちの目的はエカロの捕縛だ。そのためには、『亡国』の連中を除《のぞ》いて一番奴に近い場所にいる、あんたに協力してもらいたい」

「協力をしたいのはやまやまだが……娘が人質に——」

「それはわかるが……」

現状、イムルスの助力は必要不可欠。ケインは酷《こく》であるとは思いつつも、話を進めようとする。

だが――

「なぁ、イムルスさんよ」

冷たい声を発したのはラウラリスだ。それを側《そば》で耳にしたケインの背筋が、僅《わず》かに震える。それほど冷徹《れいてつ》さを秘めた声だった。

「あんた、本当に娘が無事かどうか、ちゃんと確かめたのかい？」

「それは――――ッ」

反射的に言い返そうとしたイムルスだったが、すぐに言葉を詰まらせる。唇をブルブルと震わせ、喉《のど》を動かそうとするが、なんの音も出てこない。

ラウラリスが口にしたのは、イムルスが最も恐れていることだ。

イムルスのもとに届けられたのは娘の髪の一房《ひとふさ》だけであり、娘自身の身ではない。そして、イムルスは娘が攫《さら》われてから、一度たりとも彼女の姿を見ていなかった。

ケインは、割って入ろうかと考えたが、思いとどまる。短い付き合いではあるが、直感的に理解したのだ。この手の話は、ラウラリスに任せたほうが早いと。

果たしてそれが、イムルスにとっての幸いに繋《つな》がるかは、また別問題だが。

ラウラリスは続ける。

「あんたには同情する。けど、理解してるかい？　今のあんたは、あんたをこんな目に遭《あ》わせた奴らと同じ側に立ってるってことを」

原因はどうあろうとも、イムルスが女性誘拐《ゆうかい》事件の共犯者である事実は変わらない。それはつまり、イムルスが自身と同じような『大切なモノを奪われる人』を増やしているのだ。

改めてその事実を突きつけられたイムルスの顔から、血の気が引いた。

「自分の娘が大事だからといって、他人様《ひとさま》の娘を犠牲《ぎせい》にしていいなんて、道理が通らないだろ」

「……ならば、私はどうすればよかったのだ」

イムルスは、先ほどと同じ言葉をもう一度口にする。罪悪感に押し潰されそうになりながら、それでも『娘のため』という免罪符《めんざいふ》を拠《よ》り所《どころ》に、言葉を絞《しぼ》り出《だ》した。

「ああ、わかってる。どうしようもなかっただろうさ。どうしようもないなりに、あんたは大切なモノを守ろうとしただけだ」

ラウラリスは、道理を無視してでも守りたいものがあった彼に対して、無理解を貫《つらぬ》けるような人間ではない。

彼女は知っている。

大切な誰かを奪われる辛《つら》さも、失うことを覚悟した時の絶望も。

悪の女帝として、どちらも嫌というほど味わってきた。

だからこそ、ラウラリスはイムルスに告げるのだ。

「けどな、そろそろあんたも覚悟を決める頃だ」

「……私に娘を見捨てろというのか」

「違う」

ラウラリスはイムルスの胸倉を掴んで引き寄せ、至近距離で睨《にら》む。

「この先に待ってる未来《もん》の全てを、受け入れる覚悟だ」

「受け入れる……覚悟」

ラウラリスの言葉を繰り返すイムルスに、彼女は叩きつけるように続けた。

「あんたが協力しようがしまいが、私らはエカロをぶっ潰す。それだけは間違いない。けどな、あんたが協力してくれれば、幾分か仕事が楽になる。そうなりゃ、もしかしたらあんたの大切なモノを助けるくらいの余力は出てくるかもしれない」

「娘を……救ってくれるのか？」

「酷《こく》だが、保証はできない。けど、あんたの協力があるなら多少はその芽が出てくる」

それはもしかすれば、一パーセントの可能性が十パーセントになる程度でしかないのかもしれない。けれど、その違いが大きいのもまた事実である。

「選びな。なにもせずに天に運を任せるのか。私らに協力して、娘の命運を少しでも変えるか」

イムルスは、ラウラリスの言った覚悟の意味を理解したようだ。

ただ黙って状況を傍観するか。『亡国』を裏切り、娘を助けるための最後の賭《か》けに出るか。

そして、どのような形であれ、未来に待つその結果を受け入れるかどうか。

「……ははは、まるで詐欺師《さぎし》だな」

イムルスは、力なく笑う。側《そば》で聞いていたケインも、イムルスの言葉に内心で頷《うなず》いていた。

不確定な娘の無事《もの》を担保《たんぽ》に、勝負に乗るか否《いな》かを選ばせる。そして、イムルスが勝負に乗らなかったとしても、ラウラリスはエカロを捕縛しに行く。

結局のところ、イムルスに選択の余地はなかった。これでは、イムルスに対する『亡国』のやり口と大差ない。

いや、希望がある分、もしかしたらラウラリスのほうが性質《タチ》が悪いかもしれない。

「世が世なら希代《きたい》の悪女と呼ばれても、俺はなんら疑問を抱《いだ》かないぞ」

「はっはっは」

ケインが言うと、ラウラリスは声を上げて笑った。

詐欺師《さぎし》も悪女も、ラウラリスには褒《ほ》め言葉《ことば》に等しい。

何故なら、それを貫《つらぬ》き通《とお》し、悪徳女帝と呼ばれるほどの業《ごう》を背負った末に、世界平和を実現したのだから。

「それでイムルスさんよ。返事はいかに？」

「………………いいだろう。君の詐欺《さぎ》に乗ってみよう」

「そりゃ助かるよ」

イムルスの差し出した手を、ラウラリスはしっかりと握り返した。

第十話　恨《うら》みを背負う者

——その日、一台の馬車がルークルトの屋敷から出発した。

大小様々な荷物が満載のその馬車は、まっすぐに町の門へと向かう。

馬車の存在に気がついた門番がまず最初に見たのは、馬車の幌《ほろ》に描かれた模様《もよう》。

ルークルトの紋章《ロゴ》である。門番は軽い調子で、御者《ぎょしゃ》に声をかけた。

「お疲れさま。今日も荷物満載だな」

「……ええ、おかげさまでね」

「荷台のもんはどこに運ぶんだ?」

「隣町の商人に」

「そうか。気をつけてな」

「ええ、それはもう」

ルークルト商会はこの町の中でも有数の交易商であり、町の繁栄《はんえい》の一部を担《にな》っている。

町の人々からの信頼も厚い。

――故に、ルークルトの紋章をつけた馬車が、門番に深く調べられることはなかった。

馬車はしばらく道なりに進むと、ある地点で停止した。周囲になにかがあるわけではなく、ただの道の真ん中だ。強《し》いて変わっているところといえば、木々が生《お》い茂《しげ》っており、道が曲がりくねっていることから、前後左右が見えづらいことだろう。

だがそれは、人目を忍《しの》ぶにはちょうどいい場所だといえる。

ほどなくして、ローブを羽織《はお》った者たちが、木々の間から姿を現した。

彼らは御者《ぎょしゃ》と目を合わせると頷《うなず》き、荷台の中へ足を踏み入れる。

たくさんの荷物の中から、男たちは一番下に積まれたひときわ大きな木箱《きばこ》を荷台から降ろした。

そして、何事もなかったかのように馬車は動き出す。

残されたローブ姿の男たちは木箱《きばこ》を複数人で担《かつ》ぐと、木々の奥へと消えていった。

――そして、それを遠目で確認している人影があった。

「……とりあえず、ここまでは無難に進んでいるか」

そう呟いたのは、ケインだ。

彼はルークルトの屋敷を出発してからずっと、御者《ぎょしゃ》に気がつかれぬ絶妙な距離を測りつつ、馬車の後を追っていた。彼の鋭《するど》い視線が、ローブ姿の男たちが担《かつ》いでいる木箱《きばこ》に向けられる。

「しかし、思い切りがいいというか無謀《むぼう》というか……」

ケインは、半日ほど前にルークルトの屋敷で交《か》わされた会話の内容を思い出した。

◆◆◆

イムルスがラウラリスとの〝賭《か》け〟に乗ってから二日ほど経過した頃、そいつらは現れた。

「今日の分はコレだ。いつもの手筈《てはず》で頼むぞ」

「……わかっているとも」

人目の少ない夜半。ルークルト家の納屋《なや》で、イムルスと男が会っていた。

男の足元には、口の縛られた大きな布袋が無造作に置かれている。言うまでもないが、男が運び込んだものだ。

「じゃあ、次は一週間後にまた来る」

「ま、待ってくれ！」

短く告げて納屋《なや》を去ろうとした男に、イムルスは慌《あわ》てて駆け寄る。

「娘は……トヨナは無事なのか⁉　一度だけでもいい。娘と会わせてくれ！」

「……お前の姿勢次第だ。今後も協力をしてくれれば、娘と会えるチャンスもあるだろう」

イムルスの言葉に明確な答えを出すこともなく、男は外で待っていた仲間とともに屋敷を後にした。

「トヨナ……」

後に残されたイムルスは、地面に跪《ひざまず》き項垂《うなだ》れる。

男たちが完全に離れた後、物陰に隠れていたラウラリスとケインが姿を現した。

「協力とはよく言ったものだ」

「少なくとも、奴らに取っちゃそうなんだろうよ」

呆《あき》れて呟いたケインに対して、ラウラリスも肩を竦《すく》める。

あくまでも表面上は対等な関係を装《よそお》ってはいるが、その内実は単なる脅迫《きょうはく》。

だが、奴らは自分たちの行《おこな》いが全て正当であると思い込み、本気で協力関係を築いていると考えているのだろう。

「さてさて、まずは中身を拝見」

ラウラリスは項垂《うなだ》れているイムルスをよそに、床に置かれた布袋に歩み寄った。その袋はかなりの大きさであり、ラウラリスの頭からつま先まですっぽりと入ってしまうほど。

当然だろう。なにせ、この袋の中に詰め込まれているのは――

「ご開帳～。……おや、こりゃまた可愛らしいお姫様だこと」

袋に入っていたのは、十四、五歳ほどの若い女性。

目と口は布で塞《ふさ》がれており、手足は縄で縛られている。意識はないようだ。

女性にとって幸か不幸かはさておき、意識がないのは、ラウラリスたちにとって都合がよかった。おかげで余計な騒ぎにならず、話が進めやすい。

ラウラリスとケインが詳しく話を聞いたところ、イムルスの役割は中継であった。

ルークルト商会の所有する馬車の中に攫《さら》われた女性を隠し、外で待機している『亡国』の構成員に引き渡すのだ。その取引が今日あると聞き出し、二人は待機していた次第である。

ラウラリスは丁寧に女性の躰《からだ》を袋から引っ張り出し、納屋《なや》の床に横たえた。

「じゃ、こっちは頼んだよ」

イムルスに言うと、彼はのろのろと立ち上がり、こくりと頷《うなず》いた。

「しかし……本当にやる気か？」

つい先日も似たような台詞《せりふ》を吐いた自覚がありつつも、ケインはやはり同じ言葉を口にした。

「奴らの拠点《きょてん》を押さえるにゃ、コレが一番手っ取り早いからねぇ」

対してラウラリスは、さも当然とばかりに答える。

ケインがラウラリスに確認したくなるのも当たり前であった。

ラウラリスはこれから、攫《さら》われた女性の代わりに荷物に紛《まぎ》れ、拠点《きょてん》の内部に潜入するつもりなのである。

ケインはラウラリスを乗せた馬車を遠目から追跡し、エカロの拠点《きょてん》の具体的な位置を把握する。そんな役割分担だった。

かなり無茶な作戦ではあるが、かといって単純に無謀《むぼう》とも言えなかった。

ラウラリスは外見に限れば希代《きたい》の美少女。そして外見からは想像し難《がた》い強大な戦闘能力を秘めている。たとえ素手であろうとも、並大抵の男などかなわないほどの強さだ。

だからといって危険がないわけでもない。

「エカロの居場所を探るなら、先ほどの男の後をつけて尋問すればいいだろうに」

「それも一つの手だろうが、私としちゃ、てっ取り早く敵陣に乗り込んで、エカロの目論見《もくろみ》を先に確認しておきたいのさ。『亡国』が少女を攫《さら》ってなにをしたいのか知れれば、それがわかるからね」

自らの提案をあっさり退《しりぞ》けたラウラリスに、ケインは少し渋《しぶ》い顔をする。

「確かにそうだが……」

ラウラリスには、なんとなく懸念《けねん》があるという。それは三つ。

『亡国を憂える者』の掲《かか》げる信仰、降霊に関わる呪具《じゅぐ》、そして年若い女性。

エカロの目論見《もくろみ》を放置すれば、確実に面倒なことが起こる。現時点でもすでに面倒くささは相当なものだが、それに輪を掛けて超絶面倒くさい事態に陥《おちい》る。そんな予感がするらしい。

そんなラウラリスに従って、少女を救い出す前に、まずはエカロの目的を潰すことにしたのだ。

眉根を寄せるケインを見て、ラウラリスはニヤリとする。

「まさか心配してくれるのかい？　出会った当初は、初対面の相手に問答無用《もんどうむよう》で斬りかかる冷血漢《れいけつかん》だと思ってたんだがね」

「出会《であ》い頭《がしら》に思いっきり蹴《け》り飛《と》ばしてきた奴に言われたくはないな。……それにお前になにかあれば、預けている呪具《じゅぐ》がどうなるかわからん」

「ははは、そりゃごもっとも」

ケインの言葉に、ラウラリスは笑いながら言う。その間に、彼女は革鎧《かわよろい》と長剣を外した。

「じゃあ、縛るぞ。一応、いつでも解《ほど》ける程度にはしておくからな」

「ああ、任せたよ」

ケインは用意していた布と縄を手にすると、ラウラリスを拘束《こうそく》する。とはいえ、ケインが言ったように、必要になればラウラリスの意思で解《ほど》けるような、特殊な縛り方だ。

手と足を縛り終えたところで、ケインはラウラリスの躰《からだ》を横たえ、女性が詰め込まれていた袋の中に足から入れる。

ちょうど肩の辺《あた》りまで袋に入ったところで、ラウラリスはイムルスがこちらを見つめていることに気がついた。

「どうした？　今さら怖気《おじけ》づいたかい？」

「もちろん怖いさ。だが、それ以上に――」

イムルスは、床で意識を失っている女性に目を向けると、悲痛を含んだ表情を浮かべた。

「……これまで何度も受け渡しを行《おこな》ってきた。運ばれた袋を木箱《きばこ》に詰め込んだのは私だ。抱《かか》えている袋の中には生きた人間がいるのだと、腕に伝わる感触や体温でわかってはいたつもりだった。しかし……」

いつしか、イムルスの手は凍《こご》えたように震えていた。彼は小刻みに振動する自身の手のひらを、まるで化け物を見るような目で見据《みす》える。

「この手で女性を木箱《きばこ》に詰めた。何人もだ。自分の娘を救うことを言い訳に、何人も何人も……まるで、商会で扱っている荷物のように」

重みに耐えかねたように、彼は自分の顔を手で覆《おお》った。

ラウラリスは、イムルスの罪悪感への慰《なぐさ》めの言葉の代わりに言った。

「……あんたは己の悪行に向き合える真っ当な性根の持ち主なだけ、ちょっとはマシかもねぇ」

やがて、ケインは布でラウラリスの目を覆《おお》い、後頭部の辺《あた》りで縛る。

「あ、ケイン。ちょっと待っておくれ」

最後に口を縛ろうとしたところで、ラウラリスが待ったをかけた。

「イムルスさん。あんたに言い忘れてたことがある」

ラウラリスの声に、イムルスは顔を覆《おお》っていた手を外す。ラウラリスは優しく語りかけた。

「もし娘さんを助けられなかったら、私を恨《うら》みな」

「────ッ」

イムルスが息を呑んだ。それほど、彼にとってラウラリスの言葉が衝撃的だったのだろう。

ラウラリスは、優しい声音のまま続ける。

「金で殺し屋を雇うなり、商人なりの手段で報復してもいい。間違っても、娘の後を追って命を絶つような真似《まね》だけはするなよ」

「なに……を……」

「それが、あんたを一方的に賭《か》けに乗らせた、私なりのケジメだ。あんたから向けられる恨《うら》みも憎悪《ぞうお》も呪詛《じゅそ》も、私は甘んじて受け入れよう。……まぁ、さすがに命を取られるのはゴメンだから、降りかかる火の粉を払う程度の抵抗はするがね」

おちゃらけた口調であるはずなのに、言葉の全てが本気であるとわかった。

ケインは言葉を失った。

復讐はなにも生まない、とはよく聞く言葉だ。常識的に考えれば至極《しごく》真っ当である。怒《いか》りや憎《にく》しみによる行動が生むのは、おおよそ悲劇的な結末だ。新たなる良き一歩を踏み出せる者は多くないだろう。

だが、それでも憎悪《ぞうお》は生きる理由になり得る。自ら命を投げ捨てる絶望を、怒《いか》りの炎《ほのお》は燃やし尽くし、生への原動力へと変じる。それがたとえ間違った道であろうとも、道を歩く限り人は生きていける。

「お前は……」

「なぁに。人に恨《うら》まれるって点に限れば、私ほど慣れてる奴はいないだろうさ。これっぽっちも自慢できることではないがね」

ケインの口から言葉が出そうになったところで、ラウラリスは笑って遮《さえぎ》った。

その気負いのなさに、ケインは無意識に歯を噛み締めていたのだった。

第十一話　潜入するババァ

ケインに見送られた後。ラウラリスは木箱《きばこ》の中でじっと息をひそめていた。

（やれやれ。自分が言い出したこととはいえ攫《さら》われたフリなんぞ、好んでするもんじゃあないね）

木箱《きばこ》の内側は固く、狭い空間で手足も満足に伸ばせない。とてもではないが、目的地に着くまで寝息を立てられるような快適さはなかった。

（いやまぁ、誘拐《ゆうかい》された身で快適さを求めるってのも変な話だけどさ）

すでに己を入れた木箱《きばこ》が人の手に渡っているのは、ラウラリスも感じ取れていた。視覚がなかろうと、それ以外の感覚で把握できる。移動時間、聞こえてくる音、伝わってくる振動。それらの情報を総合し、自分が今現在どのような場所を移動しているのかを読み取る。

（足音の反響が変わった。狭い空間……建物の中にしちゃ、揺れの高さがちょいと不規則だ。音の響き具合と振動を考えるに、恐らくは洞窟《どうくつ》に入ったね）

そろそろか……とラウラリスが思ったところで、移動が止まった。

木箱《きばこ》が床に置かれ、蓋《ふた》が開かれた。そして袋の口が開かれる。

人間の手で乱雑に掴まれる感触に身を任せ、ラウラリスは狭苦しい布袋の中から取り出された。両手足を縛られ目も口も塞《ふさ》がれているので、解放感にはまだほど遠い。

やがて、目を覆《おお》っていた布が外される。

視界に入り込む光量が突然増し、ラウラリスは目を細めた。が、眩《くら》んだ視界もすぐに回復する。

ラウラリスの予想の通り、彼女がいるのは洞窟《どうくつ》の中。ただ、松明《たいまつ》がいくつも立てられており、辺《あた》りを見回す分には十分明るい。

今いる空間は、ラウラリスが長剣を存分に振り回す程度の広さはある。

とはいえ、ラウラリスの手元には愛用の長剣も革鎧《かわよろい》もない。後を追ってきているはずのケインに纏《まと》めて預けている。彼と合流するまでは、ラウラリスは素手で状況を乗り越えなければならないのだ。もっとも――

(武器を持った男が三人。少し離れた場所に二人。物腰と気配からして……十秒でカタがつくね)

ちなみに、長剣があれば五秒で終わる。

つまり、遅いか早いか程度の違いで結末は変わらないのである。

ただし、まだ実力行使に出るつもりはなかった。現時点で、敵の総数も攫《さら》われた女性たちの所在も不明。下手《へた》に暴れれば、ここにはいない女性たちに危害が加えられる可能性もある。今はまだ、か弱い女性のフリを続ける。

（とりあえずは様子見として……）

怯《おび》えた少女を演出しながら状況を把握していると、コツコツと足音が響いてきた。

ローブ姿の者たちが全員、一斉に足音が聞こえるほうへと向き直る。

ラウラリスも同じ方向を見ると、横穴の奥から数名のローブ姿の者を連れた、一人の男が現れた。

その男に、ラウラリスの側《そば》にいるローブ姿の男が言う。

「こちらにおいでてしたか」

「ええ、ええ。皆さんの献身を是非とも労《ねぎら》いたくて。いつもご苦労さまです、ええ」

新たに現れた人物は、粘《ねば》つくような声を発した。

第一印象だけで為人《ひととなり》を判断するのはよろしくないとは思いつつも、こいつとだけは絶対に仲良くなりたくないと、ラウラリスは直感した。

そして、その男は縛られたままのラウラリスの近くまで来ると、感嘆の声を出す。

「これはまた、随分と可愛らしいお嬢さんですねぇ。もしかしたら、今までで一番かもしれません」

ラウラリスの直感は正しかった。

目の前にいる男の顔は、ケインが持っていた人相書《にんそうが》きに描かれていた人物そのもの。

ラウラリスの美貌《びぼう》を褒《ほ》め称《たた》えているこの男こそが、『亡国』の幹部であり連続女性誘拐《ゆうかい》事件の主犯であるエカロであった。

頬の瘦《こ》けた不健康そうな顔へ拳《こぶし》をねじ込みたくなる衝動を、ラウラリスはこらえた。険《けわ》しい表情になりそうになるのもどうにか耐え、か弱い女性のフリを継続する。

先ほどの短い会話から推測するに、エカロは普段からこの場所にいるわけではないのだろう。平時はどこかにひそみ、なにかしらの際にこちらに訪れるということか。そう考えると、このタイミングでラウラリスが入り込めたのは僥倖《ぎょうこう》だろう。捜す手間が省《はぶ》けたのだから。

「随分と手荒な真似《まね》をして申し訳ありませんね、お嬢さん」

エカロは礼儀正しく言いながら、ラウラリスの口元を覆《おお》っていた布を解《ほど》いた。

「わ、私をどうするつもりですか?」

ケインが聞けば盛大に顔をしかめそうな、可憐《かれん》な少女そのもののか弱い声を出す。

耳にする者の心を蕩《とろ》かすような声に、エカロはニンマリと笑った。

「ご安心ください。そのお可愛らしい顔を傷つける気は毛頭ありません。ええ。全くもって」

言葉では安心させようとしているのかもしれないが、エカロの笑みが合わさると、胡《う》散《さん》くささしか感じられない。

「それでお嬢さん、あなたのお名前は？」

「……リアスです」

『亡国を憂える者』は、滅《ほろ》んだエルダヌス帝国とその最後の皇帝を崇《あが》めている集団なのだ。さすがにそんな者たちの前で『ラウラリス』の名を口にするのは危険すぎる。最後の皇帝と同一人物には思われないだろうが、いらぬ面倒を避けるために、あらかじめ偽名を用意していた。

「そう、リアスさんですか。名は体を表すと言いますが、まさにその通りのいいお名前ですね」

「ありがとうございます……」

褒《ほ》められているのにちっとも嬉しくないと、ラウラリスは内心で呟いた。

彼女は足の拘《こう》束《そく》を解かれると、エカロとローブ姿の者たちに連れられて洞《どう》窟《くつ》の奥へと進んだ。縄の結び方が独特なのがバレないかだけ心配だったが、特に問題はなかったようだ。

「ではリアスさん。こちらへどうぞ」

ラウラリスが連れてこられたのは、鉄格子《てつごうし》のはめ込まれた牢屋《ろうや》だ。

エカロは物腰が柔らかいが、周りに控えているローブ姿の者たちはそうでもなかった。

錠前を外し格子《こうし》の扉を開くと、乱雑な手つきでラウラリスを牢《ろう》の中へと押し込む。

「居心地が良いとは言えませんが、他の皆さんもいらっしゃいますし、寂しくはないでしょう」

エカロの言葉通りに、牢《ろう》の中には十数名の女性が収容されていた。誰もが口を噤《つぐ》み、俯《うつむ》いている。その中の数名が、ぼんやりとした目で新たにやってきたラウラリスを見ていた。

背後で扉の錠前が施錠《せじょう》される音が聞こえる。

「ご安心ください。時が来るまで、皆さんの安全は保証いたしましょう。時間になれば、食糧もお持ちします」

鉄格子《てつごうし》を隔《へだ》てた先にいるエカロが、相変わらず笑みを浮かべたまま言う。

「ですが、その代わりに、あなたには我々に協力していただきます」

無理矢理に連れてきたくせに、図々しい言い草である。

「……先ほどの質問に答えてもらっていません。私をどうするつもりですか？」

「事前に断りを入れなかったことは大変申し訳なく思っております。ですが、我らの悲願を達成するためには、あなた方のような若く美しい女性が必要なのですよ。ご理解いただきたい」

口調は丁寧でありつつも、エカロはラウラリスの問いかけに対して一方的な言い分を返してくる。

「ただ、残念ながら少しばかり立て込んでいまして。他の皆さんとこちらでお待ちください」

そう言って、エカロは部下を連れて、牢屋《ろうや》の前から去っていった。

残されたラウラリスは、しばらく鉄格子《てつごうし》の側《そば》でじっとする。エカロたちを含め、付近に『亡国』の構成員がいなくなったことを確認してから、「ぷはぁ」と息を吐いた。

「あ～、肩凝《こ》ったぁぁ」

それまでの怯《おび》えたお嬢様の姿をやめたラウラリスは、手首の拘束《こうそく》を自分で外す。そして疲れ気味な表情で肩に手を添え、グルグルと腕を回した。

エカロたちに警戒心を抱《いだ》かせないためとはいえ、演技を続けるのはなかなか苦痛であった。

狭い木箱《きばこ》の中でじっとしていたために躰《からだ》の節々も強張《こわば》っている。それらを解《ほぐ》しながら、ラウラリスは改めて牢屋《ろうや》の中を見回した。

攫《さら》われた女性の数は、届けが出されている者だけでも十名近く。それよりも牢屋《ろうや》の中の人数は多い。幸いにも、ここに死人はいなかった。とはいえ、全員が元気いっぱいとまではいかず、その大半が疲れ切ったような顔をしている。

エカロの言葉が正しければ、食べ物には不自由していないのだろう。だが、昼夜が判別しにくい洞窟《どうくつ》の中で、明かりは壁に小さく空《あ》いた穴と、立てかけられている松明《たいまつ》のみ。こんな閉鎖空間の中に長時間いれば、肉体的に辛《つら》かろう。

「さて、と。どのお嬢さんからお話を聞くとするか……ん？」

比較的体力が残っていそうな女性を探していると、牢屋《ろうや》の片隅で横になっている三人の女性に目がいった。一見すれば単に疲れ果てて寝込んでいるようだが、ラウラリスには違和感がある。彼女たちに近づき、ラウラリスは様子を確かめる。

「息はしてるね。意識もある。けどこいつは……」

特に外傷はなく、ある程度の反応も返ってくる。だが、逆に言えばそれだけだ。

言葉は喋《しゃべ》らず、自ら動く様子もない。ただぼんやりと、虚空《こくう》を眺めているだけなのだ。

ラウラリスの表情が険《けわ》しくなる。

「肉体じゃなくて、精神《ココロ》が衰弱《すいじゃく》しきってる。これはちょいとマズいね」

彼女たちの状態は、生きる気力の喪失《そうしつ》といったところであろう。見たところ今すぐというほど切羽《せっぱ》詰まってはいないが、このままなんの処置もせずに時間が経てば、精神が死に至る。そしてそうなれば、肉体的な死も迎えることになってしまうかもしれない。

「……そういえば、トヨナはどこだい」

イムルスから娘の特徴や髪色は聞いていたが、それに該当《がいとう》する女性が牢屋《ろうや》の中には見当たらない。

他の場所に監禁されているのか、あるいはすでに――

「とりあえず、他の子から話を聞いてみるか」

現実から逃避するわけではないが、辛《つら》い結末の可能性を頭の片隅に置く。

そして、ラウラリスは改めて女性たちから話を聞こうと立ち上がった。

その時、洞窟《どうくつ》の奥からこちらに近づいてくる足音に気がつく。話を聞くのは後にし、ラウラリスは誘拐《ゆうかい》されたか弱い女性のフリを再開した。

牢屋《ろうや》の側《そば》に来たのは、木箱《きばこ》を抱《かか》えたローブ姿の男と――少女が一人。年頃は今のラウラリスと同じくらいだろう。

ローブ姿の者は格子《こうし》の鍵を開いて入り、その後に少女が続く。そして、ローブ姿の者は木箱《きばこ》を置くと一人だけ牢《ろう》の外に出て鍵を閉めた後、立ち去った。

牢《ろう》の中に残されたのは、木箱《きばこ》と俯《うつむ》いた少女だ。薄暗い明かりの中であっても、少女の悲痛さが伝わってくる。彼女はそれでも顔を上げると、木箱《きばこ》の蓋《ふた》を開き、パンと水の入ったコップを取り出す。どうやら、エカロの言っていた食糧の配給だろう。

彼女は、食糧を牢屋《ろうや》の中にいる女性一人一人に配っていく。中には受け取る元気すらなくしている者もいたが、少女は根気よく食べ物を渡していた。

先ほどラウラリスが様子を見た、横になっている女性たちに対しても同じだ。

彼女は女性のうちの一人の背中を支えて上半身を起こしてやると、無理矢理パンを握らせ、口に運ぶ。

「お願い、食べて……」

少女の言葉に反応してか、その女性はゆっくりとパンを口に含み、咀嚼《そしゃく》した。そして少女が傾けたコップの水を飲み込む。

ラウラリスの目には、その様子が献身的に世話をしているというよりも、罪悪感故の懺悔《ざんげ》に見えた。己の罪を償《つぐな》う行為のような、酷《ひど》く痛ましい光景であった。

少女が横になっていた三人の食事を終えたところで、ラウラリスはいよいよ声をかける。

「あんた、もしかしてトヨナかい？」

「──ッ⁉」

彼女の反応は顕著《けんちょ》だった。ビクリと肩を震わせ、驚愕《きょうがく》の表情を浮かべながら、ラウラリスを振り返る。

「ほっ、どうやら無事だったみたいだね。親父さんに悪い知らせをせずに済みそうだ」

「あ、あなたは誰なん──」

ラウラリスは悲鳴じみた声を発しそうなトヨナのもとに駆け寄ると、彼女の口を塞《ふさ》ぐ。それから片目を瞑《つぶ》りながら、己の口に人差し指を立てた。

「下手《へた》に大声を出すと、騒ぎを聞きつけた『亡国』の馬鹿どもが来ちまうんでね」

敵意がないのは伝わったようだ。少女──トヨナは緊張気味ではあったが、同意するように何度も頷《うなず》いた。

「よし、いい子だ。いや、驚かせたみたいで悪いね」

ラウラリスがトヨナの口から手を離すと、彼女は自身の胸に手を当てて深呼吸をした。

「……どうして私の名前を？」

「ってことは、あんたがトヨナ・ルークルトで間違いないんだね」

「は、はい。私がトヨナですけど……あなたは？」

「私はリアス。通りすがりの賞金稼ぎさ」

目をパチクリとさせるトヨナに、ラウラリスは不敵に笑ってみせた。

トヨナが話を聞ける程度に落ち着いたと判断し、ラウラリスは尋ねる。

「次に見張りが来るのは、いつくらいになる？」

「まだしばらくの間は大丈夫だと思います」

途中で割り込まれる心配がないのを確認してから、ラウラリスは簡潔に、己がこの場に来た経緯を話した。イムルスの頼みでトヨナを助けるつもりだということも。

「……え、あなたが助けに来たのですか？」

トヨナはマジマジとラウラリスの姿を見る。

己とさほど歳は変わらない外見で、同性でも惚《ほ》れ惚《ぼ》れするほど整っている顔立ちを見れば、助ける側ではなくむしろ白馬の王子様に助けられる側だと思っているのだろう。

「今は長剣もないからねぇ。……お、手頃なところにちょうどいい石が」

彼女の理解を得るために、どうしたものかと考えたラウラリスだったが、ふと近くに手で掴める程度の石を見つける。彼女はそれを手に取ると、トヨナに渡した。

「ちょっとこいつを持ってみな」

「え？　……ただの石にしか見えませんが」

不思議そうな顔をしながら、トヨナは確認するようにその石を握る。

「そうだね。確かにどこにでもある、普通に硬い石だろうさ」

ラウラリスはトヨナからその石を受け取ると――

「ふんっ！」

鋭《するど》い気迫を発しながら、それを握り締めた。その直後、彼女の手の中から「グシャリ」という音が響く。

ラウラリスはトヨナに見えるように、手を開いた。

「ま、ざっとこんなもんさね」

「――嘘でしょ？」

呆然と呟くトヨナの視線の先には、バラバラになった石の破片が載《の》っているラウラリスの手があった。常識を疑うような光景に、トヨナはラウラリスの顔と手のひらの石片を何度も見比べる。

「とまぁ、こんな感じだ。腕《うで》っ節《ぷし》にはそれなりに自信があるわけよ。信じてくれたかい？」

たかだか〝それなりの自信〟で、石を握り潰すことなどできるのだろうか、と戦いに関しては素人《しろうと》であるトヨナも疑問を抱《いだ》かざるを得ない。

それでも、目の前の可憐《かれん》な美少女がただ者でないのだけは、受け入れたようだ。

「と、とにかく、あなたが父の依頼で私を助けに来てくれたことは、ちゃんと理解できました」

「あ、勘違いしないどくれ」

トヨナの認識の誤《あやま》りに、ラウラリスは口を挟んだ。

「そもそも私らの本命は別にある。残念ながらあんたや他の子らの救出は……ぶっちゃけオマケみたいなもんだ」

「オマケって……あなたは父の依頼で私を助けに来てくれたハンターではないのですか？」

「私はハンターじゃないよ。さっきも言っただろ、通りすがりの賞金稼ぎだって。それ以上でもそれ以下でもない。あんたを助けるという契約だってしてない。まぁ、口約束みたいなもんだ」

あからさますぎる物言いに、トヨナの表情筋が引きつった。

救いの手が差し伸べられたと思ったら「オマケで助けに来た」と言われたのだ。誰だって似たような反応をするだろう。むしろ、ここで怒らなかった点は褒《ほ》めてもいいくらいだ。

実際のところは、口で言ったよりも真面目に助けるつもりだが、状況からして頼りっきりにされると困るのである。その自覚を持ってもらうために、あえてラウラリスは突き放すような言い方をしたのだった。

「もし本気で助かりたかったら、協力しとくれ。こっちの目的がスムーズに達成できたら、あんたを助ける余裕ができるってもんだ」

「……こんな協力のさせ方、まるで詐欺師《さぎし》ですね」

奇《く》しくもトヨナの返事は、トヨナの父であるイムルスと全く同じであった。ラウラリスは微笑む。

「いいでしょう。どうやら私には選択の余地はないようですしね。協力しますよ」

「そうかいそうかい。いやぁ、色よい返事を聞けて嬉しいよ。これで話がスムーズに進む」

ラウラリスは満足げにうんうんと頷《うなず》いた。トヨナはどの口が言うのか、という表情を浮かべながら口を開く。

「それでなにを知りたいのですか？　残念ながら、うちは多少は裕福ではあるかもしれませんが、私は単なる商家の娘ですよ」

「あんたに聞きたいのは、二つだ」

ラウラリスはそれまでのおちゃらけた笑みを引っ込めると、真剣な顔になる。トヨナもそれを見て、緊張した表情を浮かべた。

「まずは攫《さら》われた女性の所在だ。ここ以外にも監禁されている女性はいるのかい？」

「……私の知る限りでは、攫《さら》われてきた女性は、ここにいる人たちで全員のはずです。私は監禁されている女性の世話役を任されていますから」

「そいつは重畳《ちょうじょう》。余計に探す手間が省《はぶ》ける」

この牢屋《ろうや》にいるのは十五、六人ほど。見たところ、歩けるほどの体力が残っていそうなのは半数以上。この場にいる面子《メンツ》だけを逃《に》がすのならば、なんとかなりそうだ。

「もう一つ質問だ。あんた、ここにいる連中が女性を攫《さら》った理由とか、わからないかい？他の女性たちに比べりゃ、そこそこ自由に動けるんだろ？」

「いえ。寝食をする個室と食料庫、それとこの牢屋《ろうや》を行き来する以外はさせてもらえませんし、そのどれにも見張りがついてました」

「そりゃそうか。まぁ、当然だろうね」

半《なか》ば予想通りの答えではあったので、ラウラリスは気落ちしなかった。確実に知りたかったのは、攫《さら》われた女性たちの居所《いどころ》。これさえハッキリとしていればいい。二つ目はそもそも駄目元での質問だった。『亡国』の目的なんぞ、主犯を絞《しぼ》り上げて聞けばいいだけの話。わからなければわからないで、潰せばいいのだ。

そう思っていたラウラリスだが、意外にもトヨナはなにかを思い出したように目を泳がせた。

「で、ですけど。心当たりというか、気になることは……あります」

その暗い表情から、思い出したくない記憶を探っているのだと、ラウラリスはわかった。

「……無理に聞き出そうとは思わないが、いいのかい？」

「あ、あなたが言ったんですよ。あなたが楽をできれば、わ、私や……他の人たちが助かる可能性が増えると」

「そうだね……ああ、聞かせとくれ」

こくりと、トヨナは頷《うなず》き、訥々《とつとつ》と語り出した。

「これは、私が攫《さら》われてきたばかりの頃の話です」

洞窟《どうくつ》の中にある部屋の一つに、トヨナは軟禁されている。最初は窮屈《きゅうくつ》な思いをしていたが、攫《さら》われてきた他の女性たちへの扱いに比べれば遥《はる》かに待遇がいいとわかり、申し訳なさを抱《いだ》きつつも、命じられた通り女性たちの世話をして過ごす日々が続いていた。

「ですがある時、人が減っていることに気がついたんです」

まだその時は、捕らえられている人数は一桁《ひとけた》だったため、トヨナの数え間違いではなかった。気になって捕らわれているうちの一人に話を聞いてみると、一人の女性が『亡国』の人間に連れていかれたという。

「それから一日もしないうちに、洞窟《どうくつ》全体に響き渡るような絶叫《ぜっきょう》が聞こえてきました」

その時のことを思い出し、トヨナは寒気を耐えるように己の両腕を抱いた。顔色も悪くなり、今にも冷や汗をかきそうなほどだ。

「……次の日に牢《ろう》に食糧を運ぶと、前の日にいなくなっていた人が戻っていました」

トヨナが視線を向けた先には、牢《ろう》の隅で横たわっている女性の一人がいる。

「それからです。人がいなくなったと思えば叫び声が聞こえて、次の日にはああして戻ってくるんです。でも、戻ってきた皆さんはずっと、起き上がらないんです……」

声をかければ多少の反応は返ってくる。口元に水や食べ物を運んでやれば、飲んだり食べたりはしてくれる。だが、それだけ。まるで、ただ息をしているだけの人形ではないか。

自分の知らないところで、恐ろしいなにかが行《おこな》われている。トヨナにもそれはわかった。

「……でも、三人目が終わってから少しして、洞窟《どうくつ》で騒ぎが起こったんです」

トヨナは個室に軟禁されており詳細は不明だが、これまでの絶叫《ぜっきょう》とは違う、多くの人間の怒声が洞窟《どうくつ》の内部でいくつも響き渡っていた。

「それは一日も経たずにおさまったんですが、その日からあの絶叫《ぜっきょう》が聞こえなくなったんです」

新たに女性が連れてこられることはあっても、いなくなることはなくなった。あの身の毛もよだつような悲鳴が聞こえないだけでも、トヨナにとってはありがたいという。

「私が話せるのはこの程度ですが……お役に立てましたか？」

「ああ、十分すぎるくらいさ。辛《つら》いことを思い出させて悪かったね」

血の気を失った顔のトヨナを労《ねぎら》うように、ラウラリスは彼女の肩を優しく撫でる。その頭の中では、トヨナの語った内容を基《もと》に推測を立てていた。

ラウラリスは、トヨナが聞いた悲鳴がどうして起こったのか、心当たりがあった。これまで断片的だった情報が、一つに収束していくのを感じる。

(面倒な予想ってのは、往々にして当たっちまうもんだね)

『亡国』の話を聞いてからというもの、これで何度目になるだろうか。ラウラリスは渋《しぶ》い顔になり、頭痛を抑えるように眉間《みけん》に手を添えた。

「あの、悪いことでも……」

「いや、ただの個人的な話だ。気にしないどくれ」

ラウラリスはトヨナを安心させるように、手をひらひらと振る。

（私の見立てじゃ、このまま放っておけば一週間もしないうちに最初の死者が出てたね。ギリギリで間に合ったって感じか）

恐らく、洞窟《どうくつ》内で起こった騒ぎというのは、『亡国』が所持していた呪具《じゅぐ》が奪われた件だろう。呪具《じゅぐ》を失ったことで、女の人を利用して行《おこな》っていたなにかが、続行不可能になった。

（その後も人攫《ひとさら》いを続けてたのは、元々の成功率が低いことがわかっているからか……）

――つまり『亡国』は、攫《さら》った女性たちを端《ハナ》から使い捨てるつもりだったのだ。

胸くそ悪い話だ、とラウラリスは舌打ちをしたくなった。表《おもて》に出さなかったのは、トヨナにこれ以上の動揺を与えたくなかったからだ。

『亡国』は必死になって呪具《じゅぐ》の行方《ゆくえ》を追い、奪った者の捜索を行《おこな》った。だが、呪具《じゅぐ》を奪った者は逃走中に盗賊に襲撃されて死亡。当の呪具《じゅぐ》は戦利品として盗賊の手に渡った。

そして呪具《じゅぐ》は今、その盗賊を捕まえたラウラリスの胸元に挟まれているわけである。

気になるのは、その呪具《じゅぐ》を奪った者の正体だ。これに関しては、ラウラリスもわかっていない。

（それは、後で考えようか）

思考を終えたラウラリスは、労《ねぎら》うようにもう一度トヨナの肩を軽く叩いた。

「ありがとうよ。おかげで知りたいことは大体聞けた」

「お役に立てたのなら幸いです」

当初は手探りで進めるつもりだったが、思わぬ形で情報を集めることができた。

「こちらの準備が整い次第、事を起こすからね。それまではできる限りいつも通りにしといてくれ。……いや、この状況下で、いつも通りというのも変な話だけど」

「わかりました……」

一度頷《うなず》きはしたが、トヨナはすぐにはその場から動かなかった。やがて、悲痛を耐えるように顔を上げると、意を決したように口を開く。

「あの……リアスさん――」

「残念ながら時間切れだ。そろそろ、奴らが戻ってくる頃じゃないか？」

トヨナはハッとした顔になる。話に集中しすぎて時間の経過を忘れていたようだ。

「明日も同じ時間にここに来るのかい？」

「え、ええ。それは、はい」

なにかを口にしようとしていたトヨナだったが、ラウラリスの言葉にコクコクと首を縦に振る。

「だったら、話の続きはその時に。いいね？」

最後にもう一度トヨナが頷《うなず》くのを確認し、ラウラリスは彼女の背中を押した。

トヨナが何度か振り向いているうちに、コツコツとこちらに近づく足音が聞こえてくる。『亡国』の人間が戻ってきたのだ。まだ距離はあるが、長々と話をしている余裕はもうない。

やがて『亡国』の構成員がやってきて、牢《ろう》の格子《こうし》を開く。彼女はそのまま牢《ろう》を去っていった。

トヨナが見えなくなってから、ラウラリスは「やれやれ」と頭を掻《か》く。

「ちょっと強引すぎたかねぇ」

時間が迫《せま》っていたのは確かだが、まだ少しの余裕はあった。

だが、トヨナの口から出そうになっていた問いを、この場で聞くわけにはいかなかった。

少なくとも、彼女の身の安全が確保されるその時までは、曖昧《あいまい》にしておかなければならない。

「せめて、あの子をちゃんと父親に会わせてやらないとね」

やがては辛《つら》い現実が待ち受けていようとも、小さな救いだけは叶えてやりたい。

――そして、エカロには必ずこの狼藉《ろうぜき》の報《むく》いを受けさせる。

ラウラリスは表情を引き締め、固く決意したのだった。

第十二話　追想するババァと手紙再び

トヨナと話した後、ラウラリスは寝ることにした。敵陣の真ん中であるというのに、それはもうぐっすりと。

ケインが来るまではまだ時間がかかる。彼にはこの場所の特定の他にも、いろいろと準備をしてもらっているのだ。その準備が終わるまでの間、体力を温存する必要がある。だからといって寝てしまう図太さがあるのは、ラウラリス故だろう。仮に睡眠中でもなにかがあれば、一瞬で覚醒《かくせい》できる彼女だからこそだ。

――ラウラリスは、昔の夢を見ていた。

夢の中のラウラリスは、可憐《かれん》な美少女ではなく正真正銘《しょうしんしょうめい》の老婆であった。

女帝ラウラリス。エルダヌス帝国最後の皇帝、その人である。

誰の目にも老いを感じさせる外見ながらも、美しさは微塵《みじん》も損なわれていない。むしろ、その美貌《びぼう》は長い時を経《へ》て洗練されていた。

彼女は、身《み》の丈《たけ》に迫《せま》る長さの剣を構えていた。

その正面には、同じく剣を構えている男が一人。

齢《よわい》は四十半《なか》ばを過ぎているというのに、三十前後に見えるほどの精悍《せいかん》な顔つき。優男《やさおとこ》に見える風貌《ふうぼう》ではあるが、肉体は無駄を極限にまで省《はぶ》き、徹底的に鍛《きた》えられている。

――彼は、『四天魔将《してんましょう》』の一人、『烈火《れっか》のグランバルド』。

『四天魔将』は皇帝の忠実な手足となり帝国の中枢《ちゅうすう》を担《にな》う、女帝ラウラリスの腹心中の腹心。

グランバルドはその筆頭《ひっとう》だ。『四天魔将』の中でも特に彼女の身辺の警護も任されおり、剣の実力は皇帝を除《のぞ》けば国内随一とされていた。

彼の得物は、長剣と片手剣の中間の大きさである、片手半剣《バスタードソード》。両手でも片手でも扱うことができる剣だ。

「フッ！」

短くも鋭《するど》い気迫とともに、グランバルドがラウラリスに肉薄する。その踏み込みは、躰《からだ》ごと相手にぶつかるような強烈なものであった。

対してラウラリスは、長剣を斜めに構え、打ち込まれる剣をやんわりと受け流す。身《み》の丈《たけ》に迫《せま》る剣を扱っているとは思えない、あまりにも丁寧すぎる動きである。

己の最初の一撃が流されるのは、グランバルドも予想済みだった。彼は変えられた剣の流れに逆らわず、逆に勢いをつけてさらにもう一歩強く踏み込む。

「破《ハ》ァッ‼」

振り抜いた剣の勢いを利用し、腰を基点に溜めを作る。そして、刃《やいば》を返すと同時に、一気に力を解放した。最初の踏み込みから繰り出された一刀を凌駕《りょうが》する一撃であった。並みの鍛《きた》え方《かた》では確実に腰を痛めるであろう。だが、グランバルドの鍛《きた》え方《かた》は並大抵ではなかった。何故なら、彼を鍛《きた》え上《あ》げたのは他でもない、目の前にいる女帝だからだ。

「おっと」

ラウラリスは再度剣を構えて防ぐが、今度は受け流せない。強烈に金属同士が衝突《しょうとつ》する音が木霊《こだま》し、ラウラリスの躰《からだ》が横へと吹き飛ばされた。

だが、派手に見えたのは吹き飛び方だけだ。

真横に吹き飛んだラウラリスだったが、まるで鳥が水面に降り立つかのようにふわりと地面に着地する。直前の衝突《しょうとつ》がなかったかのような、柔らかい動きだ。

そんなラウラリスに、グランバルドは追撃を仕掛ける。己の攻撃が防がれ、あるいは受け流されようとも、ただひたすらに攻撃し続けていく。攻撃が最大の防御《ぼうぎょ》とばかりに、相手のチャンスをそれを上回る攻撃で潰す。

その激しさたるや、まさに烈火《れっか》のごとく。燃えさかる炎《ほのお》のように、苛烈《かれつ》な剣戟《けんげき》が絶え

ることなく続く。グランバルドの『烈火《れっか》』の通り名は、この怒涛《どとう》の攻めに由来していた。

だが、その烈火《れっか》の剣戟《けんげき》に晒《さら》されながらも、ラウラリスは揺るがなかった。

グランバルドの片手半剣とラウラリスの長剣だと、小回りがきくのは当然、グランバルドのほうだ。しかしながら、ラウラリスは長剣を巧みに操《あやつ》り、グランバルドの攻撃をいなしていく。

そして――ラウラリスは呟いた。

「温《ぬる》いね」

グランバルドの炎《ほのお》のような攻めの中に生じた、小さな揺らめき。

絶え間ない攻撃を続けたことで蓄積した疲労が、彼の剣筋《けんすじ》を僅《わず》かに鈍《にぶ》らせた。

時間にして、ほんの一瞬。コンマ数秒以下だったが、ラウラリスにはそれで十分すぎた。

――ガギンッッ!!

力任せと呼ぶにはあまりにも美しすぎる軌道《きどう》が、グランバルドの攻めをその躰《からだ》ごと弾《はじ》き飛《と》ばす。

例えるならば、燃えさかる炎《ほのお》を、爆薬で一挙に吹き飛ばしたような光景だった。

「グッッ！」

靴底で地面を擦《こす》りながら、グランバルドはどうにか踏ん張る。

ただの一撃。たったの一発。それだけで、グランバルドの両腕は痺《しび》れていた。辛《かろ》うじて柄《つか》から手を離さなかったが、逆にそれが精一杯だった。

「今度はこちらから行くよ」

まるで、散歩に行くかのような軽い口調。けれども、直後に繰り出されたのは、烈火《れっか》の猛攻《もうこう》をさらに呑み込む業火《ごうか》の連撃だった。手数と速度こそ、グランバルドと大差ない。けれども、その一発一発の重みは比べものにならない。その全てが、グランバルドが受け流したり回避したりできない軌道《きどう》を描いているのだ。

後手《ごて》に回れば、目の前の業火《ごうか》に燃やし尽くされる。そう断じたグランバルドが選んだのは、再度の攻勢。迫《せま》りくる剣戟《けんげき》に対して、己も正面から剣を振るう。一合打ち合うたびに躰《からだ》が軋《きし》むが、それもお構いなしに剣の応酬《おうしゅう》が続く。

素人《しろうと》がこの場にいれば、グランバルドが圧倒されているように見えるだろう。そして多少の腕を持つ者であれば、二人の動きが滅茶苦茶《めちゃくちゃ》なものに感じられるだろう。

そして——一部の達人と呼ばれる領域に達した者は、絶句するだろう。

ハッキリ言って、両者の振るう剣は滅茶苦茶《めちゃくちゃ》である。だが、そう見える数多《あまた》の剣筋《けんすじ》は、その全てに理《ことわり》のある一撃なのだ。その矛盾を可能とする動きがある。

——『全身連帯駆動』。

肉体のあらゆる要素を連動させることによって、動きの全てに理《ことわり》を宿す究極の身体運用法。

グランバルドも、この『全身連帯駆動』の使い手なのだ。

——どれほどの時間、打ち合っていただろうか。

やがて二人はお互いに剣を振るうのをやめ、剣を正眼に構えたまま動きを止める。しばらく二人はそのままだったが、やがてラウラリスは長剣を下ろし、背負っていた鞘《さや》におさめた。

「調子は良いみたいだねぇ」

「ありがとう……ございました」

グランバルドは息も絶《た》え絶《だ》えといった風に言葉を返す。肉体面ではともかく、精神的な疲労が凄《すさ》まじかった。

対してラウラリスは、一度深呼吸する程度。二人の消耗《しょうもう》具合の差は歴然としていた。

これはひとえに、『全身連帯駆動』の熟練度の差。

ラウラリスは肉体の全てを無意識レベルで連動させているが、グランバルドはまだその領域にまで達していない。肉体稼働に意識を集中させなければ、ラウラリスの動きについていけないのだ。

『四天魔将』は全員が『全身連帯駆動』の使い手であり、ラウラリスの弟子でもあった。

中でもグランバルドは、ラウラリスに仕《つか》えている時間が最も長く、『全身連帯駆動』の完成度も他の三人に比べて高い。そんな彼だからこそ、ラウラリスと打ち合えたのだ。

グランバルドの呼吸が整った頃を見計らい、ラウラリスが再度口を開く。

「忙しい時に、わざわざ呼び出して悪いね。たまにはこうして誰かとやり合わなきゃ勘が鈍《にぶ》っちまうんだが、私の相手をまともにできるのは、あんたをはじめ『四天魔将』くらいだからねぇ」

ラウラリスの口調は軽い。人払いをしており、この場にいるのが彼女とグランバルドのみだからだ。ラウラリスは皇帝然とした態度を崩しており、気軽に配下に声をかけることができた。

「いえ。私としても、陛下にお相手をしていただけて光栄です。最近は満足に剣を振う機会も限られていましたので」

そう言う腹心の部下に、ラウラリスは申し訳なさそうに言った。

「……苦労を掛けてるとは思ってるよ。『四天魔将』のみんなにはね」

「そんなこと、おっしゃらないでください。我ら四人は誰に言われるでもなく、自らの意志であなたに忠誠を誓っているのですから」

『四天魔将』は女帝ラウラリスに忠誠を誓っているが、それは彼女がエルダヌス帝国の皇帝だからではない。ラウラリスであるからこそ、忠誠心を抱《いだ》いているのだ。

「そう言ってくれて助かるよ」

ラウラリスはふわりと笑った。

その顔に浮かんでいたのは、冷酷《れいこく》非道と恐れられる皇帝の表情ではなく、優しさに満《み》ち溢《あふ》れた女性の微笑みだった。

「ところでグランバルド。抵抗組織《レジスタンス》のほうはどうなってるんだい？　確か……『獣殺《けものごろ》しの刃《やいば》』って名前だっけか？」

まるで世間話をするように、ラウラリスはそれを口にした。

帝国内には、ラウラリスの圧政に抗《あらが》おうとする抵抗組織《レジスタンス》がいくつも存在している。

『獣殺しの刃』は、今帝国内で最も勢いがある抵抗勢力だ。名にある『獣《けもの》』は、帝国のシンボルを表している。あからさますぎて、名前を聞いた当初は「随分と思い切った名前にしたねぇ」とラウラリスはむしろ感心した。

「些《いささ》か手を焼いている部分もありますが、許容範囲内です。おおよそが順調と言って差《さ》し支《つか》えないかと」

誠実に答えるグランバルドに、ラウラリスは鷹揚《おうよう》に頷《うなず》く。

「そうかい。まぁ、面倒な仕事を任せている立場で言うのも妙だが、あまり無茶するんじゃないよ。あんたに倒れられたら、困るのは私なんだから」

「陛下の苦労に比べれば、この程度は些細《ささい》なものです」

「相変わらずくそ真面目だねぇ」

呆《あき》れたようなラウラリスに対して、グランバルドは表情一つ変えず、普段通りの調子で答える。

「ごく身近に、肝心なところでずぼらな上司がいますので、その影響です」

「……そしてたまに、真面目な顔して結構酷《ひど》いこと言うよね、あんたって」

腹心の部下の言葉に、ラウラリスは思わずジト目になるのであった。

「でしたら、困ったら剣で解決しようとする癖《くせ》を直してください。そしてそれを止める我らの身になっていただきたい」

「はっはっは！」

痛いところを突かれて、笑ってごまかすラウラリス。

グランバルドの言葉は、ラウラリスの身を案じているというよりも、止める側の身が保《も》たない、という意味であった。本気になったラウラリスを止めるには、それこそ『四天魔将』が総出で挑まなければならないのだ。世にはほとんど知られていなかったが、暴れん坊ババァとそれを止める『四天魔将』という図は、ごくごく限られた者たちの間では日常茶飯事《にちじょうさはんじ》であった。

ラウラリスは苦笑いしながら、己の大切な部下を見つめたのだった。


――そして、ラウラリスは目を覚ました。

「随分と懐かしい顔を見たねぇ」

身を起こしたラウラリスは、頭を掻《か》きながら呟く。

烈火《れっか》のグランバルド。

その顔は、新たな生を受けた今でもよく覚えている。

だが、こうして夢に見たのは、転生してから初めてのことだった。

偶然なのか、あるいはなにかのきっかけがあったのか。

ふと、ラウラリスは指先になにかが触《ふ》れていることに気がついた。

「なんだ、こいつは」

それは、一通の手紙だった。

封筒に差出人は書かれておらず『ラウラリス殿へ』という簡素な宛名が記《しる》されているのみ。

「前にもこんなことがあった気がするね」

ため息を一つ零《こぼ》し、ラウラリスは中身を取り出した。

『どうも、神でございます』

「今回は畏《かしこ》まってきたね」

やはり案の定、それはラウラリスを新しい肉体へと転生させた張本人——神様からであった。

手紙から発せられる神々《こうごう》しい気配からして、疑う余地はない。

『ワンパターンだと飽《あ》きられてしまうでしょうし、今回はちょっと違う感じで攻めてみました』

「意味わからんて」

本当ならもの凄《すご》くやんごとない存在であるはずなのに、この独特のノリのせいで、いまいち敬《うやま》う気持ちが湧き上がらない。もちろん、自分に第二の人生を与えてくれたことには深く感謝しているが、それとこれとは別問題だ。

『これでも親しみやすい系上司として、部下からの評判はいいんですよ。まぁ、親しみやすすぎてあまり敬《うやま》われてないと感じることも、なきにしもあらず』

こんな上役の下で働く者たちは苦労していることだろう。ラウラリスは彼らに同情したくなった。

『ともあれ、お元気そうでなにより。第二の人生を楽しく過ごしていただけているようで、こちらも転生させた甲斐《かい》があるというものです』

「楽しんでるっちゃ、楽しんでるけどねぇ……」

面倒くさい事態に巻き込まれている現状を省《かえり》みると、順風満帆《じゅんぷうまんぱん》とは言《い》い難《がた》いだろう。

「その辺《あた》りに文句を言ったら罰《ばち》が当たるだろうねぇ。って、神様相手に罰《ばち》っていうのはちょっと洒落《しゃれ》にならないか」

今ラウラリスがこの場にいるのは、文字通り神様の思《おぼ》し召《め》しなのだから。

それはいいとして──

「つか、状況を考えろよ。今はわりと真面目な場面なんだけど」

適当に悪党をぶちのめしつつ、ゆったり人生を楽しんでいる時ならまだ良い。だが今は、敵陣のど真ん中。空気を読め、と言ってやりたい。

『敵の拠点《きょてん》の真ん中で普通に眠りこけられるあなたに空気を読めと言われるのは、些《いささ》か腑《ふ》に落ちない神様です』

「なんでこうも、この神様は絶妙に人をイラッとさせるのがうまいんだろう」

『親しみやすい系神様なので』

そんな親しみやすさなんぞ今すぐに捨てちまえ、と内心で呟くラウラリスである。

『こちらにも事情がありまして。こうして手紙をお送りできたのは、偶然が重なった結果なのです』

神様が偶然を口にするというのも妙な話だ、と思いつつもラウラリスは書面に目を通していく。

『ラウラリスさんが今いらっしゃる一帯は、他に比べて〝この世ならざる場所〟に、ほんの僅《わず》かですが近くなっています』

「――なんだと？」

何気なく読み進めていると、いきなり重要な言葉が出てきてラウラリスは驚く。思わず手紙を持つ手に力が入ってしまうほどだ。

『ざっくりと言ってしまえば、その性質を利用してメッセージを送らせていただいた次第です』

「いやいやいや、そこはざっくりで済ませないでおくれよ。今の状況だと、もの凄《すご》く重要なところだから」

『申し訳ありませんが、神の立場として、一人の人間に肩入れをするのはあまりよろしくないことでして……ご了承ください』

「肝心なところで役に立たないね！」

神様相手にこの暴言。さすがはラウラリスである。

『とはいえ、このまま終わらせてしまうと、ラウラリスさんの私への好感度が下落してしまいそうなので、一点ほど助言をしましょう』

「これで、どうしようもない戯《ざ》れ言《ごと》だったらどうしようか」

いつでも手紙を破り捨てられる準備をしながら、ラウラリスは最後の文面に目を通した。

『事を起こすならお早めに。では、またの機会まで』

その時、彼女の耳にかすかな足音が届いた。ラウラリスは警戒心を強め、周囲を見回す。

「――って、しまった⁉」

意識を逸《そ》らしたのは一瞬だった。けれども気がつけば、手紙は最初からなかったかのように虚空《こくう》へと消えていた。

「……ああもう、しょうがないね」

意図せぬ形で中途半端な情報を得てしまった。もどかしさを感じつつも、ラウラリスは即座に気持ちを切り替える。そして立ち上がり、鉄格子《てつごうし》の側《そば》まで近づいた。

「随分とお早い到着じゃないか」

「その様子だと、異常はなさそうだな」

どこからか現れたのは、長剣と袋を肩に掛けたケインだった。

彼はラウラリスの顔を見て、安堵《あんど》するどころか仏頂面《ぶっちょうづら》を浮かべていた。この囮《おとり》作戦を無茶だと言いながらも、ラウラリスがどうにかなるとは、露《つゆ》ほどにも思っていなかったのだろう。

ラウラリスはいつものようにババァな軽口を重ねようとしたところで、言葉に詰まった。

何故かはわからない。だがどうしてか、目の前にいるケインの顔にグランバルドが重なって見えたからだ。

「……いやいや、似てるのはクソがつくほど大真面目ってところだけだから。確かにどっちもイケメンではあるけれど、タイプというか属性が違うから」

ラウラリスは「ないない」と手を振って、浮かんできたイメージを払う。

急に妙なことを言い出したラウラリスに対して、ケインは怪訝《けげん》な表情になる。

「唐突になにを言い出すんだ、お前は」

「あ、うん悪い。こっちの話だから気にしないどくれ」

彼女は笑ってごまかし、話を切り出す。

「それで、首尾はどうなってんだい」

「こちらは問題ない。ハンターの手配は完了した。洞窟《どうくつ》の外で隠れて待機してる」

ケインに頼んでいた準備というのは、攫《さら》われた女性を助け出した後、安全に町まで護衛するための人手を揃《そろ》えることだった。

ラウラリスとケインが腕利《うでき》きであろうとも、十名以上の、それも戦いに関しては完全な素人《しろうと》を守って長距離を移動するのは難しい。だからラウラリスは、人員の増強をケインに頼んでいたのだ。

「そりゃよかったが……随分と早かったね。私がここに連れ込まれてから、まだ一日も経っちゃいないだろ。数日はかかると踏んでたんだが」

ハンターギルドで人員を募集するのはいいが、町の中にひそんでいる『亡国』の構成員に気づかれては元も子もない。よって、大々的に人を集めるわけにはいかず、秘密裏に進める必要があった。

町で名の通っているイムルスがいれば、ギルドの幹部クラスに話を通すのは難しくないと考えてはいたが、多少の時間が必要だと思っていたのだが。

「……こちらにも、それなりのコネがあるということだ。あまり多用したくない手だが、人命が懸《か》かっているなら惜《お》しむ理由にもならない」

ケインの語り口には、この件にはあまり触《ふ》れてほしくないという雰囲気が滲《にじ》んでいた。気にはなりつつも、それを追及するのは今ではないと、ラウラリスもわかっている。

「とりあえず、準備ができたのならよかった」

「そちらは、なにかわかったのか？」

「囚《とら》われのお姫様役をした甲斐《かい》はそれなりにあったよ」

ラウラリスは、トヨナの無事と彼女からもたらされた情報をケインに伝えた。

「……イムルスに最悪の結果を報告せずに済みそうだな」

「安心するのは、このアジトを無事に脱出してからにしときな」

「わかっている。で、いつ仕掛ける？」

「そうだねぇ……」

最も良いのは、次にトヨナが食事を運んできたタイミングだ。

そのタイミングで、外に配置しているハンターがアジトへ雪崩《なだ》れ込む。ラウラリスはハンターたちにトヨナを含めた女性たちの身を任せた後、ケインとともにエカロの捕縛に向かう。

これが、トヨナの安否を確かめられた時点で、ラウラリスが考えていた作戦だ。

だが、彼女にはどうしても気がかりがあった。

――事を起こすならお早めに。

神からの手紙に記《しる》されていた最後の一文。ラウラリスは決断した。

「今すぐにでも動くよ」

ケインは、少し驚いた顔になる。

「随分と早急だな。なにか気がかりでもあるのか」

「これといった根拠はなんも。強《し》いて言うならば、神様のお告げってやつかね」

「なんなんだそれは……」

ケインは妙なものを見るような目を向けてくるが、本当なのだから仕方がない。とはいえ、実際に神様のお告げがあったと言ったところで、頭の心配をされるだけだろう。

「ああでも、問題は外の奴らとの連携だね」

即座に行動を起こすとしても、外で待機しているハンターと一緒のほうが良いに決まっている。しかし、こちらの意図を知らせる術《すべ》がない。

そこに助け船を出したのは、他ならぬケインだ。

「そこは問題ない。外にはハンターと一緒にアマンがいる。奴になら合図を送れる」

「いや合図を送るったって、どうやってさ？」

「こいつだ」

ケインが取り出したのは、片手に持てる程度の大きさの、直方体の箱。

「呪具《じゅぐ》の一種で、二つで一対《いっつい》のものだ。片方はアマンが持っている。この突起《とっき》を押せば、もう片方にそれが伝わるようになっている。アマンなら、それが突入の合図だとわかるはずだ」

「ほぉぉ、そりゃまた便利だねぇ」

三百年前にも似た用途の呪具《じゅぐ》は存在していたが、もっと大がかりなものだ。ケインが持っているような個人で持ち運べるほどコンパクトなものではなかった。

「長距離では使用不可能な上に、具体的なこちらの意思を伝えることもできないがな」

「いやいや、それでも十分すぎるくらいにありがたいよ」

ケインの補足に、ラウラリスは首を横に振った。

外との連携に関してはこれで問題ない。それならすぐに動こうと、ラウラリスは口を開く。

「女性たちを外の奴らに預けたら、私らはトヨナの保護とエカロの捕縛だ」

「それはいいが、すぐにといっても、この牢屋《ろうや》からどうやって出るつもりだ？　残念ながらこの近くに牢屋《ろうや》の鍵はなさそうだぞ」

「この程度の安い鉄の牢屋《ろうや》ならわけないさ。持ってきた私の装備をよこしな」

「あ、ああ。わかった」

言われるままに、ケインは肩に掛けていた長剣を鉄格子《てつごうし》の隙間から牢屋《ろうや》の中へと差し入れた。そのまま革鎧《かわよろい》も渡してしまおうとしたのだが――

「……おい、つっかえて入らないぞ」

「うーん。やっぱり大きすぎるってのも考えもんだねぇ」

ラウラリスの胸当ては特注品であり、どこがとはあえて言及しないが、ごく一部が一般の女性のものに比べてかなり大きい。そのため、鉄格子《てつごうし》の隙間からは中に入らなかった。

「とりあえず、鎧《よろい》は後でもいい。剣だけありゃどうとでもなる」

剣を受け取ったラウラリスは背後を振り返ると、声を張った。

「おいあんたら！」

ラウラリスのよく通る声が牢屋《ろうや》の中に響く。

それまでは無気力に俯《うつむ》いていた女性たちだったが、その声を耳にしてのろのろと顔を上げた。

「今からここを脱出するよ！　まだ元気のある奴は、動けない奴に手を貸してやりな！」

「家に……帰れるの？」

そう呟いたのは、一人の女性だ。状況をよく受け入れられずとも、疑問を抱《いだ》くだけの気力はまだ残っていたようだ。

「ああそうだ、けど、あんたらに『家に帰りたい』って気持ちがなけりゃぁ無理だ。残念ながら私の手は二本しかなくてね、全員を引っ張っていくには少なすぎるんだよ」

顔を合わせてまだ一日も経っていない、可憐《かれん》な少女の言葉。けれどそこには、無条件で信じられる力強さがあった。ラウラリスに触発《しょくはつ》され、女性たちの目に光が宿り始める。家に帰りたい、家族ともう一度会いたいという強い意志が芽生《めば》えたのだ。

それを見て、ラウラリスは満足げに頷《うなず》く。

「あ、でも扉の鍵は……」

「そんなもん、必要ないさ」

不安げな言葉がどこからか漏れ出したが、ラウラリスは剣を引き抜きながら笑って答える。

「ケイン、ちょいと離れてな」

「……相変わらず無茶苦茶《むちゃくちゃ》だな」

ラウラリスがなにをするつもりか即座に理解したケインは、呆《あき》れ果《は》てたように言い放ちながら、鉄格子《てつごうし》から距離をとった。

「せいやぁっ!!」

ラウラリスが一息に振った三閃《さんせん》。

彼女の長剣は鉄の格子《こうし》を両断し、人間三人が並んで通れるほどの穴を作り出した。

切断された鉄格子《てつごうし》の断面は、光沢《こうたく》があるほど滑《なめ》らかであった。

牢屋《ろうや》の中にいた女性たちは、ラウラリスの絶技に唖然《あぜん》としていた。恐らく剣筋《けんすじ》は見えなかっただろうが、とにかくラウラリスが凄《すご》いことをしたというのだけは、理解できたのだろう。

「凄《すさ》まじい太刀筋《たちすじ》だな」

「この腕で今は飯を食ってるからね」

ケインの称賛に近い言葉に、ラウラリスは気取った様子もなく剣を鞘《さや》におさめた。

「私は動けない二人を担《かつ》ぐから、残りの一人は元気な奴で運んでくれ。ケイン、外の奴らと合流するまであんたが頼りだよ」

「ああ、承った」

ケインは頷《うなず》くと、呪具《じゅぐ》の突起《とっき》を押し込んだ。

牢《ろう》を脱出したラウラリスたちは、洞窟《どうくつ》の中を進んでいく。これまで一カ所に閉じ込められろくに動いていなかっただけあり、女性たちの足取りは重い。特に、動けない女性を運んでいる三人は、かなり辛《つら》いだろう。二人が女性の両肩をそれぞれ持ち、一人が足を持ってどうにか運んでいる次第だ。

それでもみんな、懸命に足を動かしている。今にも泣き出しそうな顔をした者もいるが、とにかく前へと進んでいる。

「みんな、体力的にはギリギリってところかね」

二人の女性を両肩にそれぞれ担《かつ》いでいるラウラリスはけろりと言った。みんな驚いてはいたが、己のことで手一杯でツッコミを入れる余裕は残されていなかった。

「途中でトヨナを回収できりゃぁいいんだが……」

渋《しぶ》い表情のラウラリスに、ケインが言う。

「念のため、アマンを含めたハンターたちには、イムルスの娘の容姿は伝えてある。彼らが見つけたら保護してくれるだろう。あとは……祈るしかない」

「現時点ではそうするしかないか」

自らが下した決断とは言え、当初の予定よりもトヨナを危険に晒《さら》すことになってしまった。一度顔を合わせてしまった以上、できることならばトヨナをちゃんと親のところへと届けてやりたい。

しかし、ラウラリスが元は最強の女帝だとはいっても、一人でできることには限度がある。自身が言ったように、彼女の躰《からだ》は一つだけであり、手は二つしかないのだ。

しばらく進み続けていると、通路の先がなにやら騒がしくなってきた。怒号《どごう》や慌《あわ》ただしい足音が響いてくる。

「どうやら、外に待機していたハンターたちが突入したらしいな。早く合流するぞ」

ケインは勢いよく駆け出そうとする。だが、ラウラリスは表情を険《けわ》しくした。

「とはいっても、そうすんなりとはいかなそうだ」

喧騒《けんそう》とは別にこちらへ近づいてくる複数の駆け足の音を、ラウラリスの耳は捉《とら》えていた。

ほどなくして、剣を持った『亡国』の構成員が姿を現す。

「女たちが逃《に》げるぞ！」

「男がいる！　奴も侵入者か⁉」

敵は少なく見積もって五名。騒ぎを聞きつけて、もっと増える可能性もある。

対してこちらは万全に戦えるのがケイン一人だけであり、全く戦えない女性が十名以上だ。

『亡国』の構成員の出現に、女性たちは悲鳴を上げる。

「いけるか？」

「あの程度ならすぐに終わる」

ラウラリスの問いかけに、ケインは気負いもなく淡々と告げた。

ケインは腰の剣を引き抜くと、一気に駆け出す。

「なっ、速――」

一瞬のうちに距離を詰めたケインを見て、構成員の一人が目を見開いた。

「ほう、こりゃなかなか」

後ろから見ていたラウラリスが感心するほどの、鋭《するど》い踏み込み。構成員は次の言葉を紡ぐ前に、ケインに斬り捨てられた。血を噴《ふ》き出《だ》しながら倒れる仲間の姿を見て、他の構成員はようやくケインの接近に気がつく。

「遅い」

嘲《あざけ》りすらもこもっていない呟きを口にし、ケインは続けて剣を振るう。

構成員は迫《せま》る刃《やいば》を防ごうと、辛《かろ》うじて剣を構える。

――ギィイイインッ。

剣と剣の衝突《しょうとつ》で激しい火花が舞い散る。耳を劈《つんざ》くほどの大きな音を至近距離で聞きながらも、ケインは眉一つ動かさない。むしろ続けて放たれた二撃目は、一撃目よりも苛《か》烈《れつ》さを秘めていた。

ラウラリスが見据《みす》える中で、ケインは二人目を斬って捨てると三人目に向かう。仲間二人を倒されて動揺する構成員を、彼は容赦《ようしゃ》なく斬り捨てる。

五人いたはずの構成員が、瞬《また》く間《ま》に打ち倒されていった。

防御《ぼうぎょ》を廃《はい》した、攻め一辺倒の攻撃。たとえ防がれても、前の一撃をさらに上回る斬撃《ざんげき》で敵を斬る。我武者羅《がむしゃら》に攻撃をしている風ではあれど、ケインの太刀筋《たちすじ》には無駄が含まれていなかった。

（──やっぱりそうだ。私はあの動きを知ってる）

ラウラリスは若い躰《からだ》に転生してからというもの、少なくとも戦闘の場においては動揺したことがなかった。女帝として過酷《かこく》な人生を送った身として、並みのことでは驚きはしない。

だが、以前に森の中で危険種を相手にした時を含めて、ケインの動きを見ると、どうにも落ち着かないのだ。

（つか、前の時よりもなんだか妙に──）

まるで、ごく最近に似たような動きを目撃したような気がしていた。

あともう少しで答えに辿《たど》り着《つ》くというのに、最後の要素がどうにも見つからない。

（こりゃ、いよいよ本人に確認したほうがいいかね。いやでも、私も隠しごとをしているのに一方的に踏み込むのもどうかと。でも、あー気になる！）

珍しいほどに考えあぐねるラウラリスのもとに、剣を鞘《さや》におさめたケインが戻ってくる。ラウラリスは頭の片隅に考えを追いやり、気持ちを切り替えた。

「みんな行くよ。あ、死体はあんまり見ないことをお勧《すす》めするけど……あちゃぁ」

ラウラリスの忠告は遅かったようだ。数名の女性が倒れて動かなくなった構成員を見てしまい、口元に手を当てている。戦いとは無縁の生活を送ってきたのだから、彼女たちの反応も仕方がない。

「大丈夫そうな子は支えてやりな。残念ながら、悠長にしてもいられないからね」

ラウラリスの言葉を聞いてある者は寄り添い合い、そうでない者は懸命に耐えて前へ歩き出す。

ラウラリスも改めて動けない女性を担《かつ》ぎ直し、洞窟《どうくつ》内を進んでいく。

「なるべく早く、ハンターたちと合流したいところだ」

「入り口からここまではさほど入り組んではいないが、こちらの位置を知らせる術《すべ》はさすがにないからな。こればかりは少し運が絡んでくる」

ケインがそう言い、ラウラリスは頷《うなず》いた。本当は駆け足で行きたいところだが、ここで急《せ》かしては誰かが脱落するとわかっているだけに、ラウラリスとケインはもどかしさを抱《いだ》いていた。

それから何度か構成員と遭遇《そうぐう》するも、ケインが苦もなく打ち倒していく。よその騒ぎに追われて、こちらへの意識が薄いようだ。ラウラリスたちとしては幸いだった。

そうして、しばらく進んでいると――

「おい、いたぞ！　こっちだ！」

通路の前方から、またも男の声が聞こえた。幾度かの戦闘でもう慣れたのか、女性たちは緊張に顔を強張《こわば》らせながらも、ケインの邪魔にならないようにすぐさま一塊《いっかい》になって身を寄せる。

ケインもいつでも飛び出せるように、剣の柄《つか》に手を添えて身構えた。

しかし、前方より走りながら姿を現したのは、アマンだった。彼の背後には、五人ほどの男が続いている。

構えを解いたケインは、小さく息を吐いた。そんな彼に、ラウラリスは警戒しつつ問いかける。

「アマンの後ろにいるのが、雇ったハンターかい？」

「ああ、そうだ。奴を含めて、人数が多いグループと合流できたのは運が良いな」

アマンはすぐさま駆け寄ってきて、ケインの肩を叩く。

「やぁっと見つけたぜ、ケイン！」

「ようやく来たか。待ちくたびれたぞ」

「これでも急いで来たんだぜ？　仕掛けるのはもっと先だと思ってたのに、いきなり始めやがって」

アマンが少しだけ唇を尖《とが》らせながら言うと、ケインはラウラリスを指さした。

「すぐに仕掛けると言い出したのはあっちだ。文句なら奴に言え」

「あら、そうなの、ラウラリスちゃ――」

そこまで言いかけて、アマンは目をパチクリとさせる。美少女《ラウラリス》が両肩に女性を担《かつ》ぐという、なかなかワイルドすぎる光景を目撃したからだ。

「ちょうどよかった。両手が塞《ふさ》がって、さすがに困ってたところなんだよ」

硬直したアマンなどお構いなしに、ラウラリスは笑いながら彼に近づく。

「ほれ、この子たちを頼むよ」

「あ、ああ。了解――っとと⁉」

異論を挟む余裕もなく、アマンは少女を受け取った。ラウラリスが軽々と担《かつ》いでいたために目測を誤《あやま》っていたようだ。のしかかってくる重量はやはり人間一人分で、彼は少しよろける。

「よくこれだけの重さを軽々と運んでたな、ラウラリスちゃん」

「おいおい、意識はないとは言っても女だよ？　レディー相手にその発言はどうかと思うがね」

「……おう、そりゃ確かに失礼だった」

ラウラリスの軽く咎《とが》めるような視線を受けて、アマンは謝りながら頷《うなず》いた。

それからラウラリスは担《かつ》いでいたもう一人を他のハンターに預けた。言葉はなかったが、彼も女性を受け取った際にアマンと同じような反応をする。

「ふぅ、これでようやっと自由に動ける」

アジトに潜入するために木箱《きばこ》に入ってから、これまでずっと窮屈《きゅうくつ》な思いをしていたのだ。ラウラリスは自由になった躰《からだ》を解《ほぐ》すように手足を伸ばす。

グッと背筋を伸ばすと、意図せずに発育が良すぎる豊かな胸部が自己主張を始めた。

この時になって、女性たちもラウラリスのスタイルのよさに気がついたのか、同性にもかかわらず――否《いな》、同性だからこそラウラリスの豊かな二つの丘に羨望《せんぼう》の視線を向ける。

ついでに、男たちもついついラウラリスの胸部に視線を注《そそ》いでしまう。

「見るだけならタダにしとくが、状況は考えなよ‼」

己が注目されていることに気がついたラウラリスが叱《しか》りつけると、視線を向けていた者たちはさっと目を逸《そ》らした。

「ったく、しょうがないねぇ」

ぷんすこしつつも、実際にはさほどラウラリスは怒っていなかった。

前世を含めて人に見られることは慣れており、かつ自身の容姿を武器にしてきたのだ。

この程度で腹を立てていては、常日頃から苛立《いらだ》ちを抱《かか》えていくことになる。

ラウラリスは小さくため息をつきながら、アマンに視線をやった。

「おい、アマン」

「へい、なんでしょう」

「……いや、なんで急にそんなへりくだる?」

今にも揉《も》み手を始めんばかりのアマンである。

「素晴らしいものを見せてもらいましたので、つい」

「あ、そう」

ラウラリスは素っ気なく返したが、内心ではアマンを冷静に眺めていた。

(見た目通りのお調子者って感じじゃなさそうだね、こいつ。単なる情報屋にしちゃ、肉体の出来もかなりいい。一緒に来たハンターよりも細く見えるが、恐らく服の中はガッチガチに引き締まってる)

そこまで考えて、ラウラリスは思考を打ち切った。今はそんなことに構っている場合ではない。

「そういえば、アマン。あんた、ここに来るまでにトヨナって娘《こ》を見なかったかい？」

「……いや、ラウラリスちゃんたちと合流するまで、俺たちが遭遇《そうぐう》したのは『亡国』の奴らだけだ」

「そうかい。……軟禁されてるって話だから、せめて騒ぎがおさまるまで、部屋に閉じこもってくれりゃぁいいんだが……」

トヨナの安否は心配ではあるが、これ以上の情報がないのは、ラウラリスにもわかっていた。

「俺たちはこのままエカロの捕縛に向かう。お前らは女性たちを安全な場所へ移送してくれ」

ケインがそう言うと、アマンは力強く頷《うなず》く。

「おう、任せな。お前らも気をつけろよ。ここにいる『亡国』の奴ら、数だけは多いからな」

ラウラリスとケインはアマンたちに女性たちを預け、洞窟《どうくつ》の奥へと走り出した。

零《こぼ》れ話《ばなし》　少女の罪悪感

——話は、ラウラリスたちが牢《ろう》を脱出する少し前に遡《さかのぼ》る。

トヨナは他の女性たちとは違い、いわば軟禁という形で個室に閉じ込められていた。扉には鍵がついており、自由な出入りはかなわなかったが、部屋の中に限れば比較的自由な生活を送ることができる。定期的に牢屋《ろうや》に監禁されている女性たちへの食事を運ばされるが、それ以上のことは求められなかった。

トヨナはずっと己の待遇に疑問を抱いていた。どうして自分だけ特別扱いをされているのかと。

心当たりがあるとすれば実家のことだ。ルークルト家は町では有数の富豪《ふごう》。もしかしたら、自分を攫《さら》った『亡国』の者たちは、己を使って身代金《みのしろきん》を要求しているのかもしれない。金を確実に得るために、己の身の安全を最低限保証しているのだと、当初は考えていた。

だが、時が経つにつれてトヨナは別の疑問を抱き始めた。

トヨナは幼い頃より、父親から商人としての教育を施《ほどこ》されていた。数字の計算だけではなく様々な教養を身につけており、頭の回転は同世代の女性に比べればかなり速い。

故に、考えてしまう。

誘拐《ゆうかい》されてきた女性たちはみんな、町の住人だ。それは食事を運んだ際、見張りの隙を見て当人たちに確認している。

誰もが、気がつけば袋に詰め込まれ木箱《きばこ》に押し込まれ、ここに運び込まれたのだと言った。

視界は奪われていたが、馬の足音と車輪が地面を転がる音だけは聞くことができたと。

そしてトヨナは、とある可能性に行き当たる。

女性たちの誘拐《ゆうかい》にルークルト家――父親が関わっているのではないか、と。

これだけ女性の誘拐《ゆうかい》が多発していれば、町の警備隊も黙ってはいない。当然、町の関所では検問が行《おこな》われているだろう。だというのに、女性たちは馬車で町の外へと運び出されている。人間をおさめる木箱《きばこ》はかなりの大きさになるはずで、それを検問の人間が見過ごすとは思えない。

だが、もしそれが、ルークルト家の所有する馬車であるならばどうだろう。

ルークルト家は大きな商家として、町の財政にも大きく貢献《こうけん》している。曾祖父《そうそふ》の代から町の発展に貢献《こうけん》してきたこともあり、住人からは厚い信頼を得ている。

交易で財を成しているルークルト家なら、馬車で大きな荷物を運ぶことなど日常茶飯《にちじょうさはん》事《じ》であるし、検問にいる者たちも大して調べないかもしれない。

娘《トヨナ》は父親《イムルス》に協力を仰《あお》ぐための人質。そう考えれば、今の状況に納得ができてしまう。

自分のせいで、父が悪事に加担している。自分のせいで、多くの女性たちが被害に遭《あ》っている。

そう思うと、トヨナの心は沈むばかりであった。

そんな時、リアスという女性が父の依頼で自分を助けに来た。

目を疑うような可憐《かれん》な美少女ではあったが、見た目通りの人物ではないということは、本人とのやり取りでわかった——というか、思い知らされた。

そんな彼女を前にして、トヨナは迷った。父親が、この誘拐《ゆうかい》事件に関わっているのなら、リアスがこの洞窟《どうくつ》に潜《もぐ》り込《こ》む手助けをしたのは父親なのではないのか。

——自分の予想通りのことを、父がしていたのではないかと。

結局、トヨナは聞くことができなかった。見張りが戻ってきそうだったというのもあるが、なによりも事実を確かめるのが怖かったからだ。

もし事実だと認められてしまえば、冷静を保っていられる自信はなかった。けれども、部屋に戻ってきてから考えるのは、そのことばかり。不安と罪悪感で思考がぐちゃぐちゃだ。

——コンコン。

そんな時、ノックの音がして、トヨナは思考の渦《うず》から引き戻された。

「……………どうぞ」

普段通りを心掛け、トヨナは外にいるであろう誰かに返事をする。

だが、現れた人物を目にして、トヨナは動揺を隠せなかった。

「ええ、どうもこんにちは、トヨナさん」

部屋を訪れたのは、部下と思《おぼ》しき男を引き連れたエカロであった。

「いやはや、こんな部屋で窮屈《きゅうくつ》な思いをさせて、申し訳ありませんねぇ。何分《なにぶん》、こちらも人手不足に場所不足といいますか」

「いえ……と、特に不満はありませんから」

機嫌を窺《うかが》ってくるエカロに、トヨナは恐る恐るといった風に言葉を返す。

トヨナがエカロと顔を合わせた回数は数える程度だ。最初は、トヨナが攫《さら》われてこの洞窟《どうくつ》に連れてこられた時。自分を攫《さら》った組織が『亡国』であると、エカロの口から聞かされた。

『亡国を憂える者』という異常な集団がいることは、トヨナも知っていた。ここから離れた王都ではすでに多くの被害が出ており、社会的な問題になっている組織だと。

エカロは物腰柔らかで、暴力的な組織に属するような者には見えない。

だがその一方で、自分とは全く異なる生物ではないかと思うほどの不気味さを、彼に感じていた。

だから、今まで聞くことができなかった。けれども、今はそれを上回る、焦燥《しょうそう》にも近い感情があった。

「最近はご無沙汰《ぶさた》で申し訳ありませんでした。こちらも些《いささ》か忙しい状況に陥《おちい》っていまして。いえいえ、あなたが心配するほどのことではありませんが。それで、本日の用件なのですが――」

「あ、あの！」

話を続けようとしたエカロに、トヨナは被《かぶ》せるように声を発した。やってしまった、という後悔を僅《わず》かに抱《いだ》くが、もう後には引けない。

もしかすると、エカロを捕縛したいというリアスに迷惑を掛けるかもしれない。そんな考えも頭を過《よぎ》るが、もうトヨナは自分の不安を抑えることができなかった。

「私を攫《さら》ったのは、父に身代金《みのしろきん》を要求するためなのですか⁉」

　これまで決して聞くことができなかった質問を、トヨナはとうとうエカロに投げつけた。

　エカロは虚《きょ》を衝《つ》かれたような反応をした後、トヨナの必死な様子を見て、クックッと笑みを漏らす。その笑みの奥底にある不気味さに、トヨナの背筋がぞくりと震えた。

　笑いを終えてから、エカロは言う。

「身代金《みのしろきん》？　我々が金を目的に動くとでもお考えで？　我々のことを未だご理解いただけない点に関しては、誠に残念に思います」

　エカロは少しだけ気落ちした風に見えたが、すぐに笑みを浮かべて先を続けた。

「ええ、ええ。それはもう、些《いささ》か乱暴な手段であったのは認めざるを得ませんが、どうやらあなたのお父様には我らの悲願をご理解いただけたようです。おかげであの町の布教活動では、あなたのお父様には大変お世話になりました」

「――――ッ」

　エカロとの会話はあまり成り立っておらず、内容自体も支離滅裂《しりめつれつ》にも思えた。

　それでも、トヨナは理解できた。自分が抱《いだ》いていた最悪の仮説は、事実であったのだと。

「そんな私の……せいで」

　トヨナに非はない。強《し》いて言えば、彼女がルークルト家の娘であったことが最大の不幸であった。だが、そう簡単に割り切れるほど、トヨナは冷静ではいられなかった。

「ええ、ええ。お父様に限らず、娘であるトヨナさんにも大変お世話になりました。これまで女性の方々への対応、本当にお疲れさまでした」

罪悪感に押し潰されそうなトヨナに向けて、エカロは感謝の気持ちを述《の》べる。

深い悲しみを抱《いだ》きながらも、トヨナはいやが応でも理解させられた。

エカロに感じていた不気味な気配は、紛《まぎ》れもない真実であった。

見た目や言葉は間違いなく人間だ。けれども、彼の内側にあるものは通常の人間とは似て非なるもの。エカロは限りなく人間に近いが、まともな人間とは異なる生き物なのだ。

改めて恐怖を抱《いだ》くトヨナに、エカロはさらに話を続ける。

「とはいえ、あなた方のご厚意に、これ以上甘えるのは心苦しいとは思っていました」

厚意とは、思いやりの厚い気持ちを指すはずだ。

トヨナが知る厚意と、エカロの言った厚意《それ》には、大きな差異があった。

「幸いにも、あの町からこれ以上、女性の方々をお連れする必要はなくなりました。十分な人数にお越しいただきましたし、なによりも最後に素晴らしい方がいらっしゃいましたしね」

相変わらず、エカロの言葉は意味不明だ。ただ〝素晴らしい方〟というのがリアスであることだけは、トヨナにもわかった。

「ええ、ええ。それでようやく本日の用件です。話が前後してしまって申し訳ありません。いえ、前置きとしてはちょうどよかったかもしれませんが」

エカロはトヨナに近づくと、グイッと顔を寄せた。

「ひっ……」

「先ほども言いましたが、私を含めこの拠点《きょてん》にいる全ての者が、あなたの献身に深い感謝を抱《いだ》いています。その礼と言ってはなんですが――」

ヒクつきながら悲鳴を漏らすトヨナに、エカロが告げた。

「あなたには栄《は》えあるあの御方の〝依《よ》り代《しろ》〟になっていただきましょう」

至近距離で見るエカロは、満面の笑みを浮かべていた。しかし、その目が見ているものはトヨナではない。

深い闇を孕《はら》んだ瞳に映るのは、全く別のもの。トヨナにはそう思えて仕方がなかった。

第十三話　千刃一閃《せんじんいっせん》

ラウラリスとケインは、女性たちをアマンたちに任せたのち、エカロを捜し続けていた。

「破《ハ》ッ！」

ラウラリスの袈裟《けさ》斬《ぎ》りが、迫《せま》りくる『亡国』の構成員の躰《からだ》を二分割する。

恐ろしいことに、上下に分かれて地に落ちた構成員は、それでもなおラウラリスに剣を向けようとしてくる。やがて動かなくなったものの、異様な光景であるのには違いなかった。

「やれやれ、こちとら急いでるってのに。向かってきたところでどうせ相手にならないんだから、邪魔しないでほしいね」

剣を担《かつ》いだラウラリスが、悪態をついた。呼吸の乱れはなく、体力の消費も皆無。けれども彼女にしては珍しく、焦燥《しょうそう》に近いものは抱《いだ》いていた。

「奴らからしてみれば、俺たちは奴らが掲《かか》げる悲願とやらを全く理解できない異端者だからな。相手ができるかどうかなんて関係ないのだろう」

ケインも構成員の急所を貫《つらぬ》き、トドメを刺した直後であった。

洞窟《どうくつ》の奥へ進んでいく途中で、二人は何度も『亡国』の構成員と遭遇《そうぐう》した。その誰も彼もがラウラリスたちを見るなり襲いかかり、その大半が今戦ったような狂戦士《バーサーカー》となるのだ。

狂戦士《バーサーカー》と化した者はその時点で理性を失い、事切れる寸前までこちらを殺そうとする。おかげでろくに話を聞くこともできない。再び走り出してから、ラウラリスは呟く。

「ハンターたちも、大分《だいぶ》参ってるようだしね」

「一応、狂戦士《バーサーカー》たちのことは町を出る前の時点で伝えてたが、いざ目の前にするとやはり違うか」

ケインの話を聞いて、ラウラリスは小さくため息をつく。

「相手が危険種ならともかく、同じ人間の形をしているからねぇ。気が滅入《めい》るのも無理はない」

これまで『亡国』の構成員の他に、ケインが連れてきたハンターたちとも何度か鉢合《はちあ》わせした。彼らもすでに『亡国』の構成員と戦闘をしたようだが、誰もが精神的に追い詰められた顔をしていた。今のところ死者は出ていないようだったが、狂戦士《バーサーカー》の異様さに圧倒されたのだろう。

「こいつは早く、ケリをつけたほうがよさそうだ」

「だが、途中でハンターに話を聞けたのは僥倖《ぎょうこう》だったな」

「これが幸いって言えるかは微妙だけどね」

ケインの言葉に、ラウラリスは肩を竦《すく》める。

少し前に、ラウラリスたちはハンターたちと狂戦士《バーサーカー》の戦闘場面に遭遇《そうぐう》した。即座に乱入して狂戦士《バーサーカー》を蹴散《けち》らした後、ハンターから有力な情報を得られた。

ラウラリスたちが来る前に、トヨナらしき女性を目撃したというのだ。

トヨナの周囲には多くの構成員、そして手配書にあった顔と同じ顔——エカロがいたという。

ハンターの存在に気がつくと、エカロは周囲にいた構成員に足止めを命じた。

そして、ハンターが狂戦士《バーサーカー》となった構成員と戦っている間に、エカロは洞窟《どうくつ》の奥へと消えてしまったらしい。そのためトヨナを保護することはかなわず、狂戦士《バーサーカー》に苦戦しているところでラウラリスたちが現れたという次第だ。

「アレはそういうことだったのかい」

ラウラリスは歯噛みする。神からの手紙に記《しる》されていた最後の一文を思い出したからだ。

恐らく、トヨナは人質として連れていかれたのではない。

とすれば、考えられる理由は——

「おいケイン、奴らの目的はなんだ」

「それを聞いてどうする。そもそも、お前は大方の予想はついてるんじゃないか？」

「だとしても、まずはあんたの口から確かめときたいんだよ」

ラウラリスの言葉に、ケインは僅《わず》かに逡巡《しゅんじゅん》するが、やがて諦《あきら》めたように息を吐いて話し始めた。

「『亡国』の——エカロの目的は、ある人物の復活。正確には降霊術によってその人物の魂《たましい》を呼び出し、生きた人間に憑依《ひょうい》させることだ」

「やっぱりそうか……」

女性を攫《さら》ったのは、その人物の魂《たましい》を降霊させる依《よ》り代《しろ》にするためということだ。

表情を険《けわ》しくしたラウラリスを、ケインが指さす。

「お前が今持っている呪具《じゅぐ》は、ある特定の魂《たましい》をこの世に呼び出すための触媒《しょくばい》だ」

「だから、こいつが奪われてから奴らの儀式とやらができなくなっちまったと」

それでも女性たちを攫《さら》い続《つづ》けていたのは、呪具《じゅぐ》がなく成功率が低かろうと、儀式を始めようとしていたからだろう。

「本当に、ろくでもない連中だね」

「ああ、なんとしてでも潰さなければならない」

瞳を光らせるケインを見て、ラウラリスも表情を引き締める。

ラウラリスは、ケインの言うある人物とやらに心当たりがあった。

『亡国を憂える者』が崇《あが》める存在。そして攫《さら》われた降霊術の依《よ》り代《しろ》候補たちが女性であった点。この二つを加味すれば、容易に想像がつく。

だからこそ、わかる。エカロたちが滑稽《こっけい》なことをしていると。

エカロの目論見《もくろみ》は決してかなわない。それをラウラリスだけは断言できた。

だが問題は、ラウラリスを除《のぞ》けば、そのことをエカロを含む誰もが知らないということ。

馬鹿げたことは早く終わらせてしまおうと、ラウラリスは前を見据《みす》えた。

洞窟《どうくつ》の中を駆けていると、ラウラリスたちはひときわ大きなドーム状の場所に飛び出した。

かなり広いそこには、今まで以上に『亡国』の構成員たちが集まっている。

「まだこんなにいたのかい……」

「それよりも見ろ。あそこだ」

ケインが指さしたのは空間の奥。人工的に作られたと思《おぼ》しき階段があり、祭壇《さいだん》のような作りになっている。その上には錫杖《しゃくじょう》のようなものを持ったエカロが立っており、側《そば》には台座に仰向《あおむ》けの状態で拘束《こうそく》されたトヨナがいた。

構成員たちは未だラウラリスたちに気がついていない。まるで心を奪われたように、エカロとトヨナを見つめている。

「……おや？」

他よりも高い位置にいるためか、エカロがラウラリスたちの存在に気がついた。それに伴《ともな》い、他の構成員たちも一斉にラウラリスとケインのほうに顔を向ける。

「これはこれは……意外な顔が現れましたね」

エカロはラウラリスの姿を見て驚くが、すぐさま納得したような表情に変化した。

「ええ、ええ。なるほど。此度《こたび》の騒ぎはリアスさんの手引きでしたか。ええ、見た目の可憐《かれん》さに騙《だま》されてしまいました。これは失敗だ」

さすがは組織の幹部だけあって、馬鹿ではない。ラウラリスの登場や彼女の纏《まと》っている装備を見て、おおよその状況は把握したのだろう。

「貴様がエカロか！」

「ええ、私がエカロでございます。そちらの方は初めてですかね。……おや？」

ケインの声を素直に認めたエカロだったが、ふと眉をひそめる。それから「まぁ、今

はいいでしょう」と首を横に振った。

「わざわざお越しいただき、どうもご苦労さまです。ただ、今は少しばかり立て込んでおりまして。ええ、ええ。あの御方が降臨《こうりん》なされた後にでも、改めてお話を伺《うかが》いましょう」

エカロはそう言ってトヨナのほうを向いた。

「あいつ、まさかっ」

エカロは、トヨナを使って降霊術を行《おこな》うつもりだ。

それに気づいたケインが、制止しようと声を張り上げる。

「エカロ！　触媒《しょくばい》がない以上、お前らが求める者の魂《たましい》は決して呼び出されない！　無駄なことはやめて、彼女を解放しろ！」

「ええ、ええ。よくご存じで。あ、もしかしてあなた方は、我らから触媒《しょくばい》を奪った方のお仲間でしたか？　ええ、ええ。彼のおかげで随分と遠回りをさせられましたよ。本当に困ったものです」

困ったとは言うが、彼の口振りは軽い。それが一層エカロの不気味さを際立たせていた。

「ええ、ええ。あなたのおっしゃる通りです。触媒《しょくばい》がなければ、我らはあの御方の御魂《みたま》を直接お呼びすることはかないません。できることは精々〝この世ならざる場所〟へと繋《つな》がる門をほんの僅《わず》かばかり開き、数多《あまた》の魂《たましい》がこちらに来るのを待つだけです」

ですが、とエカロは付け加えた。

「数多《あまた》の魂《たましい》の中に万に一つ、あの御方が降りてくる可能性だってあるはずです」

それは、可能性が限りなく零《ゼロ》に近くとも、決して零《ゼロ》ではないと言っているようなもの。性質《タチ》が悪いのは、エカロがその零《ゼロ》に近い可能性を引き当てられると、謎の自信を持っているることだろう。

「そしてこのお嬢さんは、お父上とともにこれまで我々に大変尽くしてくださいました。その献身が必ずや、あの御方の魂《たましい》を呼んでくれるでしょう」

自らの言葉に酔いしれているエカロは両手を広げると、高らかに言った。

「そう！　このお嬢さんを依《よ》り代《しろ》に、必ず！　エルダヌス帝国最後にして最強の皇帝！　あのラウラリス・エルダヌス陛下が現世にご降臨《こうりん》なされるのです‼」

…………………………

「なんというか……ご苦労さま」

状況が状況だけになるべくシリアスな空気を壊したくないとは思いつつも、ラウラリスはがっくりと肩を落とした。

構成員たちはエカロに見入り、エカロ自身は恍惚《こうこつ》として自分の世界に入っている。ケインはそんなエカロを鋭《するど》い視線で射貫《いぬ》いている。おかげで、一人だけシリアスさを失っているラウラリスに誰も気がついていなかった。

これは喜劇か悲劇か。それにも届かぬ三文芝居《さんもんしばい》か。

エカロのこれまでの行《おこな》いは全て、エルダヌス帝国最後の皇帝の魂《たましい》を現世に呼び出すため。だが、それは決して実を結ばない。

何故なら、彼の望むエルダヌス帝国最後の皇帝の魂《たましい》は、すでにこの世に新たな肉体を得て、転生を果たしているからだ。残念ながら、この事実は当人を除《のぞ》き、この場にいる誰も知らない。

（だからといって、放置しておくわけにもいかないんだよな、これが）

気を持ち直したラウラリスは、エカロを見据《みす》える。

牢《ろう》の中でぐったりしていた三人の女性は、恐らくすでに降霊術を施《ほどこ》されていたのだ。あれは、精神をすり減らし極限まで自我を薄れさせることによって、魂《たましい》を受け入れやすい状態にされた結果だろう。けれどもそれは失敗し、精神的に衰弱《すいじゃく》した女性だけが残った。

それに懲《こ》りずに、エカロは今、触媒《しょくばい》も用《もち》いずに降霊術をトヨナに施《ほどこ》そうとしている。

まだ触媒《しょくばい》がある時に降霊術を施《ほどこ》された女性ですら、あの状態なのだ。ほぼ確実にトヨナの精神は崩壊する。幸運に恵まれて人の形を保てたとしても、狂戦士《バーサーカー》となるのが精々だ。トヨナという存在は、確実に消滅する。

「させると思うか！」

ケインが駆け出そうとするが、エカロの次の行動で踏みとどまらざるを得なかった。

「いえいえ、あなた方にはそこで見守っていただきたい」

エカロは懐《ふところ》から取り出した短剣を、トヨナに突きつけたのだ。

「できることならば、これまで我らに貢献《こうけん》してきた彼女を傷つけたくはありません。ええ、ええ、これは私としても苦渋《くじゅう》の選択です」

心底困ったような顔を作りながらも、切っ先はトヨナの首筋に触《ふ》れていた。

「けれども、あなた方に奪われてしまうくらいならば、彼女の命は敬愛すべき皇帝陛下に捧《ささ》げることにしましょう」

「捧《ささ》げられても困るよ⁉」

思わず口に出して叫んでしまうラウラリス。いや本当に、年頃の娘さんを捧《ささ》げられても全く嬉しくないし、どうしようもない。

これではトヨナを人質に取られたようなものだ。迂闊《うかつ》に手が出せなくなってしまった。

ラウラリスが推測するに、エカロは自分の世界にしか価値を見出せない人間で、己の認識が全てであり最優先なのだ。だから、己が良かれと思って起こす行動は全て、他者にとっても最善だと信じて疑わない。

エカロにとっては、皇帝ラウラリスをこの世に降臨《こうりん》させることが全てであり、その他は二の次。

故に、トヨナを依《よ》り代《しろ》にすることも、トヨナを殺そうとすることも、彼にとっては正しい行《おこな》い。そうすることこそが最善だと信じているのだ。

このままなにもしなければ、エカロはトヨナに降霊術を施《ほどこ》す。そうなれば、トヨナに待ち受けているのは魂《たましい》の死だ。かといって、ラウラリスたちが動けば、やはりトヨナはエカロの剣によって殺されるだろう。

「………………致し方ないか」

ケインは諦《あきら》めに近い声を出す。そして、意を決した表情になると、再び駆け出そうと剣を構えた。

エカロが望む魂《たましい》が、この世に呼び出されることはない。だがそれを知っているのはラウラリスのみ。ケインは知るはずがなかった。だから彼は選んだのだ。降霊術が万に一つ成功する可能性と、トヨナの命。どちらがより重要なのかということを。

「イムルスに恨《うら》まれる役目は俺になりそうだな」

その呟きはまるで、己の罪を確認するための懺悔《ざんげ》にも聞こえた。

ここで動いたとしても、黙って立っていたとしても、トヨナは死ぬ。その結果が変わらないのであれば、最低限の目的を果たす。そうすれば彼女の犠牲《ぎせい》は無駄ではなくなる。ケインのその考えは合理的だ。ラウラリスも責めるつもりはない。

彼は最善を尽くそうとしている。むしろ、苦渋《くじゅう》を抱《いだ》きつつもその選択をできた彼は称賛に値《あたい》する。

——だから、ラウラリスも選択するのだ。

己が持ちうる判断材料を使って、ケインの最善を超える最高の結果をもたらすために。

「そう焦《あせ》りなさんなって。まだ手はあるよ」

今にも飛び出しそうなケインの肩に、ラウラリスは手を置く。

「この期《ご》に及んで——ッ!?」

ケインは制止するラウラリスの小さな手を払おうとするが、肩がびくともしなかった。まるで、固定されたかのようだ。驚愕《きょうがく》の表情を浮かべるケインに、ラウラリスは不敵な笑みを見せる。そして、エカロに向かって叫んだ。

「エカロ！　こいつを見な！」

「申し訳ありません、リアスさん。あなたに動かれると、剣を持つ手が誤《あやま》って——」

そう言いながら、エカロは改めてトヨナに剣を突きつけようとするが、ラウラリスが取り出したものを見て言葉を失った。

「あんたらが欲しがってんのは、こいつだろ？」

　彼女が手にしていたものは、盗賊から奪い取った金属札。ラウラリス・エルダヌス皇帝の魂《たましい》を呼び出すための、触媒《しょくばい》であった。

「――ッ、そうか。配下の者からの報告にあった、呪具《じゅぐ》を奪った女性とは――⁉」

「お察しの通り私だよ！　今の今まで気がつかないってのはとんだ間抜けだね！」

　ラウラリスは心底意地の悪そうな顔をする。エカロの驚く顔が面白くて仕方がないといった風だ。

「え、ええ。ええ！　これはご丁寧に！　触媒《しょくばい》をこの場に持ってきていただき、誠にありがとうございます！」

　エカロはまだ動揺しているようだが、それでもラウラリスが自分のために呪具《じゅぐ》を持ってきてくれたと認識したようだ。自分勝手にもほどがある。

「なにを考えている⁉　トヨナと交換などと考えているなら、愚《おろ》かすぎるぞ！」

「まぁ落ち着きなって」

　激昂《げっこう》するケインを、ラウラリスはさらりと受け流す。それから声をひそめて彼に言った。

「私が奴らの隙を作る。合図したら二秒間目と耳を塞《ふさ》ぎな。チャンスは一回だよ」

伝えるだけ伝えると、ラウラリスは改めてエカロに目を向ける。

「さぁ、それをこちらに！　そうすれば今度こそあの御方の魂《たましい》を――」

エカロは呪具《じゅぐ》を迎え入れるように手を伸ばす。ラウラリスはにっと笑みを浮かべ、呪《じゅ》具《ぐ》をエカロに向けて放り投げた。

「ほらよっ、欲しけりゃくれてやる！」

呪具《じゅぐ》はくるくると宙で回転しながらエカロに向かう。

それが――途中で二つに分かれた。

「ただし、おまけつきだけどね」

「え？」

ラウラリスの台詞《せりふ》に、エカロが首を傾げた。呪具《じゅぐ》は二つに分かれたのではない。遠目からではわかりにくいが、実は最初から二枚重ねだったのだ。

一方は触媒《しょくばい》の呪具《じゅぐ》。そしてもう一方は――火を操《あやつ》る呪具《じゅぐ》だ。

「今ッ‼」

ラウラリスの鋭《するど》い声が響く。その瞬間、ラウラリスとケインは素早く目を閉じ、耳を塞《ふさ》いだ。その直後、火の呪具《じゅぐ》を中心に強烈な閃光《せんこう》と大爆発が起こる。

「ぐぁぁぁぁぁぁぁぁぁぁぁっっっっ⁉」

エカロは、火の呪具《じゅぐ》から発せられた閃光《せんこう》を直視してしまう。剣と杖《つえ》を取り落とし、空《あ》いた手で目を押さえた。恐らく激痛で視界を殺された上に、聴覚も麻痺《まひ》しているだろう。この場にいた『亡国』の構成員たちも、エカロと同じように悶《もだ》えていた。

「これは……っ」

きっかり二秒を数えてからケインが目を開くと、状況はがらりと変わっていた。

「行くよっ！」

「――ッ、ああ！」

宣言通り、ラウラリスが隙を作ったのだ。今が絶好の機会に違いない。

ラウラリスとケインは一気に駆け出した。目や耳を押さえて悶《もだ》え苦しむ構成員たちの合間を、二人は一気に通り抜ける。そのままの勢いで、エカロたちがいる壇へと駆け上がる。

「くっ、この程度では……っ」

壇上が高い位置にあり、なおかつ構成員たちよりも距離があったからか、エカロの回復は早かった。だが、彼が再びトヨナへと目を向けた時には、すでにラウラリスが彼女の側《そば》まで辿《たど》り着《つ》いていた。

「リアスさん！　あなたは――」

「動かないでもらおうか」

　エカロはなおもトヨナとラウラリスに詰め寄ろうとするも、その首元に今度はケインが抜いた剣の切っ先を突きつける。

「ぐっ⁉」

「捕縛できるのが最善ではあるが、妙な動きをすれば即座に斬り捨てる」

　冷酷《れいこく》なケインの忠告に、エカロは歯噛みした。だが、逆上しない程度には自制心があるようだ。悔《くや》しそうに呻《うめ》きながらも、ケインとラウラリスを睨《にら》みつけるにとどまった。

「トヨナはどうだ？」

「……大丈夫だ。外傷はないし、呼吸も安定してる。ただ意識を失っているだけさ」

　ケインの問いにラウラリスは微笑みながら、トヨナの頬にそっと手を添えた。それを横目で確認したケインは、改めてエカロを見据《みす》える。

「身柄《みがら》を拘束《こうそく》させてもらうぞ、エカロ。貴様には聞きたいことが山ほどあるからな」

「……ええ、ええ。そうか、思い出しましたよ。先ほどは遠目でよくわかりませんでしたが、ここまで近づけば嫌でもわかります。ええ、ええ。私としたことが失念していましたよ」

　エカロは剣を突きつけられたまま、一つため息を零《こぼ》す。

「組織の内部に、要注意人物としてあなたの人相書《にんそうが》きが出回っていましたよ。ええ、ええ。それはもう危険中の危険人物として」

エカロは強い敵愾心《てきがいしん》のこもった目をケインに向けた。それは敵意を超え、もはや憎悪《ぞうお》といっても差《さ》し支《つか》えないほどの強烈な感情だ。

「『獣狩《けものが》り』！　まさかこんなところで相まみえるとはね！　思ってもみませんでしたよ!!」

エカロは怨敵《おんてき》を目《ま》の当たりにしたかのような、凄《すさ》まじい形相をしている。対してケインは、正面から叩きつけられる激しい怒《いか》りも、涼しい顔で受け止めていた。いや、少しだけむっとしている風ではある。

（『獣狩り』？　あら、どこかで聞いたことのある言葉）

はて？　と首を傾げるラウラリスだったが、その答えはケインの口からもたらされた。

「その呼び名は正しくないな」

ケインはエカロに突きつけている剣はそのままに、もう片方の手で懐《ふところ》からなにかを取り出した。

それは、鎖《くさり》に繋《つな》がれた金属製のレリーフだ。

模様《もよう》は獅子《しし》の半身と、その左胸――心臓を貫《つらぬ》く剣。

「王立特務機関『獣殺しの刃』。執行官のケイン・ディアハルトだ。執行官の権限において、貴様を拘束《こうそく》させてもらう」

……………………

「はぁぁぁぁぁぁぁぁぁぁぁぁぁぁっっっっ⁉」

ラウラリスの口から絶叫《ぜっきょう》が響いた。それはもう状況も忘れて。この騒動に巻き込まれてから一、二を争う驚きようであった。

「ちょっと待って⁉　え、どういうことなのさ⁉　なんでその名前が出てくるんだい！」

『獣殺しの刃』――それは三百年前、エルダヌス帝国の末期に存在していた、抵抗組織《レジスタンス》の名前であった。

「その驚きようだと、機関のことは知っていたようだな」

ケインは少し意外そうだが、ラウラリスは全くの別の理由に驚いているのであった。

「三百年前の亡霊《ぼうれい》どもが！」

「その類《たぐ》いの台詞《せりふ》はよく聞くが、どうしてお互いさまだと思わないんだろうな。つくづく理解し難《がた》い」

「それこそこちらの台詞《せりふ》ですね！　我らが大義を理解せぬ愚《おろ》か者《もの》ども！」

売り言葉に買い言葉、といった具合に罵《のの》り合《あ》う二人。エカロに対抗してというわけではないだろうが、ケインの口調には珍しく苛立《いらだ》ちが含まれていた。

一方で、ラウラリスは必死になって頭の中を整理していた。

（待て待て待て、なんか私の知ってる『獣殺しの刃』と違くね？　意外すぎるところで知った名前が出てきたからって、ちょいと混乱しすぎたな）

冷静さを失いかけていた己を恥じ、ラウラリスは頭を冷やした。

――『獣殺しの刃』は、確かに三百年前の当時、反皇帝を掲《かか》げていた抵抗組織《レジスタンス》の一つだった。

同じ頃、帝国に抗《あらが》おうと結成された組織は数多くあったが、その中でも『獣殺しの刃』は最大の勢力を誇《ほこ》っていた。彼らの活動で破滅に追いやられた貴族も多くおり、帝国政府としては要注意組織としてマークしていた。

だが、その組織も帝国の滅亡《めつぼう》を見る前に、志半《こころざしなか》ばで瓦解《がかい》する。規模が大きかっただけあって、『獣殺しの刃』は市井《しせい》にも名が通っていた。それだけに、組織の崩壊に関しては様々な憶測が飛《と》び交《か》った。しかし、組織崩壊の決定的な原因について、真実を知る者は数少ない。『獣殺しの刃』に属していた者であっても、大半は知らなかったほどだ。

何故ならば、真実を知る者たちが秘匿《ひとく》したからに他ならない。

（まさか、帝国内で最大勢力を誇《ほこ》っていた抵抗組織《レジスタンス》の総長が、あろうことか帝国の中枢《ちゅうすう》

の一角《いっかく》を担《にな》う人物だったとは誰も思うまいよ）

そこまで考えて、ラウラリスはようやく思い至った。

「……ああ、なるほど。そういうことかい」

ケインの戦いぶり、その剣技——否《いな》、身体術を見てから、ずっと引っかかっていた。見覚えがあるように思えて仕方がなかった。その答えが今、見つかったのだ。

（そりゃ覚えがあるのも当然だよ。ケインが使ってたのは『壱式《いちしき》』だ）

ラウラリスが用《もち》いる『全身連帯駆動』には、いくつかの型——『式《しき》』と呼ばれるものがある。

通常の『全身連帯駆動』は、いわば総合強化。全身のあらゆる要素を用《もち》いて、あらゆる肉体能力を飛躍的《ひやくてき》に高めるというものだ。

対して『式』は一点集中強化。文字通り、全身のあらゆる要素を用《もち》いて一点を強化する技法だ。

攻撃力を重視した『壱式』。

膂力《りょりょく》を重視した『弐式《にしき》』。

速度を重視した『参式《さんしき》』。

精密動作を重視した『肆式《よんしき》』。

（見覚えがあって当然だよ。なにせ、ついさっき夢で見たからね）

ラウラリスが夢の中で剣を交《まじ》えていた『四天魔将』の一人、烈火《れっか》のグランバルド。彼が扱っていた『全身連帯駆動』が、肉体のあらゆる要素を攻撃へと集中させる『壱式』なのだ。

そしてケインが使っているものも、グランバルドに比べれば劣《おと》るものの、やはり『全身連帯駆動・壱式』であった。

（……ってことはアレかい。単に『獣殺しの刃』の名を使った別組織ってぇ、単純な話じゃないのか？）

偶然と切って捨てるには、少しばかり要素が揃《そろ》いすぎていた。

何故ならば、グランバルドこそが、三百年前の『獣殺しの刃』を率《ひき》いていた総長なのだから。

さらに言ってしまうと、グランバルドに『獣殺しの刃』――正確には抵抗組織《レジスタンス》の設立と総長として運営することを命じたのは、他ならぬ皇帝ラウラリスであった。

過去の『獣殺しの刃』の真実はともかく。今現在存在している『獣殺しの刃』に所属しているケインが、グランバルドと同じ身体運用術を扱っていることが、単なる偶然であるはずがない。

（うーん、ますますわからんよ）

ラウラリスは首をコテンと傾げるしかなかった。

考察をしていたラウラリスをよそに、状況は進んでいく。ケインは、厳しい声でエカロに告げた。

「この場でダラダラと語り合うつもりはない。拘束《こうそく》した後で改めて話を聞かせてもらう」

「あいにく、私にはあなた方と話し合いたいことなど、一切ありませんがね」

軽蔑《けいべつ》の眼差《まなざ》しを向けてくるエカロに、ケインは淡々とした態度で言った。

「貴様の意思など関係ない。機関には貴様のような固い口を柔らかくする専門家がいるからな」

抑揚《よくよう》のない声は、相手への温情を一切省《はぶ》いた冷酷《れいこく》さを感じさせる。対してエカロは苛《いら》立《だ》ちを露《あら》わにしつつも、心なしか落ち着いた風にも見えた。

「あなた方の悪評は組織内でも有名ですよ。目的のためには手段を選ばない、極悪非道《ごくあくひどう》な者たちの集まりであると、もっぱらの噂《うわさ》です」

「それが事実か否《いな》かは、実際に体験してみることだな」

「それは……御免被《ごめんこうむ》りたいところです」

にへらと、エカロは気味の悪い笑みを顔に貼りつけた。

途端、ケインの視線が鋭《するど》くなる。

「がっ――ッッ!?」

一瞬のうちにケインの刃《やいば》が翻《ひるがえ》り、エカロの躰《からだ》を斬《き》り裂《さ》いていた。エカロは鮮血《せんけつ》をまき散らしながらよろよろと力なく歩く。そして階段から足を踏み外して赤い痕《あと》をつけながら転がり落ちた。

「あっちゃぁ」とラウラリスは額《ひたい》に手を当てたが、仕方がないとも考えていた。

エカロが笑みを浮かべた瞬間、その手が懐《ふところ》に忍《しの》ばされていたことに、ラウラリスも気づいていた。だからケインは容赦《ようしゃ》なくエカロを斬ったのだ。呪具《じゅぐ》を扱う者は、なにを隠しているか知れたものではない。ケインは剣の血糊《ちのり》を振り払うと、斬られた拍子《ひょうし》にエカロの手から零《こぼ》れ落《お》ちたものを拾う。

「……降霊術に使う呪具《じゅぐ》だな。恐らく、触媒《しょくばい》と併《あわ》せて使うものだろう」

「トヨナを依《よ》り代《しろ》に仕立て上げる、精神操作をするためのものかもしれないね」

ラウラリスは予測を立ててから、嘆息《たんそく》した。

「やむを得なかったのはわかるが、どうすんだい。これじゃあ話を聞くに聞けなくなったじゃないか」

ケインの行動は正しくはあったが、先のことを考えれば悩ましいところだ。だが、ケインはさほど後悔していないようだった。

「幹部クラスの者はとりわけ口が固い。大した情報は得られなかったさ」

情報を多く持っている重要人物ほど『亡国』の理念に心酔しており、どんな目に遭《あ》っても決して口を割らないらしい。それを聞いて、ラウラリスは肩を竦《すく》めた。

「『亡国』の奴らにとっちゃ美徳だろうが、本当に面倒だね」

「おかげでどうしても、機関のほうも『亡国』に対しては後手《ごて》に回ってしまう。悩ましいところだ」

それでもなにかしらの情報を得られた可能性は否定できない。だが、ラウラリスはそれ以上を求めなかった。

エカロの目論見《もくろみ》を阻止《そし》し、トヨナを含む攫《さら》われた者たちの救助は成功した。これよりもさらに求めるのは贅沢《ぜいたく》というものだ。最低限と呼ぶには十分すぎる成果はすでに上がっている。

「さて、あとは雑魚《ざこ》どもが残ってるが、どうするよ？」

「投降の勧告はするが、抵抗するなら――」

突然、ケインの言葉が途切れる。ラウラリスもケインの視線を追って壇の下を見ると、エカロの姿がなかった。

「ちっ、仕留め損ねたか。手応《てごた》えはあったんだがな」

「即死させるにゃ、ちょいと浅かったかもね」

ラウラリスの目から見てもケインの振るった剣は、エカロの命を奪うに足るものだった。あの致命傷では、恐らく十分も保《も》たないだろう。

「さて、どこにいるのやら」

ラウラリスはエカロの姿を捜す。

壇上から転げ落ちた地点から、床に染みついた血の痕《あと》を辿《たど》っていくと、構成員の合間を這《は》うエカロが見つかった。

その血にまみれた手には、エルダヌス帝国最後の皇帝の魂《たましい》を呼び出すための触媒《しょくばい》が握られている。

「……あ、やっべ。回収するの忘れてた」

「お前ぇぇぇぇぇぇっっっ!!」

ごまかすように「てへぺろっ」と舌を出すラウラリスに、ケインが怒声を叩きつけた。

ラウラリスが火の呪具《じゅぐ》と一緒に投げた降霊術の触媒《しょくばい》は、呪具《じゅぐ》の放った閃光《せんこう》の衝撃であらぬ方向へと吹き飛ばされていった。しかもその時、ラウラリスもケインも目を閉じていたために、所在が不明だったのだ。だが、それはエカロも同じだったはず。単なる幸運か、あるいは死に際の執念が報《むく》われたのかわからないが、奇《く》しくも彼の手に渡ってしまった。

「ま、まぁ大丈夫だって。依《よ》り代《しろ》になる女性は奴の側《そば》にいないし、触媒《しょくばい》だけじゃぁ降霊術は――」

ケインの怒《いか》りように少しばかり焦《あせ》るラウラリスだったが、次の瞬間、ゾクリと背筋が震えた。

「なんっ――？」

ケインも同様の震えを感じたのか、ハッとした表情になる。それを皮切りにして、この空間を異様な気配が支配しつつあった。生物の本能的な部分が怖気立《おぞけだ》つ感覚だ。

気配の根源は、エカロだった。彼が伏《ふ》した地面から、禍々《まがまが》しい靄《もや》が立ち上り始めている。立ち尽くしていた構成員に、その靄《もや》が触《ふ》れる。すると構成員は悶《もだ》え苦しみ出し、やがて聞く者に恐怖を与える絶叫《ぜっきょう》を上げながら倒れ、それっきり動かなくなった。それに続いて、付近にいた幾人もの靄《もや》に触《ふ》れた者たちが、同じように壮絶な悲鳴を最後に倒れていく。

「こりゃなんかヤバそうだ」

「単に降霊術に失敗した、という様子でもないな」

ラウラリスの言葉に、ケインも頷《うなず》く。

二人の反応は淡泊だが、その視線は状況を逐一《ちくいち》捉《とら》えられるよう、鋭《するど》さを帯びていた。

たくさんの人間が倒れていく中、今度は靄《もや》がエカロの躰《からだ》に吸い込まれていく。

やがてのそりと、彼は立ち上がった。

「あの傷で立ち上がれるのか……」

僅《わず》かに驚いたケインは、こちらを振り返ったエカロの顔を見て言葉を失う。

顔のあらゆる穴から血が流れ出し、目も真っ赤に染まっている。もはや人間と呼ぶには相応《ふさわ》しくないほど、異様な様相であった。ラウラリスは顎《あご》に手を当てて呟く。

「なんか、妙なもんでも降りてきたかね」

どうやら奇跡的に、エカロを依《よ》り代《しろ》とした降霊術が行《おこな》われたようだ。

もっとも、成功には見えない有様だが。

エカロはのろのろと、ラウラリスたちのほうへと歩き出す。その一歩を踏み出すごとに靄《もや》が溢《あふ》れ、次々に構成員たちに取りついていく。靄《もや》に触《ふ》れた者たちは、やはりバタバタと倒れていった。

「……あのまま放置してたら、構成員が全滅しそうだね。手間が省《はぶ》けそうだ」

「そんなこと言っている場合か！」

ラウラリスの口からさらりと出てきた外道《げどう》じみた台詞《せりふ》に、ケインは声を荒らげた。

「これまで降霊術で狂戦士化《バーサーカー》した奴らは何度も見てきたが、あれは明らかに別格だ！放置したら、どれほどの被害を出すかわかったものじゃないぞ！」

「はいはい、わかってるよ」

いい加減、冗談を口にしていられる状況ではないと、ラウラリスにもわかっていた。

ケインの指摘に同意し、背中から長剣を引き抜く。

一足先に抜刀《ばっとう》していたケインは、ほとんど落下するような勢いで階段を駆け下りていく。

ラウラリスもそれに続き、剣を担《かつ》ごうとした時だ。

エカロが、未だに血が流れ出る口を動かした。

『────リス』

「…………ん？」

何故かその声は、離れた位置にいるラウラリスの耳にも明瞭《めいりょう》に届いていた。

『──ラリス』

エカロの声ではあるが、エカロの声ではない。別の誰かが口にしている風にも聞こえる。

エカロは人間にあるまじき動作で、ぐりんっと首を動かす。赤く染まった瞳がラウラリスの姿をまっすぐに捉《とら》えた。

そして――

『ラウラリスゥウウウウウウウウウウウッッッ!!』

心臓はおろか、魂《たましい》をも握り潰さんとするほどの憎悪《ぞうお》に満ちた叫び声が、エカロの口から迸《ほとばし》った。同時に地面から湧き出ていた靄《もや》が爆発的に溢《あふ》れ、周囲の構成員を次々に呑み込んでいく。

一方で、ラウラリスは不審さを抱《いだ》いていた。

（おかしいね。なにかしらの魂《たましい》が取りついてるんだろうが、なんで私の名前を知ってるんだい？）

ラウラリスの記憶違いでなければ、エカロの前では『ラウラリス』を名乗っていない。現に、これまでエカロはラウラリスのことを『リアス』と呼び続けていた。

彼女が疑問を抱《いだ》いている間に、ケインはエカロのもとに辿《たど》り着《つ》いていた。そして今度こそトドメを刺さんと、一気に剣を振るう。

だが――ケインの鋭《するど》い斬撃《ざんげき》は、エカロがかざした靄《もや》の纏《まと》わりつく手で受け止められた。

「こいつっ⁉」

『ラウラリスゥウウウウウウウウウッッッ!!』

吠《ほ》え猛《たけ》るエカロは、剣を受け止めたほうとは反対側の、やはり靄《もや》が絡みついた腕を振るった。強く踏み込んでいただけに僅《わず》かに反応が遅れたケインは、回避の間もなく咄嗟《とっさ》に剣で防ぐ。

「グ――――ッッ！」

エカロは凄《すさ》まじい膂力《りょりょく》を発揮し、防御《ぼうぎょ》した剣ごとケインの躰《からだ》を吹き飛ばした。ケインは空中で身を翻《ひるがえ》し、体勢を立て直して着地する。ッ……と、ケインの口の端から血が一《ひと》筋《すじ》零《こぼ》れ落《お》ちた。剣を隔《へだ》てたというのに、衝撃がケインの肉体まで届き、その内部を揺るがしていたのだ。

「いよいよ人間をやめ始めたか」

無造作に血を拭《ぬぐ》うと、ケインは剣を強く握り締めた。

『ラウラリスゥゥゥゥゥゥゥゥッッッ!!』

相も変わらず、エカロはラウラリスの名を叫んでいる。

ケインは未だに壇上に佇《たたず》むラウラリスを一瞥《いちべつ》した。

「貴様とあいつが、どのような関係かはわからんが『獣殺しの刃』――その執行官として、俺は任を全《まっと》うするのみ」

剣を構えたケインは、再度エカロへと踏み込んだ。

「るぁぁぁっっ！」

躰《からだ》の奥底から発せられる気迫とともに、ケインは剣を振るう。尋常ならざる強度を有するエカロの肉体に刃《やいば》が阻《はば》まれようとも、構わずケインは斬撃《ざんげき》を続けた。

エカロは腕を振るい、剣を弾《はじ》き飛《と》ばす。だが、ケインはその弾《はじ》かれた勢いさえも利用し、次の瞬間にはさらに威力を増した一撃を放った。すると、エカロの周囲を漂《ただよ》う靄《もや》が、ケインを呑み込まんと迫《せま》る。ケインは身を翻《ひるがえ》してそれを回避すると、そのまま回転してエカロに斬りかかった。

ケインの使う『壱式』は、『全身連帯駆動』で発揮される力を攻撃へと収束した身体術だ。『壱式』の本領は、全ての動作を攻撃への布石《ふせき》にすることにある。防御《ぼうぎょ》や回避さえも攻撃に変え、相手を打倒するその時まで、烈火《れっか》の猛攻《もうこう》に終わりはない。

――それが完成された『壱式』であれば、だが。

『ラウラリスゥウウウウウウウウウウッツッ‼』

「――――――ッ！」

ケインの振るった剣が、またも弾《はじ》かれる。彼はさらなる強撃を放とうとするが、それよりも速くエカロの靄《もや》が襲いかかった。

「くそっ！」

悔《くや》しげに歯噛みしたケインは攻撃を中断し、回避を優先する。だがそれは、次の攻撃を考えない、単なる逃《に》げの動作に過ぎなかった。

当初は攻勢に出ていたケインであったが、時が経つにつれて攻撃の手数が減っていた。それに伴《ともな》い、ケインの体力の消耗《しょうもう》は見るからに激しくなっている。その証拠に、ケインの足元には、躰《からだ》から溢《あふ》れ出《だ》した大量の汗で水たまりができていた。

それを見ながら、ラウラリスは階段を下りていく。

エカロに名前を呼ばれてから、ラウラリスは不思議な感覚を味わっていた。

それは恐らく、ケインの動きを見た時と同じような、懐かしさに近いものであった。

（なかなかの練度《れんど》だが、グランバルドには到底及ばないか。奴だったら、最初の速度をもう一時間は維持できた）

ラウラリスは頭の片隅で、ケインの動きを冷静に分析する。端的に言ってしまえば、ケインの『全身連帯駆動』はまだまだ未熟なのだ。全身を使い切れておらず、その分だけ無駄に使っている部位に負荷《ふか》が掛かる。それをカバーするためにさらに無駄が生じ、体力の大きな消耗《しょうもう》に繋《つな》がる。

今のケインには『全身連帯駆動・壱式』を長時間維持するのは難しいのだろう。恐らく、それは本人も承知のはずだ。だからこそ最初から全開で攻め立て、短時間決戦を考えていたに違いない。

けれども、エカロの力はケインの想定を超えていた。技量という点については、エカロは話にならない。エカロはただ単に、身に宿ったなにかを力任せに振るっているだけだ。

だがそれは、小手先の技量に頼る必要がないということでもある。エカロの肉体は、どれほどケインの斬撃《ざんげき》を受けようとも傷つくことはなく、エカロの振るう腕はケインの剣の一閃《いっせん》と同等か、それ以上の速度を有していた。膂力《りょりょく》に至っては、人間一人を軽く吹き飛ばすほどだ。

『何故だ‼』

ケインに腕を振るいながら、エカロの躰《からだ》に宿ったなにかが不意に叫ぶ。

『何故我を裏切った！　何故我が覇道《はどう》を阻《はば》んだ！　何故我を殺した！』

その問いかけには、全てに濃密な怨嗟《えんさ》が込められていた。死してなお、色褪《いろあ》せない憎悪《ぞうお》が響き渡る。

『何故我から簒奪《さんだつ》したのだ！』

ラウラリスにそう叫んでいるのは、降霊術で呼び出された何者かの魂《たましい》だ。

この手に掛けた人間は数知れず。恨《うら》みを買った人間には心当たりがありすぎる。

なにせ生前は、世界を敵に回した悪徳女帝なのだ。

己の名を怨嗟《えんさ》を込めて呼ぶ者など、それこそ星の数ほどいるだろう。だから、最初はそれが誰かわからなかった。けれども、その叫びを聞くにつれて徐々に理解していった。

ラウラリスは、エカロに宿った魂《たましい》の正体を知っている。

『何故だ、ラウラリスゥゥゥゥゥゥゥゥゥッッ!!』

特に、己が簒奪したいい相手となれば一人しかいない。

文字通り血を吐くほどの絶叫《ぜっきょう》に、ラウラリスはいよいよ確信を持って呟いた。

「まさか、よりにもよってアンタが来るとはね……親父殿」

エカロに降臨《こうりん》した死者の、生前の名前は――ベルディアス・エルダヌス。

かつてエルダヌス帝国に君臨し、実の娘であるラウラリスによって帝位を簒奪《さんだつ》された、先代の皇帝であった。

神は手紙で、この場が〝この世ならざる場所〟に近い空間だと言っていた。だからこそ、エカロはここを降霊術を行《おこな》う場所として選んだ。そして、ラウラリスの魂《たましい》を呼び出そうと〝この世ならざる場所〟との接続を繰り返したことにより、その境界が曖昧《あいまい》になっていた。

その上、エカロの妄執《もうしゅう》とラウラリスの魂《たましい》を呼び出す触媒《しょくばい》、そして女帝ラウラリスの魂《たましい》を宿した少女の存在。これらの組み合わせが、最悪の奇跡を生んだ。

すなわち、ラウラリスに近い波長を秘めた死者の魂《たましい》を、この世に呼び出す結果となったのだ。

その因果を、ラウラリスは知らなかった。だが、エカロが呼び出した魂《たましい》は、間違いなくラウラリスの父であるベルディアス・エルダヌスであると、彼女は理解できた。

「くそっ、化け物め……」

ケインは地面に膝《ひざ》をつき、剣で躰《からだ》を支える。『壱式』を無理矢理維持しようとしたことで肉体を酷使《こくし》し、すでに体力は限界に近そうだ。

降霊術による狂戦士化《バーサーカー》は、人間を超えた力の負荷《ふか》に耐えきれず、やがては肉体が崩壊し死に至る。だが今のエカロはその気配がまるでない。ケインが穿《うが》った傷や顔から流れ出ていた血はすでに止まっており、目が紅《くれない》に染まっていること以外は五体満足だ。むしろ、時間が経過するごとに力強さを増しているようにさえ思えた。

ケインはいよいよ、己の背後に〝死〟が這《は》い寄るのを感じ取っていた。

そんな彼の耳に、地を踏む足音が聞こえる。

「おい！　俺がどうにか時間を稼ぐ！　だからお前は――」

『彼女』がどれほどの手練《てだ》れであろうとも、敵うはずがない。

彼女とは契約を結んだだけの、単なる仕事上の関係だ。だからこそ、命を懸《か》けてまで最後まで自分に付き合う義理はない。そう考えて振り向いたケインの視線の先にいたのは、ゆったりとした動作で歩を進める一人の少女。

彼女は俯《うつむ》いており、その表情は窺《うかが》い知《し》れない。

だが、どうしてだろうか。その少女を目にした途端、ケインは恐怖を覚えていた。

それは降霊術で変貌《へんぼう》したエカロを見た時を、遥《はる》かに上回るものであった。

少女の肩が小さく震える。

「はははは……」

それは、心の底から震え上がるほどの歓喜。

「あはははははははははははははっっっっ‼」

ラウラリスは、笑っていた。

紛《まぎ》れもなく、ラウラリスは喜んでいた。

攫《さら》われた女性や、利用されたトヨナやイムルスをはじめとした、この事件に巻き込まれた多くの者たち、これまで亡国の起こした事件の被害者に対して、申し訳ない気持ちはある。

だがそれでも、ラウラリスは笑わずにはいられなかった。

「神よ！」

ラウラリスは、己に新たな生を授けてくれた存在に向けて、高らかに言った。

「感謝する！　私にこの男をもう一度殺すチャンスを与えてくれた、その采配を！　奇跡を！　はははは……あはははははははははははははっっっ！」

――ベルディアス・エルダヌスについて語ることは多くない。

何故ならば、その次の――そして帝国最後の皇帝である彼の娘『女帝ラウラリス』の悪名があまりにも高すぎたからだ。

けれども、どんな歴史学者も、例外なくベルディアスを暗愚《あんぐ》と評価しただろう。

彼こそまさしく、悪徳皇帝と呼ぶに相応《ふさわ》しかった。

金と権力に溺れ、暴虐の限りを尽くした歴代最低とも称されるほどに、ベルディアスは愚《おろ》かな男であった。すでに傾きつつあった帝国ではあったが、ベルディアスがその寿命を縮めたのは間違いない。それこそ、ラウラリスが自ら悪徳女帝となり、帝国再建を決意するほどである。

その愚帝《ぐてい》を再びこの手に掛けられることに、ラウラリスは喜びを抱《いだ》いていた。まるでパーティーに赴《おもむ》くような軽やかな足取りで、ラウラリスはエカロ――いや、ベルディアスへと近づいていく。

『ラウラリスゥウウウウウウウウウウッツッツ!!』

ベルディアスから靄《もや》が溢《あふ》れ出《だ》す。さながら洪水《こうずい》のごときその奔流《ほんりゅう》は、少女の躰《からだ》をいとも容易《たやす》く呑み込んだ。

「ラウラリスっっ‼」

思わずケインが名を呼ぶ。だが、靄《もや》の中には悠々と歩くラウラリスの姿があった。

ベルディアスの纏《まと》う靄《もや》の正体は、視覚化された怨念《おんねん》や呪詛《じゅそ》の集合体。〝この世ならざる場所〟でベルディアスが抱《いだ》き続《つづ》け、膨れ上がった負の感情であった。その強烈な呪詛《じゅそ》は触《ふ》れた者の魂《たましい》を蝕《むしば》む。倒れた構成員たちはその浸食《しんしょく》に耐えきれず、精神的な死に至ったのだ。

ベルディアスの肉体が人間離れした力を得たのも、この呪詛《じゅそ》が原因だ。魂《たましい》が肉体を超越し、もはやエカロの躰《からだ》を〝この世ならざるモノ〟へと変貌《へんぼう》させていた。

触《ふ》れるだけで死を招くほどの呪詛《じゅそ》を一身に浴《あ》びながらも、ラウラリスは歩みを止めない。

「話にならない。期待外《はず》れも甚《はなは》だしい」

嘲《あざけ》るがごとく、冷淡に告げるラウラリス。

彼女はこれが呪詛《じゅそ》であるとわかっていながらも、あえて身に浴《あ》びていた。ベルディアスが抱《いだ》いた恨《うら》み辛《つら》みがどれほどのモノかを味わってみたかったのだ。

ところが、実際にはラウラリスが口にした通りであり、肩透《かたす》かしもいいところだった。

三百年間、溜めに溜め込んだ怨嗟《えんさ》の念。並みの人間であれば、数分も経たずに呪い殺されるだろう。

しかし、ラウラリスという人間が並みにおさまるはずがない。ここにいるのは、かつては世界の全てを敵に回し、幾千幾万《いくせんいくまん》の怨嗟《えんさ》を集めた、最凶最悪の女帝なのだ。

「この程度の呪詛《じゅそ》、私にとっては子守歌にも等しい」

ラウラリスは片手で無造作に長剣を振るう。たったそれだけで、彼女に取りつき魂《たましい》を蝕《むしば》もうと集まっていた呪詛《じゅそ》が、吹き散らされた。

「これで終わり、というわけではないだろう？」

『────ッッッ』

ベルディアスが初めて動揺を見せる。自分の呪詛《じゅそ》が微風ほどの影響しかないという事実に驚いていた。だがここで諦《あきら》めるほど、生やさしい憎悪《ぞうお》ではなかったようだ。

『ラウラリスゥゥゥゥゥゥゥゥゥッッッ!!』

雄叫《おたけ》びに近い声を発すると、ベルディアスの周囲を漂《ただよ》っていた呪詛《じゅそ》が、その躰《からだ》へと急速に吸い込まれていく。やがて、全ての呪詛《じゅそ》を吸収し終えた頃、ベルディアスはもはや人の形を保っていなかった。異様に肥大化した筋肉を纏《まと》う巨人──そう表現するのが適した、異形と化していた。

『ゴァァァァァァァァッッッ――』

もはや人間が聞き取れる言葉ではない。それでもラウラリスへの憎《にく》しみが込められていることだけは理解できた。

「安心しろ。今度は魂《たましい》も残さずに――殺してやる」

ラウラリスは、長剣を肩に担《かつ》ぐようにして構えた。

『全身連帯駆動』には、それぞれの分野に特化した『式』が存在する。

ケインの扱う『壱式』はその中でも攻撃に特化した術だ。

では、ラウラリスが得意とする『式』はなにか？

結論から言えば、ラウラリスは『式』を必要としない。

何故ならば、ラウラリスは一つだけに強化を集中する必要がないからだ。

彼女の『全身連帯駆動』は、人間の持つ限界能力を引き出す。それは言い換えれば、全ての能力を強化しているということ。

それでもあえて分類するならば――『零式《ぜろしき》』。

始原であり終局。基本であり究極の型。

ベルディアスが怨嗟《えんさ》の咆哮《ほうこう》を発しながら、怨敵《おんてき》を粉砕《ふんさい》せんと迫《せま》る。

ラウラリスは、静かに告げた。

「――千刃一閃《せんじんいっせん》」

その刹那《せつな》、ベルディアスはラウラリスの姿を見失う。辛《かろ》うじて人間の面影を残した双眸で彼女の姿を捜し、己の背後に佇《たたず》んでいることに気がついた。

『ラウラ――』

咆哮《ほうこう》を重ねながら振り返ろうとしたところで――ベルディアスの片腕が落ちる。

『――ッ⁉』

ベルディアスは知らなかった。

千の刃《やいば》をたった一つの斬撃《ざんげき》に込めるという、矛盾を孕《はら》んだ技のことを。

それは相手を殺すまで、千の斬撃《ざんげき》を放ち続けるということを。

『――ッッッ⁉』

もはやベルディアスは悲鳴一つ上げることすら許されず、醜悪《しゅうあく》な肉体が微塵《みじん》に斬り裂かれていくのを、ただ黙って待つほかなかった。

「ただ、無念を抱《いだ》いて朽《く》ち果《は》てろ。それが貴様に相応《ふさわ》しい無様《ぶざま》な末路だ」

ラウラリスはもはや一瞥《いちべつ》することもなく、剣を鞘《さや》におさめる。

冷酷《れいこく》な女帝の声を受け、エカロの躰《からだ》は無数の肉片と化し、ベルディアスの魂《たましい》は〝この世ならざる場所〟に帰ることもなく消滅したのだった。

第十四話　ちゃきちゃきババァ

エカロが死んだことで、町を騒がせていた連続女性誘拐《ゆうかい》事件は終結に至った。『亡国』側の死傷者は多数だったが、後に残った者たちはエカロの死を聞くとすぐさま投降した。

そして——ルークルト家だが、法的な処罰はなしということとなった。

「確かにイムルスは罪を犯した。だがそれは娘を人質に取られていたためだ。それに、彼の協力がなければ最悪の結果を招いていた恐れがある」

「それにしたって、随分とお優しいことで」

アマンとの情報交換に使った酒場で、ラウラリスとケインは席をともにしていた。

彼女がケインと顔を合わせるのは、『亡国』のアジトでの戦いから一週間ぶりであった。

実はラウラリス、一昨日《おととい》まで寝たきり生活を送っていたのだ。

原因はベルディアスにトドメを刺した一撃。アレを全力で放つには、ラウラリスの躰《からだ》は未成熟であり、とてつもない負荷《ふか》が掛かっていたのだ。

『全身連帯駆動』は、体力の消耗《しょうもう》を細かく全身に分散することで、全身の疲労を減らすことができる。だが逆を言えば、全身の力を余すことなく消費し尽くすということである。千刃一閃《せんじんいっせん》――文字通り千の刃《やいば》を一刀で与える絶技であるが、ラウラリスからしてみれば威力は全盛期の半分が精々。それを一度放つだけで、彼女は体力を全て消耗《しょうもう》してしまったのだ。

ラウラリスはベルディアスの消滅を見届けた後、指一本動かす力も残っておらず、その場に倒れた。そして後のことをケインに任せると、眠るように意識を失ったのだ。目が覚めたのはその翌日。動けるようになったのは一昨日《おととい》。そして今、ラウラリスはケインから自分がいなかった間のことを聞いている最中であった。

救助された女性たちは、彼女たちが完全に回復し社会復帰するまでの間、ルークルト家が支援することを申し出た。

イムルスは娘を人質に取られていたとはいえ、『亡国』の共犯者だったのだ。そんな彼が支援など、本来であれば恥知らずと罵《ののし》る者が現れてもおかしくなかったのだが、イムルスが女性を攫《さら》う手伝いをしていた事実を知るのは、この場にいる二人とアマン、そしてルークルト家のイムルスとトヨナのみであった。

「共犯の事実すら伏《ふ》せるってのは、どうかと思うがね」

ラウラリスが呆《あき》れたように言うと、ケインが淡々と返す。

「イムルスはやり手の商人だ。その販路と人脈を失うのはあまりにも惜《お》しい」

「んで、以降の協力を取りつける代わりに見逃《みのが》したのか。やだやだ。宮仕えってのはこれだから……」

辟易して口にするラウラリスであったが、かといって全面的に軽蔑《けいべつ》しているわけではない。嫌気が差したというポーズに近かった。

倒れたラウラリスが運び込まれたのはルークルト家の屋敷だった。目が覚めてからというもの、イムルスとトヨナはラウラリスと顔を合わせるたびに感謝と懺悔《ざんげ》を口にしていた。

ラウラリスには、そのどちらもが本心であるとわかっている。だからこそ、ケインに協力することを承諾《しょうだく》したのは、彼らなりの贖罪なのだろうということも理解できた。

あの親子が無事に再会できたのならば、今はそれでよかった。後のことは本人たち次第であり、なるようにしかならないだろう。

「つか『獣殺しの刃』って具体的になんなのさ」

この際であるし、ラウラリスはケインに問いかけた。すると、彼は目を見開く。

「知っているのではなかったのか？」

「私が知ってる『獣殺しの刃』は、帝国末期にあった抵抗組織《レジスタンス》のほうだ。あんたの所属してるのは初耳だ」

「俺としては、逆にどうして帝国時代《そちら》のほうを知っているのかが気になるぞ」

「んなこたぁ、どうだっていいんだよ。で、なんなんだよ。ちゃきちゃき吐きな」

「人にものを聞く態度には、到底見えんな」

ケインは腕を組み、ため息をついた。本来ならば、一般人であるラウラリスに教える義理も必要性もない。それでも、彼は語り出した。

──王立特務機関『獣殺しの刃』。

かつての反帝国を掲《かか》げていた抵抗組織《レジスタンス》の名を冠する組織。その目的は、王国内にひそむ不穏分子を排除し、秩序《ちつじょ》を守護することである。そう聞いて、ラウラリスはふぅんと頷《うなず》いた。

「まぁ、字面《じづら》だけなら正義の味方にも聞こえるが、そう単純なもんじゃぁないんだろ？」

「お前の好きそうな言葉で言えば、必要悪といったところだろうな」

「いいね。その割り切ってる感じは嫌いじゃないよ」

『獣殺しの刃』は、国から様々な権限を与えられている。国に多大な損害を与えるようなことがない限り、『獣殺しの刃』は法的な制限を受けず、あらゆる行為が許されているのだ。

それこそ、表沙汰《おもてざた》になれば醜聞《しゅうぶん》どころでは到底済まされない、非合法な調査や武力介入を行《おこな》う権限すら有している。ケインが必要悪と言ったのはこの点にあった。

『亡国』のアジトに突入する際に、ケインはこの権限を使って、ハンターギルドの重役との話を取りつけ、腕利《うでき》きのハンターたちを集めたのである。

イムルスの罪を見逃《みのが》したのも、『獣殺しの刃』が有する権限によるものであった。

そして、ケインの肩書きである『執行官』は、組織の中でも限られた者のみに与えられる、独自の裁量で動くことを認められた幹部の称号であった。

法と秩序《ちつじょ》を守るために、法と秩序《ちつじょ》を犯すという矛盾。それが『獣殺しの刃』であった。

「目下最大の標的は『亡国を憂える者』の殲滅《せんめつ》。今現在、この国を脅《おびや》かし秩序《ちつじょ》を乱しているのは、間違いなく奴らだからな」

「それにゃぁ私も同感だよ。是非とも潰してもらいたいね」

一通りの話を聞き終えたラウラリスは、納得したように頷《うなず》いた。

（……少なくとも、今のこの国の頂点《トップ》はちゃんと清濁《せいだく》を併《あわ》せ持《も》つ器量がありそうだ）

ラウラリスが知る『獣殺しの刃』と、ケインの所属している『獣殺しの刃』。どのような経緯があったかは不明だが、この二つの組織の存在理由は非常によく似ていた。

帝国末期に存在していた『獣殺しの刃』の設立は、帝国中枢《ちゅうすう》を担《にな》っていた『四天魔将』の一人であるグランバルドによるもので、彼に命じたのは他ならぬラウラリス。

表立《おもてだ》っては、反帝国を掲《かか》げた抵抗組織《レジスタンス》。

その真の目的は、帝国の内部に存在する腐敗貴族を、法を用《もち》いずに排除するための組織であった。

無論、所属していた者の多くは有志の一般市民であり、打倒帝国を掲《かか》げていた者たちばかりである。彼らも、己の属する組織の後ろ盾が憎《にく》き帝国だとは思わなかっただろう。

ラウラリスは法では裁くことのできない腐敗貴族を『獣殺しの刃』の武力を使うことで破滅させ、また法的措置では集められない証拠を『獣殺しの刃』を使って収集し、正当な手続きに則《のっと》って断罪していったのだ。

正確な帝国の内部情報の所持と、内部の人間では不可能な法に縛られない自由な活動。これらができたことによって、『獣殺しの刃』は当時最大級の規模を誇《ほこ》る抵抗組織《レジスタンス》となったのだ。

また、腐敗貴族の成敗だけが『獣殺しの刃』の役目ではなかった。

『獣殺しの刃』が大きな力を持つことで、反帝国を支持する血気盛《けっきさか》んな者たちがそこに集まる。彼らが暴走しないための舵取《かじと》りも、理由の一つであった。

そして、腐敗貴族の一掃を終えたところで、ラウラリスは『獣殺しの刃』の解体をグランバルドに命じた。役目を終えたその集団は、総長の行方《ゆくえ》不明《ふめい》という形をもって、終《しゅう》焉《えん》を迎えたのである。

国家を後ろ盾にしながらも非合法な手段をもって、国に対する不穏分子を討《う》つ。この点で言えば、今も昔も『獣殺しの刃』は変わらない。

「……俺がここまで語ったのは、単にお前に対して恩義を感じている、というだけではない」

物思いに耽《ふけ》っていたラウラリスに、ケインはいつになく真剣な顔つきで言った。

「恩義なんてよせやい。私は契約に従ったまでさ。……いや、エカロの奴は単なる肉塊《ミンチ》になっちまったし、完全な契約履行《りこう》とは言いにくいけど」

今回の契約内容は、エカロを捕縛することだった。それなのにベルディアスのことで精神的なタガが外《はず》れ、彼を微塵《みじん》切《ぎ》りにしてしまったわけだ。

「その点に関してはもういい。あの場でお前が奴を仕留めなければ、付近の町が崩壊していた恐れもある。それを未然に防げたと考えれば、あの行動は妥当《だとう》だった」

ラウラリスの判断が間違いではなかったと、ケインは言う。だからこそ、彼はすでにイムルスを介してラウラリスに報酬《ほうしゅう》を支払っているのだろう。

「そうかい……うん、それならいい」

ラウラリスは、少々曖昧《あいまい》に微笑んだ。

エカロがベルディアスを降霊させてしまった原因の一つは、ラウラリスが触媒《しょくばい》を回収し忘れたからであるが、それをあえて口にする勇気は彼女にはなかった。

「で、恩義だけじゃないってのは？」

改めて問いかけると、ケインはラウラリスを見据《みす》えて言う。

「――『獣殺しの刃』に入る気はないか？」

ケインの提案にラウラリスは首を傾げた。

「そいつぁ……スカウトってやつか？」

ケインは真剣な面持《おもも》ちで頷《うなず》き、さらに尋ねた。

「一つ確認させてほしい。お前が使っている身体術は『全身連帯駆動』と見て間違いないか？」

「ああ、別に隠してるわけじゃないさ。聞かれなかったからね」

今の時代で己以外に『全身連帯駆動』を扱う者がいるという事実は、ラウラリスにも全くの予想外であった。彼女の肯定を受け取り、ケインは話を続けた。

「俺が持つ執行官という肩書きは機関の中でも限られた者にしか与えられないが、これを得るためにはあるものを習得する必要がある」

「それが『全身連帯駆動』か」

ラウラリスが先回りして答えると、ケインは首肯する。

『全身連帯駆動』の習得は困難を極める。全身の肉体や関節を連動させるということは、それまで意識してこなかった部位すら余すところなく使う必要が出てくる。

それだけに、使いこなせば強力無比であり、肩書きを得るための条件としては相応《ふさわ》しいのだろう。

「強さだけが理由ではない。『獣殺しの刃』の創立者は、『全身連帯駆動』の使い手であったそうだ。それに倣《なら》い、執行官になるためには、『全身連帯駆動』の習得が大前提となっている」

『全身連帯駆動』の使い手ということを考えれば、創立者というのは、グランバルドを指しているのだろう。

とするとやはり、今の『獣殺しの刃』を作ったのは、過去の真実を知る誰かしらということか。

そんなことを頭の片隅で考えながら、ラウラリスはケインの話に耳を傾ける。

「すでにお前は執行官になるための条件を、十二分以上に満たしている。ラウラリス、だからこそお前を仲間に迎え入れたいと思っている」

「話はわかったが……そう簡単にいくのかい？」

非合法を厭《いと》わぬ組織であろうとも、実際には国が管理する組織だ。個人の裁量で外部の人間を迎え入れることは難しいはずだ。

「俺の持つ執行官の権限の一つには、機関への人員補充も含まれている。なんら問題はない」

「あ、そうなの」

どうやら執行官というのは、ラウラリスが思っている以上に重要な立場にあるらしい。

ケインは自身の手に目を落とした。

「『獣殺しの刃』の執行官に求められるのは結果だ。過程がどうであろうとも、王国の内部に蔓延《はびこ》る不穏分子を取り除《のぞ》くことが本懐《ほんかい》であり、だからこそ大きな権限を与えられている。しかし、今回の件で俺は自分の力不足を知った。お前がいなければ、俺は間違いなくエカロに殺されていただろう」

ケインは顔を俯《うつむ》け、拳《こぶし》を固める。

「俺も機関の中ではそれなりの実力者だと自負している。だが、お前の『全身連帯駆動』の完成度は、俺を大きく上回っている。悔《くや》しい話だがな。お前ほどの使い手が仲間に加われば、これほど心強いものはない」

もう一度、ケインはラウラリスをじっと見つめた。

「この国は過去の亡霊《ぼうれい》……まさに獣《けもの》が蔓延《はびこ》っている。その獣《けもの》を滅《めっ》する刃《やいば》となってくれないか？」

ケインに真剣な眼差《まなざ》しを向けられ、やがてラウラリスは口を開いた。

「残念ながら、どこかに縛られる生き方ってのはこりごりでね。悪いが、断らせてもらうよ」

それに、とラウラリスは内心に思った。

『獣殺しの刃』に、獣《けもの》——帝国の長《おさ》が所属するとは、皮肉が利《き》きすぎている。

ラウラリスは苦笑を漏らしてから立ち上がり、立てかけてあった長剣を背負った。

「聞きたいことは大体聞けたよ。私は残ってる手配犯どもを締め上げるまでこの町にいるけど、アンタはどうすんだい？」

「俺はこの後、一度王都の本部に戻る。今回の件を報告する必要があるからな。悪いが、お前のことに関しても伝えさせてもらうぞ」

「好きにしな。じゃ、これでさよならだ。また縁があれば顔を合わせるだろうさ」

それはあまりにもアッサリした別れの物言いであった。

軽やかな足取りで酒場を去ろうとするラウラリスの背中に、ケインは最後に声をかけた。

「最後に一つだけ聞かせてくれ」

「スリーサイズは秘密だよ」

「違う！」

ケインは声を荒らげ、呼吸を落ち着かせてから改めてラウラリスに問いかける。

「お前の『全身連帯駆動』は誰に学んだものだ？」

「なんだ、そんなことか」

ラウラリスは首だけで振り返り、不敵に笑って言った。

「誰の教えも乞《こ》うちゃいないよ。私のは我流だ」

◆◆◆

ラウラリスが出ていった後、入れ違う形でアマンが店にやってきた。

「ようケイン、お疲れさま。諸々《もろもろ》の雑事はとりあえず片付けたぜ」

「ああ、わかった」

ケインは答えながら、じっとラウラリスが座っていた場所を眺めていた。

アマンはそれを見て、理解したとばかりに肩を竦《すく》める。

「どうやら、結果は聞くまでもないようだな」

「ああ。残念ながらな」

「ラウラリスちゃんが機関に入ってくれれば、あのむさ苦しい職場にも華ができたんだけどなぁ」

悲しそうな表情を作るアマンに、ケインは嘆息《たんそく》した。

「どうしてお前のような軟派《なんぱ》な男が機関に所属できているのか、俺はつくづく疑問に思う」

「そりゃアレだ、俺様がそれだけ優秀ってことだ。お前だって知ってるだろう？」

「誠に遺憾《いかん》ながらな」

アマンは、ケインと同じく『獣殺しの刃』の一員だ。町の情報屋というのは隠《かく》れ蓑《みの》に過ぎない。

その役割は、執行官の片腕として情報の収集や機関との連絡などの裏方を引き受ける補佐官である。執行官ほどではないにしろ彼らにも権限が与えられており、それだけに高い能力を求められる。

「フラれちまったもんは仕方がねぇか。相棒のヤケ酒に付き合うとしよう」

「フラれてもいないしヤケ酒をする気もない。ただ単にお前が飲みたいだけだろうが」

実のところ、ケインもこの結果は予想していた。僅《わず》かな望みを抱《いだ》いてラウラリスに申し出て、やはり結果は芳《かんば》しいものではなかったというだけの話だ。

「あ、そうそう。お前に頼まれてた件だけどな。ちょうど先ほど本部から返答があった」

アマンが、ぐっと身を乗り出してケインに言う。以前頼んでいた、ラウラリスについての調査だ。

「まずは経歴に関してだが……芳《かんば》しくはねぇ。数ヶ月前からラウラリスって名前が出始めてるが、それ以前はさっぱりだ。あれだけの実力者がこれまで無名だったたってのは腑《ふ》に落ちねぇ」

「同感だ。まさか木の根の間からひょっこり生まれてきたわけでもあるまいに」

「加えてあの容姿だ。あんなのが町中をうろついてたら、目立って仕方がねぇだろうによ」

アマンは、いつの間にか注文していた酒を呷《あお》る。

そして、そのコップをテーブルに置いてから、少し神妙《しんみょう》な顔つきになった。

「それと、一応だが現役執行官たちの名簿を調べてみた。けどこっちも駄目だ。今現在活動している執行官の中にラウラリスなんて名前はなかった」

『全身連帯駆動』の使い手ならば、その習得が条件である執行官となにかしらの繋《つな》がりがあるかもしれない。そう考えてのことだったが、当てが外れたようだ。

「ついでに、過去の資料もあさったが、やっぱりラウラリスなんて名前の執行官なんぞいなかった」

「当たり前だ。歴代執行官の名簿にあいつの名前があったら、逆に信じられん」

『獣殺しの刃』の歴史は、遡《さかのぼ》れば百年を超える。前身となった組織はそれ以上昔から、国の暗部として秩序《ちつじょ》を守護してきたのだ。

「……だが、あいつは間違いなく『全身連帯駆動』を習得していた。それを当人も認めていた」

あれほどの使い手ともなれば、既存の執行官、あるいは引退した者に師事したと考えるのが自然だ。問題は、彼女に教えたのが誰かという話になるのだが。

「なぁ。ラウラリスちゃんは、そこまで凄《すご》かったか？」

「恐らく、あいつとまともにやり合える奴は、総長を除《のぞ》けば機関には存在しないだろうな」

「うっそだろ？　お前がそこまで言うか⁉」

アマンが仰天したのも無理はない。ケインは己をそれなりと言ったが、それは謙遜《けんそん》が過ぎた表現だ。

執行官ケイン・ディアハルト。その実力は執行官の中でも最強格。彼を超える強者は、『獣殺しの刃』の現総長を除《のぞ》いて他にいないのだ。

「おいケイン。お前って総長の弟子だったよな。あの親父からなにか聞いてねぇのかよ」

「知っていたら、そもそもお前に調べごとを頼んでいないだろうが」

「そりゃごもっとも」

調べれば調べるほど、ラウラリスの謎は深まるばかりである。

少しの沈黙ののち、アマンは困ったように頭を掻《か》きながら口を開いた。

「あー、これは言うかどうかちょっと迷ってたんだがよ……実は、ラウラリスって名前だけは見つけたんだ」

「……だが、現役も過去も含めて、執行官の中にラウラリスという名前は──」

「執行官じゃねぇ。けど資料の中にはあったんだよ。ラウラリスの名前が」

馬鹿馬鹿しいとアマンも考えた。だが、ラウラリスは正体不明であり、その存在が常識から些《いささ》か逸脱《いつだつ》している。だからこそ、常識的には考えられない話も口にせずにはいられなかった。

アマンは一度区切ってから、ついにそれを口にした。

「『開祖』。こう言えばわかるか？」

「…………お前まさか」

相棒の言わんとするところに気がつき、ケインは目を見張った。

「ああそうさ。『獣殺しの刃』を、初代総長である『四天魔将』烈火《れっか》のグランバルドに作らせた張本人。悪徳女帝ラウラリス・エルダヌスだよ」

アマンの言葉を聞いて、ケインの脳裏《のうり》にはあの少女の言葉が過《よぎ》った。

──誰の教えも乞《こ》うちゃいないよ。私のは我流だ。

例えばの話だ。三百年もの間、連綿《れんめん》と続く最強の武道家の一門が存在するとしよう。もしその中で己の流派を我流と呼べる者がいるとして、果たしてそれは何者か。

答えは簡単。流派を生み出した張本人に他ならない。

「いやまぁ、単なる偶然だとは思うわけよ、俺だって。つか、娘に『ラウラリス』って名前をつける親ってのは、どんな神経をしてるのかね……って、どうしたよ？」

「あ、ああ。確かに単なる偶然だろうな」

アマンの軽口にケインは頷《うなず》く一方で、内側に芽生《めば》えた疑問を否定しきれないでいた。

──もしや、あのラウラリスは、かの皇帝ラウラリスだったのでは？

あり得ないと頭ではわかっていながらも、それを打ち消すことがケインにはできなかった。

エピローグ

空に星が輝く頃、ラウラリスは新たに手配した宿の一室にいた。

「グランバルド。私たちの想いをちゃんと受け継いでる子たちがいたよ」

ラウラリスは窓枠に腰を下ろし、ぼんやりと空を眺める。

現在の『獣殺しの刃』の存在をケインから聞かされて、ラウラリスは嬉しかった。

悪をもって悪を制する。決して聞こえはよくないだろう。

けれども、その根底にあるのは平和を守ろうとする想い。世間に認められず、後ろ指をさされながら、それでも為《な》すべきことを為《な》そうとする強い意志。

彼らはきっと、世界の大敵になろうとも世界の平和を願った者たちと、同じ想いを抱《いだ》いているのだろう。

ラウラリスの、そして、彼女の理想《わがまま》のために死した者たちが数えきれないほどいた。

彼らの犠牲《ぎせい》は無駄ではなかった。今世において、それを実感できることは、何事にも替《か》え難《がた》いラウラリスの大きな喜びであった。

「まさか、『全身連帯駆動《あれ》』まで伝わってるとは思ってもみなかったけどね」

ラウラリスはくつくつと笑う。だが、悪い気はしない。

己が生み出し培《つちか》った技術が、三百年後の今もなお脈々と受け継がれている。こそばゆいようで、まるで己の子孫を見ているかのような気分になる。

「もしかしたら、他にも使い手が残ってるのかねぇ」

この世界を旅していれば、いつか出会えるかもしれない。もしかしたら刃《やいば》を交《まじ》えることもあるかもしれない。なんにせよ、これからの楽しみがまた一つ増えたようだ。

二度目の人生はまだまだ続く。この平和な世界を、ラウラリスは精一杯謳歌《おうか》したい。

再びあの世に行くのは当分先のことだ。

「だから悪いね。あんたとまた会えるのは、まだまだ先になりそうだ」

かつての忠臣にラウラリスは詫《わ》びた。

――ふと、彼女の脳裏《のうり》にグランバルドの顔が浮かぶ。

彼の表情は常に険《けわ》しさを帯びていたが、この時ばかりは、柔らかく笑みを浮かべているような気がしたのだった。

零《こぼ》れ話《ばなし》　今昔獣殺《こんじゃくけものごろ》し物語《ものがたり》（舞台裏なお話）

ふかふかのデスクチェアに座るイケメンナイスミドルは、モニターに映し出される少女——ラウラリスを見ながら笑みを浮かべていた。

「かくも偶然とは面白いものだ。あるいは、彼女がそれらを引き寄せやすいのかもしれませんね」

「またあの人のストーカーですか」

「変質者呼《ストーカー》ばわりはさすがに聞き捨てなりませんよ⁉」

側《そば》に控えていた秘書風メガネ美女に冷たい視線を浴《あ》びせられ、ナイスミドルの男——神は慌《あわ》てたように否定した。だが、秘書——天使は淡々と告げる。

「否定するわりには、先日もお節介を焼いたようですね」

「あ、バレてました？」

牢屋《ろうや》で寝ていたラウラリスのもとに手紙を送った件だ。秘書は咎《とが》めるような視線を彼に向ける。

「彼女のことがお気に入りなのはすでに存じていますが、肩入れしすぎるのはどうかと思いますよ」

「いいじゃないですか、手紙の一通や二通くらい。それに、これでもなるべく迷惑を掛けないように配慮しているつもりです」

「それは……わかっていますが」

実際に、あの手紙を送ったからといって、よそへの影響はほぼないに等しい。彼の言葉通り、彼自身も己の軽はずみな行動がどれほどの波紋《はもん》を広げるかは理解し、厳重に注意を払っていた。

「……影響が出ないからといって、なにをしてもいいというわけではありません。現に――で幽閉されていた魂《たましい》の一つが消滅したと、てんやわんやなんですから」

秘書が口にした言葉の中に、人間が理解できない言語が含まれていた。それは人間の言葉の範疇《はんちゅう》で説明するならば、恐らく『地獄』と呼ばれる場所であろう。

消滅した魂《たましい》というのは、他ならぬベルディアスのことである。

「それは僕に言われても困りますぅ。ベルディアスの魂《たましい》を消し飛ばしたのは、ラウラリスさんですぅ」

ふて腐れたような態度の神様の顔面を、張り倒したくなる秘書である。相手は紛《まぎ》れもなく上司であり、己の給料を握っているため、辛《かろ》うじて我慢した。

諸々《もろもろ》の苛立《いらだ》ちをどうにかこらえ、秘書はため息を零《こぼ》してから口を開いた。

「しかし、改めてとんでもない女性ですね、彼女は。三百年もの間、果てなき苦痛に苛《さいな》まれながら存在し続けていたあの悪霊《あくりょう》を、たかだか人の剣技のみで滅《めっ》してしまうなんて」

「あれでまだ全盛期の三割にも届いていないというのだから、驚きですよね」

全盛期は、果たしてどれほどの実力者であったのだろうか。それは本当に、人間と言っても許される生物なのであろうか。

「紛《まご》うことなき化け物ですね」

「本人には聞かせられませんが……ええ、正真正銘《しょうしんしょうめい》の化け物ですよ」

秘書の言葉に、神も躊躇《ためら》いなく頷《うなず》いた。

人を超越した存在である天使や神からも、揃《そろ》って化け物と呼ばれるラウラリス。もっとも、当の本人が聞いたところで「神様のお墨《すみ》つきとは光栄だね」と笑い飛ばすに違いない。

さて、と秘書は気持ちを切り替えるように言う。

「……まぁ、主様《あるじさま》は残業するとして」

「あれっ⁉　僕残業決定⁉　今晩見たいドラマがあるんですけど！」

「近頃はストーキングのせいで業務が滞《とどこお》っているんです。自業自得《じごうじとく》なので諦《あきら》めてください」

「言い方⁉　サボり気味だったのは確かにその通りなので泣く泣く残業しますけど‼」

上司のヤケクソ気味な叫びに溜飲《りゅういん》を下げた秘書は、改めて上司に言った。

「実は少々気になることがあります」

「……はい、なんでしょう」

「録画設定しとけばよかった」と肩を落とした神は、秘書の言葉に耳を傾ける。

「ラウラリスの言う『獣殺しの刃』と、ケインの言う『獣殺しの刃』。両方の目的は理解できたのですが、その相互関係がいまいちよくわからないのです」

「なんだかんだで君もちゃんと見てますよね、この映像機《モニター》」

「……上司が熱心に見ていれば、側《そば》に控えている私の目に映るのも必然です」

によによと意地の悪い笑みを浮かべる上司の視線に耐えきれず、そっぽを向く秘書。

その頬は恥ずかしげに赤らんでいた。彼女が神の補佐役となったのは、エルダヌス帝国の崩壊からしばらくした後。故に、知らぬことが多いのである。

「確かに、帝国末期の『獣殺しの刃』は崩壊しました。ですが、帝国の滅亡《めつぼう》後に『獣殺しの刃』を復活させた者がいるのですよ」

「それはいったい……」

「女帝ラウラリス・エルダヌスを討《う》った張本人。帝国の滅亡《めつぼう》後に自らが王となり国を興《おこ》した人物」

そこまで言われれば、秘書も主《あるじ》の言わんとする人物に思い至った。

「まさか彼《か》の『勇者』が新たな『獣殺しの刃』を立ち上げたというのですか？」

意外な人物が関わっていることに秘書は驚いた。

「勇者がどうして『獣殺しの刃』を復活させたか。それを語る前に、勇者と『獣殺しの刃』の関係性について話しましょう」

勇者は一時期、『獣殺しの刃』と行動をともにしていたのだ。

別に不自然ではないだろう。悪《あ》しきエルダヌス帝国を倒すために戦う勇者が、反帝国を掲《かか》げる抵抗組織《レジスタンス》に接触し、肩を並べて戦う。ごくごく普通の流れだ。

だが、そこまで聞いた秘書は首を傾げた。

「しかし……『獣殺しの刃』は他ならぬ皇帝《ラウラリス》が作った組織。矛盾していませんか？」

「組織と接触した時点で、勇者がそのことを知っていれば、の話ですが」

「あ……」

『獣殺しの刃』の真実を知るのは、限られた者のみ。その時点で勇者が知らないのも無理はない。

「加えて言うならば、『獣殺しの刃』の総長と勇者の二人は、一年にも満たない期間でしたが、師弟関係のようなものを結んでいました」

「なんと」

こればかりは、秘書も口に手を当てて驚く。

つまり、勇者は総長――『四天魔将』烈火《れっか》のグランバルドの弟子であり、すなわち女帝ラウラリスの孫弟子であるということになる。

秘書は、以前に主から語られた女帝と勇者の話を思い出した。

「もしかして、これが……」

「そうです。ラウラリスさんはグランバルドを介して、勇者を鍛《きた》えようとしたのですよ」

ラウラリスは勇者の名前を聞いた時から情報を集め、彼の『全身連帯駆動』を習得する素質《そしつ》を半《なか》ば見抜いていた。

故に、勇者が『獣殺しの刃』に接触した時点でグランバルドに命じ、本格的に『全身連帯駆動』の指導をさせたのだ。

「さすがに当時の勇者は、これらの事実を知る由《よし》もありませんでしたがね」

ラウラリスの目論見《もくろみ》通り、勇者は瞬《また》く間《ま》に『全身連帯駆動』を習得し、飛躍的《ひやくてき》に実力をつけていった。才能に限れば間違いなく、師であるグランバルドを超越していた。グランバルドは勇者だけではなく、彼の仲間にも『全身連帯駆動』を指導した。勇者ほどの実力はないにしろ、全員が『全身連帯駆動』を身につけ、それぞれが得意とする『式』の会得《えとく》にまで至った。

「そして『獣殺しの刃』は総長の失踪《しっそう》という形でその役割を終えました。ただ、限られた者に対しては、彼は身分を明かして組織を抜けたのです」

「では勇者にも？」

「ええ、もちろんです。これはラウラリスさんの指示でした」

グランバルドは、己が『四天魔将』の一人であることを勇者たちに明かし、組織を去った。その頃には親とも呼べるほど慕《した》っていた師の大きな裏切りに、勇者は強い絶望を抱《いだ》くことになる。

「けれども勇者たちは立ち上がった。深い悲しみを胸に秘め、それでも帝国打倒を諦《あきら》めなかった」

ラウラリスは見極めたかったのだ。どれほど打ちのめされようとも、揺るがぬ決意が勇者にあるのかを。味方だと思っていた者に裏切られながらも、己が信じるものを貫《つらぬ》き通《とお》せるかを。

そして勇者は見事にラウラリスの期待に応えたのだ。

勇者一行はかつての師であるグランバルドを倒し、その先に待ち構える悪の皇帝ラウラリス・エルダヌスを討《う》ち滅《ほろ》ぼし、やがて世界に平和が訪れた。

――王となった勇者は、のちに皇帝の真意を知ることになる。

「そして同時に、グランバルドの裏切りの真実も知りました」

『獣殺しの刃』の真の役割を理解した勇者は、思い知った。

かつての帝国がどれほどに危うい状況であり、どれほどに腐っていたかを。それらを浄化しようと奮闘《ふんとう》した、ラウラリスやグランバルドの過酷《かこく》な人生を。

「だから勇者は悟《さと》ったのです。綺麗ごとだけでは、理想を貫《つらぬ》き通《とお》すのは難しいと。時には無法を用《もち》いて障害を打破しなければならないのだと」

「……だから、勇者は新たな『獣殺しの刃』を設立した、というわけですか」

「その通りです」

ラウラリスが人生の師であるならば、グランバルドは武術の師。

勇者は改めてグランバルドへの敬意を示し、初代総長をグランバルドとして、王立特務機関『獣殺しの刃』を作ったのだ。勇者は、自らの手で人員を集め、組織の幹部である『執行官』たちに己の会得《えとく》した『全身連帯駆動』を伝授していった。また、総長や執行官などの一部の人間には、ラウラリスの献身と貴い犠牲《ぎせい》の真実を伝えた。

それから三百年余りが経過した今でも、『獣殺しの刃』の中枢《ちゅうすう》には、『全身連帯駆動』と皇帝の真実が脈々と受け継がれているのである。

「二度と帝国のような『獣《けもの》』を生み出してはならない。それが『獣殺しの刃』の根底にある理念です」

――二度と『獣《けもの》の長《おさ》』という、悲しい業《ごう》を背負う者が現れてはならない。

長い話を終えた神は、椅子に深くもたれ掛かった。

「以上が、今昔獣殺し物語《こんじゃくけものごろしものがたり》――といったところですか」

「あまりうまくありませんね」

「そこは褒《ほ》めましょうよ⁉」

感慨深《かんがいぶか》さを全く感じられない秘書の返しに、神はツッコミを入れた。

それをスルーして、秘書は頷《うなず》く。

「ただ、お話自体は理解できました。あの女性の遺志は間違いなく、後世に受け継がれ今なお続いている。そのことに関しては尊敬の念を抱《いだ》いています」

「ついでに上司である僕にも、尊敬を抱《いだ》いてほ――」

「それとこれは別件ですから」

「別件⁉　っていうか、被《かぶ》せ気味なのはどうかと⁉」

秘書が優秀なのは認めるが、このクールすぎるところはどうにかならないのか、と神は思った。

書き下ろし番外編

暴れん坊皇帝

エルダヌス帝国。

世界最大級の領地を誇っており、度重なる侵略戦争によって今なお拡大を続けている国家。当代の皇帝が先代から座を簒奪《さんだつ》して以降、一時は情勢の不安定に見舞われながらも今はその面影もなく、かつてないほどの盛り上がりを周辺各国に知らしめていた。

——だが、どれほどに美味であろうとも、熟れ過ぎた果実はやがては腐り地に落ちる。

賢明な者は帝国の片隅から漂《ただよ》うほのかな予感を抱き始めていた。

幾度となく戦争を起こしている帝国であろうとも、国の全てが戦に関心があるわけではない。皇帝のお膝元《ひざもと》である皇都でもそれは変わりはしない。普通に人が住み営みを行《おこな》い生活を送っているのだ。

そんな平時の中、一人の老婆が賑《にぎ》わいを見せる街並みを歩いていた。

顔にはしわを蓄えながらも、歩を進める姿に淀《よど》みはなく。後ろ姿だけを見れば老いた様相など微塵《みじん》も感じさせず、妙齢の淑女とばかり。すれ違えば思わず振り向いてしまう者もいるだろう。

その背後に付き従うのは、老婆よりも幾分かは若い男だ。穏やかな女性とは対照的に常に眉間《みけん》にしわを寄せ険《けわ》しい表情を浮かべている。

老婆は大通りの一角にある出店に寄ると、店主に声をかけた。

「二つ、頼むよ」

「おう、毎度！　って、リーア婆さんじゃないか！」

「どうだい、景気のほうは」

「おかげさまで。明日の飯に困らない程度には儲《もう》けさせてもらってるよ」

「そりゃよかった。ここの飯は美味《うま》いからね。なくなったら困ってたよ」

「こんな庶民の料理をわざわざ食いに来なくたって、美味《うま》いもんなんぞいくらでも食えるだろうに」

老婆は二つ包み袋を受け取ると、それを見た店主が呆《あき》れたように言った。

「いいんだよ。こういったいい加減で大雑把な味付けがやみつきになるんだよ」

「ひでぇことを言う婆さんだ」

リーアの皮肉を受け取るものの、店主は特別、気を悪くした風でもなくむしろ楽しげに笑みを浮かべたままだ。彼女なりの褒《ほ》め言葉、と言ったところなのだろう。

「ラバルの旦那も大変だねぇ。こんなご主人様に振り回されて」

「……いえ、お館様に付き従うのが自分の職務なので」

眉間《みけん》にしわを寄せた男――ラバルのそっけない返答に、店主は苦笑した。

店主に別れを告げたリーアは包み袋を背後の男に渡すと、再び歩き出した。道すがら、包み袋の中身を取り出し出来立ての料理を頬張る。

「うーん、美味《うま》い。一流シェフの料理も悪くはないが、どうにもこうにもこういったのが無性に食べたくなるもんだよ」

リーアが文字通り美味《おい》しそうに料理を食べる一方で、ラバルは包み袋を小脇に抱《かか》えたまま口を開いた。

「お館様、百歩――千歩ほど譲って出歩かれるのは良いとして、こうも不用心に買い食いされるのは淑女としていかがなものかと」

「外でくらい堅苦しいことを言うんじゃないよ。こういうのは出来立てを食うのが礼儀だ。あんたもさっさと食べなよ」

「私は後ほどいただきますので」

従者の真面目具合に肩を竦《すく》めつつ、老婆は再び料理に口をつける。

それからというもの、料理を片手に歩く老婆の姿に気がつき声をかけてくるものが多々いた。

ある時は旦那への愚痴を漏らす奥さんの話に付き合い。

ある時は元気に駆け回る子どもからの挨拶《あいさつ》。

上は同じ頃合いの老人から、下は年端もいかない少年少女まで。幅広い年齢層の人々が親しげにリーアの名を呼ぶ。そのどれにも、彼女は親身に、そして快活に応じていく。『リーア婆さん』と呼ばれるこの老人は、皇都の一角に構える屋敷の主人としてこの辺《あた》りでは名が知られている。普通であれば、金持ちが一般人の住む区画に来れば忌み嫌われたり敬遠されたりするものであるが、彼女はそれに当てはまらなかった。

時折町に繰り出せば、よく食べよく飲みよく笑う。そのついでに相談に乗ったり手助けをしたりしている。困り事があれば『リーア婆ちゃんを頼れ』と子どもに教える親もいるとか。

「あらラバルさん。今日もイケメンねぇ」

「………………」

たまに、妙齢の淑女や婦人が従者であるラバルに声をかけたりもする。壮年ながらも、非常に整った顔立ちであり紳士然とした彼は女性受けが非常によかった。もっとも、ほとんどの者は彼が職務第一であるのをよく理解しており冗談交じりだが。口数は少なく険《けわ》しい表情を浮かべつつも、敵意や嫌悪感はまるで感じさせない。声をかけてくる者に会釈を返したりもしていた。こういった部分もまた、女性たちの間で人気があったりする。

ふとリーアが足を止めた。視線の先には、小さな商店が一つ。何気ない所作で店に向かうと、扉をくぐる。

「いらっしゃいませ！」

「ちょいと邪魔させてもらうよ」

高級品ではないが良い品揃《しなぞろ》えをしており、店主のセンスが窺《うかが》える。

「お待たせしました。なにかご所望でしょうか？」

「いやなに、近くを通ったんで立ち寄らせてもらっただけなんだがね」

「あ、リーアさん！　ラバルさんも！　ご、ご無沙汰《ぶさた》してます！」

店に姿を出したのは、ようやく二十に届くかというほどの青年だ。彼はリーアたちの姿を確認すると、慌《あわ》てて頭を下げた。

「元気そうじゃないかクムル。顔を見られて安心したよ」

「まだまだ未熟者ですよ。店を回すだけで手一杯で」

「その年で店を一つ切り盛りできてりゃぁ上等だよ」

若い店主であるクムルは胸に手を当てると、深い感謝の念を抱いてリーアに言った。

と、店の扉が開いた。

「ただいまお兄ちゃん！　配達、行ってきたよ！」

「ああクユナ。今リーアさんが来てるから騒がしいのは――」

「あっ！　リーアさんだ‼」

扉を開いたのは十を少し過ぎた頃の少女だ。やはりリーアの姿に一瞬驚くが、すぐにパッと顔を輝かせると老婆のもとに走り、勢いよく抱きついた。

「こんにちわリーアさん！」

「はっはっは。また大きくなったんじゃないかクユナ」

嬉しそうに抱きついてくるクユナをやはり嬉しそうに抱き返すリーア。一方で、クムルはため息をつきながら額《ひたい》に手を当てると、申し訳なさそうにラバルに向けて頭を下げる。ラバルは首を横に振ってこれに返した。主人が嫌がっていない以上、なんの問題もないということだ。

「クユナ。兄ちゃんはリーアさんと話があるから少し奥に行っててくれ」

「やだ！　もっとリーアさんとお話ししたい！」

「こらっ、わがまま言うな！」

リーアに抱きついたまま妹が言い返すと、兄が少し語気を強める。

「このままで構やしないよ。それよりも、ここしばらくは顔を出せなくて悪かったね」

「いえ、リーアさんもお忙しい中、わざわざ来てくれてありがとうございます」

二人の母親はクユナを産んでから数年で死んでおり、父親が男手一つで店を切り盛りし兄妹を育てていた。だがその父親も三年前に病死、以降は兄妹二人で生活していた。

「親父さんも喜んでるだろうさ。息子が自分の店を継いで立派に育ってくれてね」

「リーアさんたちや、親父の頃からご贔屓《ひいき》にしてくれてるお客さんたちのおかげです。でなけりゃぁ、俺たちだけで店を守ることなんてできませんでしたから」

クムルたちの父親とは顔見知りであり、その死を伝え聞いたリーアは残された二人の手助けをしたのだ。

おかげで兄妹は手放すことなく、親から受け継いだこの店を守って生活を続けることができるようになったのだ。

「リーアさんが後継に関わる手続きを教えてくれたからですよ。店の手伝いはそれなりにしてましたけど、法律関係は全くの無知でしたから。本当にこの恩は一生ものです」

「こっちは好き勝手にお節介を焼いただけさ。気持ちだけは受け取っとくけど、そのくらいで私には十分だよ」

クユナの頭を優しく撫でてやりながらリーアは気軽に言った。老婆の手の感触を嬉しそうに受け入れる少女は、まるで小動物のような可愛さがある。将来は恐らく美人になるであろう。

「ところで、寄ったついでだ。最近に困ったことはないかい？」

「いえ、特には……って、助けられてる身で言うのも変ですけど、ちょっと人が良すぎませんかリーアさん。そのうち騙《だま》されないか心配になるくらいですけど」

「私を騙《だま》せる奴がいるのなら是非とも顔を拝《おが》んでみたいね」

かかかと笑ってみせるリーアに呆《あき》れた顔になるクムル。クユナはよくわかっていないのか、コテンと首を傾げるばかりであった。

そんな時バタンっと、荒々しく扉が開かれた。

大きな音に店内にいた面々は揃《そろ》って扉のほうを向く。現れたのは柄の悪そうな者たちを引き連れた男だった。

「店主はいるかい？」

男は店に足を踏み入れるなり無遠慮に言った。

「……少し妹を頼みます」

「わかった。クユナ、兄ちゃんの邪魔になるから少し奥に行ってようか」

リーアはラバルに目配せをする。従者の頷《うなず》きを確認すると、少女を連れて店の奥へと引っ込んでいく。妹は少し心配そうに兄のほうを見るが、素直に従った。

「自分が店主のクムルですが……どのようなご用件でしょうか」

「簡単な話だ。貸したものを返してもらいに来ただけさ」

と、男は無造作に懐《ふところ》から一枚の紙を取り出すと、クムルの胸に押しつけるように渡した。勢いに負けてたたらを踏んだクムルは、男を一睨《ひとにら》みしてから受け取った紙に目を通す。と、最初は眉をひそめていた青年の目が徐々に驚きで見開かれる。

「親父が――借金を⁉　しかもこんなに⁉」

「俺は金貸しをやってるネカシってもんだ。駄目だねぇ。借りたものはしっかり返すのが筋《すじ》ってものだろうに」

「ちょ、ちょっと待ってくれ！　親父からはこんな大金を借りたなんて話、一度も聞いたことがないぞ！」

「こんな大金だからこそ、家族には話せなかったんだろう。まさか、死に際でさえ伝えていなかったと言うのは驚きだがね」

わざとらしく涙を拭《ふ》くような動作をするこの男。まるでクムルを挑発するような仕草だ。歯噛みをするクムルだったが、改めて渡された紙――借用書に書かれた内容を見ると口を噤《つぐ》むしかなかった。

「クムル、いいだろうか」

「ラバルさん……」

横から声をかけてきたラバルに、クムルは借用書を渡した。険《けわ》しい視線が紙面を改めると、ラバルは顎《あご》に手を当てる。

「……貴族の印が押されているな。となるとこれは、道理はともかくして、法的には正式なものとなる」

「そんな……!?」

ラバルの告げた事実に、クムルは改めて驚愕《きょうがく》した。

借用書に掲示された額は相当なものだ。この辺《あた》りに住む人間では、とてもではないが支払いきれない大金が記《しる》されている。クムルももしもの時のためにある程度の貯蓄はあるものの、借用書に記《しる》された額を払うには到底足りなかった。

「こんな大金、すぐに払えるわけないだろう！　親父はそりゃぁ酒ぐらいは飲んでたが、賭《か》け事《ごと》なんかに手を出すような男じゃなかったはずだ！」

「俺はただ金を貸すだけだ。金の用途なんて知ったこっちゃないさ」

事情などどうでも良いとばかりに首を横に振ったネカシは、クムルの手から借用書を乱雑に奪う。

「さぁ、貸したものを返してもらおうか。期限はとっくに過ぎてるんだからな」

「だからこんな金はないって――」

「じゃぁ仕方がない。現物で払ってもらおう」

と、ネカシが手を挙げると、その後ろに控えていた男たちが店内に散らばり、店を荒らし始めた。

「なにをするんだ！」

「借金を返すには店を手放さなくちゃならないだろ。今から大掃除を手伝ってやろうと思ってな。手間賃はサービスしておこう」

「や、やめてくれ⁉」

悲痛な声を上げるクムルは近くにいた男に掴みかかるが、逆に撥《は》ね除《の》けられる。その拍子に倒れたクムルであったが、男はそのまま彼に殴りかかろうと拳《こぶし》を振りかぶった。

だがしかし、拳《こぶし》が振り下ろされるより早くその腕を掴む手があった。ラバルだ。

「お客さん、悪いが部外者は引っ込んでてもらいたいね」

「彼は我が主人の、亡き友人の息子だ。理不尽に殴られる場面をただ黙って見てもいられないだろう」

紳士の放つ鋭《するど》い視線。加えて、掴まれた腕から『ミシリ』という嫌な音が響くと、男はラバルの手を解《ほど》き後ずさった。

他の男たちも手を止めると、一斉にラバルを睨《にら》みつけた。ただ当のラバルは我関せず。倒れたクムルを助け起こすと、自分を見据《みす》える男たちを睨《にら》み返す。もとから険《けわ》しい顔立ちはさほど変わらないが、眼光に込められた圧が重みを増す。

「おいおい、なんだか随分と場があたたまってきてるじゃないか」

一触即発の空気の中、カラッとした物腰で割って入ってきたのは、リーアであった。

「り、リーアさん。クユナは……」

「裏口から出て、近所の人に預けてきたよ。安心おし」

「そうですか……」

妹には何事もないようで、クムルはほっと胸を撫で下ろした。

「で、どうしてこうなってるんだい？」

「……そこの兄さんの父親が俺に金を借りててね。そいつを返してもらいに来たのさ」

リーアの問いかけにネカシが答える。ラバルに視線を投げると、彼は険《けわ》しい表情のまま肯定の頷《うなず》きを返した。

「妙だねぇ。ここの親父さんとは四、五年の付き合いはあったが、どこかに金を借りたなんて話は一度も聞いてないねぇ。金を借りるとしたら、まずは私に相談するってのが自然なんだが」

片眉を吊り上げ、ネカシを見据《みす》えるリーア。高齢にしては切れ味を持つ視線に金貸しの男は僅《わず》かばかり息を呑んだが、すぐに調子を取り戻す。

「……今日のところは待ってやるよ。だが、いずれは返してもらわないとな。この店を手放せば借金返済の足しにはなるだろう。あとはそうだな」

ニヤリと、ネカシが笑う。

「あの娘さん、将来は美人になりそうだな」

「んなっ⁉」

「良い奉公先を紹介してやれば、仲介料はなかなかのものになりそうだがね」

凍りつくクムルを最後に一瞥《いちべつ》すると、心底人を嘲《あざけ》るような笑みを残し、ネカシは男たちを引き連れて店を去っていった。

クムルはしばらくすると少しだけ落ち着きを取り戻し、リーアたちに頭を下げた。

「申し訳ありませんでした。せっかく来ていただいた時にこんなことになって」

「逆だよ。私らが来た時でよかった。でなきゃあいつら、余計に調子に乗ってただろう」

リーアはネカシたちが出ていった扉を睨《にら》みつけた。

「……あんたの親父さんは真面目な男だったよ。まかり間違っても賭《か》け事《ごと》や酒で身持ちを崩すような馬鹿はしなかっただろう」

「もちろん俺もそう思ってます。……でもあの借用書が本物なら」

父親を信じたいという気持ちは強いが、現実としてあの借用書が存在する。クムルが思い悩んでしまうのも仕方がないというものだ。

「すいませんが、この有様じゃ。今日はもう店を閉めます」

「仕方がないか。なにか手伝うかい？」

「リーアさんやラバルさんの手をこれ以上煩《わずら》わせたら、それこそ死んだ親父に叱《しか》られます。……いろいろと考える時間も欲しいですし」

「そうか。……けど、本当に困ったら遠慮なんかするんじゃないよ。こんなババァのしわくちゃな手でよければいくらでも貸すよ」

暗い表情のクムルの肩を、リーアは優しく撫でてやった。

それから店を後にしたリーアはラバルを連れて、民家に囲まれた袋小路までやってきた。

ぐるりと辺《あた》りを見渡し、人の気配がないことを確かめるとパチリと指を鳴らす。

と次の瞬間、彼女の目の前に黒尽くめの男が姿を現した。

「ネカシという金貸しについて調べろ。手段は任せる」

「御意に」

クムルと喋《しゃべ》っていた時の気の良い老婆からは考えられないほど冷たい声色。言葉を受けた黒衣の男は躊躇《ためら》いなく頷《うなず》くと、次の瞬間には忽然《こつぜん》と姿を消していた。

「……お節介と思うかい？」

「お館様の御心のままに」

従者は老婆にただ深く頭を下げた。


——一週間後。

「そうか。店を手放すか」

「俺としても親から受け継いだ店を、こんな形で失うのは嫌です。……でも、家族を失うことに比べれば遥《はる》かにマシです」

クムルの店を訪れたリーアに、彼が口にしたのは悲痛な決意であった。

「リーアさんのおかげでここまでやってこられました。その恩を仇《あだ》で返すような形になってしまって——」

「この店の主人はお前さんだ。私が文句をつけるのは筋違いってもんだよ。知った店がなくなるのはやっぱり寂しいがね」

店内を見渡しながらリーアは言った。

「もうあの金貸しに話は通したのかい？」

「昨日来たんで、その時に。こうも早く決めるとは思っていなかったんでしょうね。あの時のネカシの顔ときたら」

ほんの少しだけでも意趣返しができたと、クムルはくすくすと笑った。だが、表面上のものであることは誰の目にも明らかであった。

「……せめてものお節介だ。店を売る相手は私が見繕《みつくろ》ってやろう」

「甘える形になってしまいますが、よろしくお願いします」

ネカシの息が掛かった者に売ることになれば、買い叩かれるのは目に見えている。リーアの仲介ならば仮に店の売却だけで借金は払いきれなくとも、その後の返済を少なくする程度の値には交渉ができるはず。

リーアが自ら店を買い取る、あるいは借金を肩代わりすると言い出さないのは、彼女なりの筋《すじ》であるとクムルもわかっていた。リーアも様々な事情を抱《かか》えている。その事情に背《そむ》かない範囲で、最大限に手を尽くしてくれていると彼も理解していた。

「ついでに、馴染みの店で人手が足りてないところがあれば、そこで働けるように話をつけてやる。店を切り盛りしていた経験があるんだ。十分役に立つ」

「……なにからなにまでリーアさんにはお世話になります」

「乗りかかった船ってやつだ。あんたらが路頭に迷うようなことになりゃぁ親父さんに怒られちまいそうだからね」

亡き友人の顔を思い浮かべるリーアは、少しの間を置いてから口を開く。

「クユナの様子はどうだい」

「最初は凄《すご》く嫌がりましたよ。でも、ちゃんと説明して、納得はなくとも理解してくれました」

「あの年でそれか……できた妹だね」

「ええ、俺の宝です」

まだ遊びたい盛りの年頃であるというのに、クユナは誰に言われるでもなく日頃から率先して兄の手伝いをしていた。クムルと同じく店を守りたいという気持ちと、兄の助けになりたいという想いがあったからだ。

「……近日中に売却先との渡りをつける。それまでに店を整理しておいてくれ」

クムルの頷《うなず》きを確認すると、リーアは店を出た。

と、外に出るとちょうどクユナがこちらに向かってくるところに居合わせる。

「あ、リーアさん……」

「ようクユナ。外に出てたのか」

「うん。……お店、なくなっちゃうから。近所の人たちに知らせておかないと」

クユナはどうにか笑顔を作ろうとするが口元が覚束《おぼつか》ない。結局は泣き出しそうな表情を浮かべることしかできなかった。

「突然、お店なくなっちゃったら……迷惑掛けちゃうし」

「こんな時だ。泣き言を言ったって構いやしないってのに」

「私がわがままを言ったら、お兄ちゃんに迷惑が掛かるもん。それは絶対に嫌だ」

クユナは父親が亡くなった直後に、兄が大変な思いをしたのを間近で見ている。父親の死を受け入れきれずに引きこもってしまった妹の世話をしつつ、不慣れな店の経営をどうにかしようと一人で身を粉にして働いた。

一時は店を手放すところまで行きかけたが、リーアの手助けにより事なきを得た。

それからだ、妹が店の手伝いを買って出るようになったのは。

「……安心しな。店のことはどうにもならなくとも、あんたら二人が離れ離れにならないようには手を貸すつもりだ。そのくらいのことはさせておくれ」

「うん……ありがとう、リーアさん」

そう言って、クユナは今度こそ笑顔を作った。辛《つら》さはあるけれど、リーアの優しさが届いたようだ。少女の頭を撫でてやると、リーアはラバルを伴《ともな》って今度こそ去っていった。


リーアは振り返りもせず、背後に従うラバルにぼやく。

「こういう時、我が身がただの金を持った道楽ババァだったらって思うことがあるよ」

「……お館様」

「いや、聞き流しておくれ」

己の言葉を忘れるように首を横に振ると、そのまま歩を進めるのであった。


その日の夜半。

前触れもなく、老婆は目を覚ました。

胸中にこみ上げてくる不安に近しい予感が彼女を覚醒《かくせい》させたのだ。

「ご就寝の最中に、失礼いたします」

老婆が燭台に明かりを灯《とも》すと、示し合わせたかのように黒衣の男が寝室に姿を現した。

「ご報告します。件《くだん》の兄妹の店で火事が起こったようです」

「────ッ⁉」

男の報告に、老婆は息を呑んだ。

しばしの間を置き、一応の落ち着きを取り戻した老婆は自らに掛かっていた毛布を撥《は》ね除《の》け、ベッドから飛び起きる。

「現場に向かう。支度をさせろ」

「御意」

──リーアがラバルを伴《ともな》い現場に駆けつけた時、すでに火は消えていた。

だが、火事の跡は生々しく、焦げくさいにおいが辺《あた》り一面に漂《ただよ》っていた。

「こいつはまた酷《ひど》いことになってるね」

近所の騒ぎに出てきた周辺住民たちが集まる中で、苦い顔で呟くリーア。周辺民家への延焼はどうにか防げたようだが、店は使いものにならないだろう。しかし、店のことよりも気がかりがあった。

「お館様、兄妹は近くの診療所に運び込まれたそうです。どちらも命に別状はないと」

リーアの懸念を先取りしていたラバルが、野次馬たちから話を聞いていた。

ホッと胸を撫で下ろした老婆であったが、ラバルのいつものように険《けわ》しい表情は、より眉間《みけん》のしわが深いように見えた。

リーアは、彼を連れて急ぎ診療所に向かった。

医師に話を聞き、病室に赴《おもむ》けばベッドに横たわるクムルとその側《そば》に座るクユナ。

クムルの躰《からだ》の至る所に包帯が巻かれていた。

扉の開く音にクユナが振り向けば、泣き腫らした目元は真っ赤になっていた。

「リーアさん……お兄ちゃんが」

「大変な目に遭《あ》ったね」

涙と鼻水でぐしゃぐしゃになった少女を、ラウラリスは優しく抱きとめた。

ラバルが住民から聞いた話によれば、だ。火消しに出動した警備隊の一人が、店の裏手で血を流して倒れているクムルと、泣きじゃくるクユナを発見したのだという。

クムルの怪我は命に別状はないようだが、骨が何本か折れているという。医者の見立てによれば、明らかに暴行された痕跡《こんせき》が見受けられたとのこと。クユナに怪我がなかったことだけは不幸中の幸いだった。

「クユナ、なにがあったのか話せるかい？　もちろん、今が無理だってんなら――」

少しの時間を要し、話ができる程度にまで落ち着きを取り戻したクユナはぽつりぽつりと語り出した。

「……リーアさんが帰った後に、あの嫌な人たちがまた来たの」

嫌な人——問うまでもなく、ネカシとその手下のことだろう。

途切れ途切れながらもクユナは、見たままを懸命にリーアに伝えた。

クムルは奴らが店の前にやってきた時点で、妹を店の奥へと避難させていた。

それから話し合いは続いたが、やがては怒声が響き始めた。兄のことが心配になったクユナが、こっそり様子を見に行けば、兄はネカシの手下に両腕を拘束《こうそく》されて殴られているところだった。

クユナは恐怖に震えて動くに動くことができなかったらしい。だがそれで正解だ。もしクユナが出ていったとすれば彼女も酷《ひど》い目に遭《あ》っていた可能性が非常に高い。

意識が朦朧《もうろう》となったクムルを解放すると、そのままネカシは店の中になにかを放り投げ、手下とともに出ていった。クユナは慌《あわ》ててクムルに駆け寄るが、火の手が上がったのはその時だった。

「お兄ちゃんの意識がまだあったから、どうにか一緒に裏口から出たの。入り口は燃えてて無理だったから……。でも店から出たらお兄ちゃんの意識が——」

「よく頑張った。さすがはクムル自慢の妹だよ。大丈夫だ、そのうち意識も戻る。怪我のほうも、よく寝てよく食べりゃぁ治るって話だ」

「でもお店が……なくなっちゃって……」

また泣き出しそうになるクユナの両肩に、リーアは手を置いた。しわが目立つ細い手であるはずなのに、力強さと温もりが込められたそれに、クユナの涙が自然と引いた。

「安心しな。私が必ずなんとかしてやる。このナイスガイな婆さんに任せておきな」

最後にクユナをもう一度抱きしめると、リーアはクムルの治療費を色をつけて支払い、診療所を後にした。

外に一歩出た瞬間に彼女の顔から、気の良い老婆の面影は消え失せていた。

住人の注目が火事の現場に集まる中、人気の少なくなった路地裏を進むリーア。

足を止めると、闇夜に紛《まぎ》れた片隅を見据《みす》えた。

「いるのだろう?」

「はっ」

冷徹《れいてつ》を帯びた短い呼び声に応じて現れた黒衣の男は、膝《ひざ》をつき深々と頭を下げた。

「まずは調査に時間がかかったことを深くお詫《わ》び申し上げます。もっと早くにお出しすることができれば、あなた様の心患《こころわずら》いを減らすこともできたでしょう」

「お前の多忙は重々承知している。今回は急ぎの頼みでもあった。不問とする」

「御慈悲に感謝いたします」

男はもう一度頭を下げてから、調査の内容を語り出した。

――ピグモ・メイターン。

金貸しであるネカシの後ろ盾であり、彼の持つ借用書に印を押した貴族だ。

十年前に父親が病気で没した時爵位と領地を受け継ぎ、今は別邸である皇都に移り住んでいるという。

帝国内においてその手の話は絶えないが、これがなかなかに後ろ暗い噂《うわさ》が多い腐敗貴族の一人。ろくな領地経営も行《おこな》わず、領民から搾り取った税金を湯水のごとく使い贅沢《ぜいたく》三昧《ざんまい》だ。皇都に移り住んだのもその一環のようだ。

この時点で度《ど》し難《がた》いピグモであったが、さらにタチの悪い趣味の持ち主であった。十代はじめから十代半《なか》ばまでの女性に酷《ひど》くご執心のようで、彼の屋敷の使用人のほとんどがその年齢の者ばかり。しかもその大部分は金貸《ネカシ》しを使い、なんのかんのと理由をつけて借金をでっち上げ、そのカタに強引に手篭《てご》めにされたとか。飽《あ》きたらはした金を掴ませて家族に送り返す。女性たちは心身ともに大きく傷を負い、未だ日常生活に戻れない者もいるという。

貴族間の金の貸し借りは基本、両家の合意のもと、印が必要だ。だが平民はその印を持たない。つまり、その気になれば借金は作れてしまうのだ。

「メイターン……先代の顔と名前には覚えがあるな。肥太《こえふと》っている以外はまともな男だったはずだが……報《むく》われないねぇ」

「息子の教育を疎《おろそ》かにした結果でありましょう。自業自得です」

「違いない」

語り終えた黒衣の男は「では失礼」とやはり音もなく闇に姿を消した。

ヒュルリと、風が吹き抜けた。

ラバルは主人に問いかける。

「いかがなさるおつもりで？」

「事実だけを言っちまえば、メイターン家は十年内に確実に没落するね」

ありもしない借金をでっちあげるというのは、腐った貴族の使う常套《じょうとう》手段だ。明らかに帝国の法律を犯すものではあるものの、平民の側からそれを訴え出たところで、よほど確固たる証拠を用意し、正当な手続きを経たところで勝てる確率は五分五分だ。

だとしても、ピグモのやり方は荒っぽすぎる。知恵の回る腐敗貴族であればもう少しマシな筋書きを用意するというのに。特に考えもなく手当たり次第に印を乱用している。このようなことをすれば、平民のみならず貴族からも信用を損ねる。いや、もう手遅れだろう。

ピグモは甘やかされて育った馬鹿息子だという。つまりは信用どうのこうのと考えるだけの頭がないのだ。

リーアの言う通り、誰が手を下すまでもなく、家がお取り潰しになるのは明白。

だが――

「少なくともその十年の間に泣きを見る奴らが出てくる」

「…………」

恐らくこの後、クムルたちのもとにネカシが訪れるはずだ。店は店としての価値を失い、売れるのは土地の権利だけ。そうなれば売買価額は大いに減る。借金の返済は大幅に滞《とどこお》り、そのカタとしてクユナをピグモの屋敷に召し上げるのだろう。

もしリーアがそれを防いだとしても、ピグモのもとには無理矢理召し上げられた少女たちが大勢いる。メイターン家が没落するまでにまだ増えるだろう。

リーアはそれらを決して、見過ごすことはできない。

一度、リーアはラバルを振り返った。

「止めるかい？　この私を」

「とんでもございません。この皇都において――否、この国であなた様を止めることができるものなど存在しません。望むままにお振る舞いください。私は全力でそれに付き従うまで」

恭《うやうや》しく頭《こうべ》を下げるラバルに、リーアは告げる。

「教えなければならないな。この皇都で好き勝手するとどう言う目に遭《あ》うのかを」

くすくすと忍《しの》び笑いをするのは、かつては妖艶な美女であったと誰もに思わせる老婆。顔にしわを蓄えながらも、見る者を虜《とりこ》にするような笑みだった。


「火をつけたのは些《いささ》かやりすぎだったのではないか？」

「いえいえ。ああいった反抗的な奴らは鼻っ柱をへし折っとかないと。これであの兄妹も妙な真似《まね》をしなくなるでしょう。すぐにでも妹を差し出すはずです」

言葉を交わすのはネカシと太った男――ピグモだ。

まだ歳の頃は三十の半《なか》ばを少し過ぎた程度ではあるが、首が顎《あご》と同化するほどに肥えており、胴回りから腕までも多大に脂肪が盛られている。元から肥満体質ではあったが、爵位を継いでからさらに贅沢三昧《ぜいたくざんまい》の日々が続いており、余計に脂肪を蓄えていた。

「そうか……ならば良い。今からその女子《おなご》が来るのが楽しみだ」

肥太《こえふと》った貴族は待ち遠しいとばかりに笑うと、手にしていた盃《さかずき》を掲《かか》げる。側《そば》に控えていた十代中頃の女中《メイド》姿が酒瓶を傾けて中身を注《そそ》ぐ。

「きっとピグモ様のお気に召すと思います」

「褒《ほ》めて使わそう。帰る前に褒美《ほうび》を受け取るが良い」

「ありがとうございます」

目の前で交わされる会話に、少女は二人に見えない位置で唇を噛み締める。彼女もやはり、無理矢理連れてこられた者の一人であったが、どれほどに思うところがあろうとも、少女は黙ってピグモに酌をすることしかできなかった。

――ゴォォォンッ‼

まるで大鐘を打ち鳴らすような凄《すさ》まじい音とともに屋敷全体に震撼が走る。

「ピギィイッッ⁉　な、なにごとだぁ⁉」

あまりの衝撃に盃《さかずき》を落とし、盛大に酒を服にぶちまけたピグモ。まるで豚のような悲鳴を上げると、辺《あた》りをキョロキョロと見渡す。

ネカシも動揺はあれど、ピグモよりも遥《はる》かに立ち直りが早かった。

「おい、行ってこい」

部屋の隅に控えていた手下に目配せをし、様子を見に行かせる。

元々、ネカシの本業は金貸しなどではなく、ピグモの領地にいたマフィアの一派であった。以前から狡賢《ずるがしこ》く、阿漕《あこぎ》な商売で稼ぐような男であった。

ピグモが爵位を継ぐとその愚昧《ぐまい》さを見抜いたネカシは即座に彼に近づき、取り入ったのだ。

こうしてピグモのお抱《かか》えとなったおかげでネカシが束ねる一派は、領内でも屈指の勢力を誇るほどに膨れ上がった。

皇都にあるこの屋敷も、女中を除《のぞ》けば勤めているのはネカシの手下が大半だ。荒事にも慣れており、警備兵としての役割を得ていた。

手下たちに遅れてネカシも部屋を出ると、通路で合流した者たちとともに屋敷の入り口へと向かった。

まず最初に目についたのは、屋敷の内側に向けて破壊された扉。それなりの強度を有していたはずの扉は、へし折れて無惨な姿を晒《さら》していた。

駆けつけたネカシとその手下たちが見据《みす》える中、扉の残骸を踏み締めながら二つの人影が現れる。

どちらも見覚えのある姿だ。

兄妹の店にいたリーアとラバルという二人だ。

——だがしかし、ネカシは己の目がおかしくなったかと思った。

ラバルという男、一目見た瞬間からただ者ではないとはわかっていた。決してハッタリでは通されない鋭《するど》い視線。修羅場《しゅらば》を幾度となくくぐった者が持ちうる切れ味を帯びていた。

　ラバルと同じくリーアもただ者ではないというのは察していた。だとしても、身の丈《み たけ》を優に超える鞘《さや》入り剣を担《かつ》いだ老婆というのは、いくらなんでも常識の埒外《らちがい》であった。手下たちも同じ気持ちだろう。敵意を発する前に困惑の色が濃かった。

「夜分に失礼する。一身上の都合と個人的な事情。加えて、知り合いの店に仕出かしたツケを払わせに参上した。ピグモ・メイターンはどこだ」

　リーアは大剣を担《かつ》いでいるとは思えないほどの軽快な足取りで踏み出した。

　もしかすれば、あの長剣は中身が軽い素材でできているハッタリ物なのでは。

　視覚から入る異様さに圧倒されていた手下たちだが、相手が老婆だということを思い出すと、数人が徐《おもむろ》に近づいていく。

「おいババァ、ここが――」

　後に続く言の葉が口から発せられる前に、老婆に近づいていたはずの数人が消え去った。次の瞬間、ネカシの両脇を風が吹き抜け、さらに僅《わず》かな間を置いて激突音が響く。

　恐る恐るネカシが振り向けば、壁に張り付きビクビクと痙攣《けいれん》する手下たちの姿。

「悪いが雑魚《ざこ》に用はない。立ち塞《ふさ》がるってんなら容赦《ようしゃ》なくぶちのめす――いや、違うな」

　今度はリーアの姿が忽然《こつぜん》と消えた。

と、次に姿を現したのは最も手近にいた警備の目前。

「この場にいる全員、もれなくぶちのめす」

剛風を巻き起こしながら振るわれる鞘《さや》入りの長剣。またしても人間が吹き飛び、壁に叩きつけられて動かなくなった。

「安心しろ、殺しはしない。五分の四殺し程度で済ませてやろう」

リーアの眼光が、ネカシを射貫《いぬ》く。

「一人を除《のぞ》いて……ではあるがな」

この時点で、あの鞘《さや》の中身が『本物』かどうかなど、些細《ささい》な問題と成り果てた。

「や、やれぇテメェら！　あのババァを叩き出せ！」

手下を鼓舞するために声を張り上げたネカシだったが、自分でも情けないとわかるほどに裏返っていた。また何人かの男たちが、剣を振るったリーアの背後を狙って飛びかかる。

忘れてはならない。来訪者はリーア一人ではなかった。

壮年の男が割って入ると、剣を翻《ひるがえ》す。瞬《また》く間《ま》に放たれた刃のもと、男たちは動きを止めると力なく崩れ落ちた。

「お館様には指一本、毛先一つたりとも触《ふ》れさせせん」

口調は冷静そのものであったが、迸《ほとばし》る気配は紅蓮《ぐれん》のごとく。近づく者を燃やし尽くさんとする炎《ほのお》を内包した気迫が溢《あふ》れ出《だ》していた。

――そこから繰り広げられる大立ち回り。

「はっはっは！　悪党をブッ飛ばすのは気兼ねがなくて楽しいねぇ！」

正義の味方と呼ぶには物騒すぎる台詞《せりふ》を吐き出し、高笑いを重ねながら長剣を振り回す老婆《リーア》。剣で防ごうとしようが回避しようが関係ない。圧倒的な質量と間合いによって、剣線の延長にある全てを薙《な》ぎ払《はら》っていく。

「手緩《てぬる》いな。出直してこい」

どうにかして背後に近づこうとする者がいても、今度は壮年の剣士が行く手を阻《はば》む。まるで火炎のような荒々しい剣捌《けんさば》きを持って、近づく者を全て打ち倒していく。

驚くべきは、まだ死者が出ていないことだ。数日は動けないほどの重傷ではありつつも、致命傷には届かないという絶妙な塩梅《あんばい》。ほとんど乱戦に近い状況に陥《おちい》っているというのに、あの二人はそこまで意識が届いているのだ。

可能にしているのは、圧倒的な実力差。

この時点で状況の優劣を判断できないほどネカシも愚《おろ》かではなかった。これではたとえ百人けしかけたところで、リーアたちに傷一つつけることはできないだろう。

潮時を悟《さと》ったネカシは騒ぎに乗じて気配を殺し、屋敷の裏口から逃亡しようとリーアたちに背を向ける。無論、ピグモになんら告げることもなくだ。

ネカシにとって、ピグモは後ろ盾ではあったが忠誠心など欠片も抱いておらず、ここで見捨てたところで心が痛むはずもなかった。

背を向けたネカシが、喧騒《けんそう》に紛《まぎ》れて『ガギンッ』と音がしたのを聞き逃したのは致命的であった。

「――がぁっ⁉」

唐突に生じた灼熱のような痛み。急速に力を失う足。駆け出そうとした躰《からだ》を支えることもできず、受け身も取れぬまま無様《ぶざま》に転げるネカシ。

表情筋を引きつらせたまま自身の足を見れば、一本の剣が太腿に突き刺さり穂先が反対側から飛び出している。

「お、俺の足がぁぁぁぁあっっ⁉」

「下の者を置いて逃《に》げようとは、随分と薄情ではないか」

剣を振り抜いた格好のリーアが呟く。ネカシの逃亡を察し、転がっている剣の一本を拾い上げ長剣で打ち出したのだ。大道芸であれば拍手喝采間違いなしの妙技であった。

リーアは長剣を肩に置くと、ゆったりとした足取りでネカシに近づいていく。そのすぐ背後にはラバルが続く。

　徐々に近づいてくる二人から、ネカシは剣が刺さり激痛の走る足を引きずりながらもどうにか逃《のが》れようと地を這《は》いずる。だが、その速度たるや遅々たるもの。着実に距離は縮まっていく。足音がまるで、死神が近づいてくる音にも聞こえているのだろう。

　己たちの長《おさ》が危機に陥《おちい》っているというのに、手下たちは動くことができなかった。

　やがてリーアたちが目前にまで来ると、ネカシも動けなくなる。躰《からだ》が動作を忘れてしまったようにピクリともしない。

「うぅぁ……ぁあぁぁぁ……あ」

　もはやろくに喋《しゃべ》れずに凍りつく中、ようやくネカシは気がついた。

　自身の前にいる二人は、決して近づいて良い類《たぐ》いのものではなかった。

　出会ったとしても口を開かず息を殺し、黙って去るのを待つしかない化け物なのだ。

「なに、この場で殺しはしない。叩けばいくらでも埃《ほこり》が出てくるだろうからな」

　ただ――と、リーアはゆっくりと長剣を振りかぶり、絶望に染まり涙すら流し始めたネカシに、無情を込めて言い放つ。

「友人の遺した店に火をつけ、彼の息子を傷つけた最低限のツケは、この場で払ってもらう」

振り下ろされた長剣の鞘《さや》が鼻骨に食い込む感触を僅《わず》かに感じ、刹那《せつな》、激痛を味わったネカシの意識は途絶えた。

ドガンッと、両開きの扉を蹴《け》り破《やぶ》るリーア。

「ぷぎゅっ⁉」

肥太《こえふと》った見た目を全く裏切らない悲鳴を上げる男。あまりに不健康な体つきにリーアはため息をつきたくなった。

「お前がピグモ・メイターンか」

「だ、誰だ貴様はぁ⁉　ネカシはどうした⁉」

ピグモの叫びには答えず、リーアの視線は側《そば》にいる少女に向けられた。こちらもリーアの登場に驚き目を見開いたままだ。

再びピグモに目を向けたリーアが口を開く。

「お前の悪事は把握している。ありもしない借金をでっち上げ、不当に年端もいかぬ少女たちを手篭《てご》めにする悪党だとな」

「き、貴様……このメイターン家の当主たる私になんたる口の聞き方だっ」

唾《つば》を飛ばしながら喉《のど》を震わせ声を張り上げるピグモ。

「それに不当とはなんだ！　わ、私は正当な手続きに則《のっと》って、印を押しているに過ぎない！」

「この期に及んで、そんな言い訳が通用するとでも思っているのか？」

そんなピグモを前にして、リーアは長剣を鞘《さや》から引き抜く。

まさかいきなり剣を抜くとは思っていなかったのか、「ぴひゅっ⁉」と喉《のど》から情けなく息を漏らしたピグモの鼻先スレスレに刃の先端が突きつけられた。

「この場で貴様を叩き切ってもいいが、まだその時ではない。今日はネカシの身柄だけで勘弁してやろう」

「ね、ネカシをだと⁉　あ、あれは私の配下だ！　勝手に連れていくことは許さんぞ！」

「お前の許可など求めていない。私はただ事実を告げに来ただけだ」

「ぴぎっ⁉」

さらに刃を突きつけてやれば、豚のような声で面白いように悲鳴を上げる。

「それと、これは警告だ。手篭《てご》めにしていた女たちに金を渡し、故郷に帰せ。そして二度と同じような真似《まね》をするな。そうすれば今回は黙って見逃《みのが》してやろう」

途端に発せられる濃厚な殺意。

初めて浴びせられる強烈な死の予感に、ピグモは心の奥底から恐れ慄《おのの》く。

「間違っても報復を考えようとはするな。でなければお前は一生、自身の選択を後悔して生きていくことになるだろう。……懸命な判断を期待する」

話は終わったとばかりにリーアは剣を引くと鞘《さや》に戻し、ラバルに預けるとピグモに背を向けた。

ところが、リーアが部屋の出口に差し掛かったところで、ピグモはか細くなった声を張り上げる。

「て、ててて帝国で貴族に刃向かってただで済むと思っているのか！　わ、わわわわ我がメイターン家は皇帝陛下から爵位を賜《たまわ》った由緒正しき――」

「だったら」

特に力を込めたわけでもない。ただ声を発しただけで、ピグモの喉《のど》が再び音の発し方を忘却した。

「だったら、その皇帝陛下とやらに頼んでみるんだな。もしかしたら御目通りを願えるかもしれないぞ。あんまりオススメはしないがな」

顔だけ振り向き、そう言い残すとリーアは今度こそ出ていく。ラバルは凍ったままのピグモに、形ばかりではあるものの見事な所作の一礼をすると主人の後を追った。

老婆と壮年の男による『打ち入り』から四日が経過した。

悪夢のような二人組が去った後、ピグモは這《ほ》う這《ほ》うの体《てい》で屋敷の中を巡《めぐ》ると、惨状を目《ま》の当たりにする。ネカシが連れてきた警備の人間は、軒並み倒れているか壁にもたれ掛かったまま動かなくなっていた。これで死人が出ていないというのは奇跡であろう。

ただ、ネカシの姿はどこにもなかった。恐らくは連れていかれたのだろう。

一方で、女中たちは全員が無傷であった。

普段であればこれだけコケにされた鬱憤《うっぷん》を彼女たちにぶつけて発散するところであったが、老婆の残した言葉が脳裏を過《よぎ》り、思いとどまった。

決して、あの老婆が恐ろしかったわけではない。

しかし、あの老婆のしでかした狼藉《ろうぜき》を、エルダヌス帝国を統《す》べる皇帝陛下に訴えかけても決して間違いではないはずだ。

なにやら老婆が最後の最後に言い残したような気がするが、ピグモは深く考えずに手紙をしたため、たっぷりの献上品とともに皇帝へと贈った。

その返事が返ってきたのは、僅《わず》か二日後のことだ。すぐに皇宮に参上し、仔細を説明せよとのこと。

皇帝が多忙の身であることはピグモとて承知していた。そもそも明確に返事が返ってくることすら奇跡的であるとも理解できていた。

しかしながら、これはチャンスだ。

ここで皇帝に気に入られることができれば、ピグモの今後の栄達は約束されたようなもの。

多大な期待と一抹《いちまつ》の不安を抱きながら、ピグモは皇宮へと赴《おもむ》いた。

ピグモはぎこちないながらもどうにか礼節を守り、膝《ひざ》をつき頭を下げて皇帝を待った。

そして——ついに時が訪れた。

肌に触《ふ》れる空気が変わる。場にいるだけで息苦しさを覚え、汗が噴《ふ》き出《だ》す。足音を耳にするだけで震え上がってしまう。

足音はやがて己の正面にまで辿《たど》り着《つ》き、止まった。

「その者、ピグモ・メイターンと言ったか」

皇帝の言葉を耳にし、頭《こうべ》を垂れたままピグモは頷《うなず》く。ただそれだけのことであるはずなのに、灼熱の日照りの中を歩くような疲労が重なっていく。

「お前の日頃の働きは聞いている。その忠誠、誠に嬉しく思うぞ」

「み、身に余るお言葉……きょ、恐悦至極に存じます」

生まれてこのかた、自分より地位が高い者との会話など数える程度しかしてこなかったピグモ。それらの経験をフル動員し、粗相のないように努《つと》めるのに必死であった。

相手は残虐非道《ざんぎゃくひどう》とも呼ばれる冷酷《れいこく》な皇帝。面識は此度《こたび》が初めてであろうとも、耳に入る噂話《うわさばなし》は恐ろしいものばかりだ。失礼を行《おこな》えばその時点で首が物理的に胴体と泣き別れになるのは、いかにピグモとて容易に想像できていた。

「ところで、なにやら私に陳情の文が届いたようだが……その口から申してみるが良い。このラウラリス・エルダヌスが聞いてやろう」

「で、では、お言葉に甘えまして──」

ピグモは己が受けた仕打ちを少しばかり大袈裟に、自身の法に背《そむ》いた所業に関してはぼかして皇帝に伝えた。何度も何度も繰り返し練習したおかげか、つたなくも全てを伝えることができた。

話を聞き終えた皇帝は、くすくすと笑う。よそから聞けばまさしく滑稽《こっけい》。皇帝が嘲《あざけ》るほどの醜態《しゅうたい》であると、ピグモは腑《はらわた》が煮えくり返るほどの怒《いか》りと羞恥を覚える。

「お前の望みはその老婆と男。加えて借金を踏み倒そうとする兄妹を罰することか」

「是非、是非とも皇帝陛下の御威光を下賤な平民どもに知らしめていただければと」

「なるほどなぁ。それは確かに業腹《ごうはら》よなぁ」

皇帝からの同意を得られた──苛立《いらだ》ちを呑み込んでいたピグモの口端が吊り上がった。

「面《おもて》をあげるが良い、ピグモよ」

命じられるがままに、ゆっくりと顔を上げる。いよいよ皇帝の御尊顔《ごそんがん》を仰《あお》げるのかと、恐ろしさの中に少しばかりの好奇心を含みながら。

徐々に視界が持ち上がっていく中、皇帝が言った。

「ところでピグモ、話に出てきた老婆だが――」

ついにピグモの視界におさまる。

老齢に達しながらもその美貌《びぼう》に一切の翳《かげ》りは損なわれず、むしろ年月を経《へ》て形作られた奇跡。誰もが恐れ誰もが敬《うやま》い、そして誰もが見惚《みと》れる老いた女帝。

「このような顔をしていたのではないか？」

「――――」

ピグモは呆然となった。

彼の正面にあるのは、皇帝のみが座ることを許される玉座。

なのに、腰を下ろし顎《あご》に手を当ててこちらを見据《みす》えているのは、屋敷に押し入ったあの老婆ではないか。いや、それだけではない。その傍《かたわ》らに控えているのは同じく、老婆に付き従っていた壮年の男だ。

この状況はいったいなんだ。

「どうした、この顔を忘れたというのか？　だがな、私はお前の顔をよく覚えているぞ。醜《みにく》く肥えたその顔をな」

頭が思考を放棄し、言葉を失うピグモ。

皇帝は玉座に立てかけていた剣を鞘《さや》から引き抜くと、その切っ先をピグモに向けた。まさしく、あの晩にピグモに突きつけられたあの剣だ。この美しい装飾の剣を見間違えるはずがない。

ピグモの屋敷に押し入り、今この瞬間に剣を携《たずさ》えている人物こそがこのエルダヌス帝国を統《す》べる残虐非道《ざんぎゃくひどう》なる皇帝。

ラウラリス・エルダヌスその人なのだ。

「あ……ああ……」

じわりじわりと、ピグモの頭に現実が浸透し始める。数秒前までの高揚は完全に消え失せ、冷たい空気が骨の髄《ずい》を凍りつかせていく。

血色を失い震え始めたピグモに、ラウラリスが言葉を投げる。

「これまで随分と勝手をしてきたようだな。それも、私が座するこの皇都で」

「ぷぎっ⁉」

ピグモはやはり豚のような鳴き声を発すると、ラウラリスの剣から逃《のが》れるように後ずさる。しかし、彼女の発する威圧に腰を抜かし、尻餅をつくのが精々であった。

「お前の無法は全て調べがついている。あの金貸し、たかだか腕の一本や二本で面白いくらいに喋《しゃべ》ってくれたのでな。どうせ抱《かか》え込むのであればもっと骨のある奴にするべきだったたな」

連れていかれたネカシの末路に、ピグモは心の奥底から震え上がる。

次は己であると誰に言われるでもなく理解したからだ。

「喜べ、このラウラリス・エルダヌスが直々に貴様への沙汰《さた》をくれてやろう」

――――ピグモ・メイターンの処罰が下されたのはこの翌日であった。

トンテンカンと金槌の音が通りに響いていた。

焼けたクムルたちの店を修復する音だ。

「ありがとうございますリーアさん。店の修繕を手伝っていただいて」

「気にしなさんな。お代はきっちりいただいてるよ」

店の修繕状況を眺めながら、隣のリーアに礼を言うクムル。まだ痛々しい包帯は躰《からだ》の至る所に巻かれてはいたが、歩けるほどには回復していた。

「でも未だに不思議です。借金を押しつけてきた張本人が金を出すだなんて」

修繕の費用は、ある日病室で眠るクムルのもとに届いた。その袋の中には、平民が一生に一度もお目にかかれないような大量の金銭が詰まっていたのだ。しかも同封の手紙には、ネカシの持っていた借用書と同じ印が押されていた。

不気味さを抱きながら金の用途に困っていたクムルに、リーアが提案した。その金で店を再建すれば良いと。最初は迷ったクムルであったが、店の再建が可能と知ったクユナの懇願で決心をしたのである。

そうと決まればと、リーアは早速《さっそく》大工たちに話を通しテキパキと作業の段取りを決めていった。一部は自分の手の者を用意したようで、現場には数人がかりで運ぶような太い丸太を五本も六本もまとめて運ぶような屈強《くっきょう》な男がいたり、とてつもない美貌《びぼう》を有した妙齢の女性が作業者たちに甲斐甲斐しく水や食料を運んでいる様子もあった。

「あの豚貴族も心を入れ替えたんだ。いいことじゃないか」

「追放されたんですよね、あのメイターンという貴族」

「ああ。皇帝様直々のお達しだとさ」

皇帝ラウラリス・エルダヌスがメイターン家に下した沙汰《さた》は、当家の取り潰しの上に私財の没収。当主であるピグモは流刑に処されることとなった。

本来であるなら直ちに処刑されてもおかしくはなかったが、クムルたちの店の修繕費及び、奴が手篭《てご》めにしていた少女たちを故郷に送り返す際の見舞金のために、彼の筆跡と印の入った手紙が必要だった。諸々の手続きが面倒になるので彼自身にケジメをつけさせるほうが早いとの判断。それらを書かせることを条件に命の保証を約束したのだ。

ただし、その後にピグモが送られたのは断崖絶壁に囲まれた孤島。処刑にならずともそれに匹敵する重犯罪人が送り込まれる場所である。治安など『最低』という表現が生やさしい環境だ。一週間も生き残れれば上等だろう。恐らくだが、素直に殺されるよりも悲惨な目に遭《あ》うに違いない。

これで手篭《てご》めにされた少女たちの気が完全に晴れるわけでもないが、少しばかりでも慰《なぐさ》めになればと思う。

「皇帝様って怖いばかりのイメージでしたけど、たまにはいいことをしてくれるんですね」

「残虐非道《ざんぎゃくひどう》には違いないからね、自分の縄張りで悪さをしてるのが我慢ならなかったって感じだろうさ」

クムルとリーアが眺める先では、妙齢の女性とともに作業者に水を配っているクユナの姿がある。店を焼かれ兄が傷ついた現実を乗り越え、再びクムルと店を始めようという気持ちが満ち溢《みあふ》れている。

と、二人に気がついたのか、クユナは笑顔を浮かべこちらに向けて元気よく手を振った。

「ちょっと行ってきます。あれじゃ他の人たちの迷惑になる」

「むしろ野郎どものやる気が出てるように見えるがね」

一言《ひとこと》断りを入れてから、クムルはクユナのもとへと歩き出した。そんな兄を見た妹は元気に駆け出すと勢いよく抱きつく。

それらを見るラウラリス《リーア》は、側《そば》に控えているグランバルド《ラバル》にボヤく。

「自己満足だな。私はいずれ、この光景をぶち壊すってのに」

皇帝ラウラリスには大願がある。腹心たちと他のごく一部にしか話していない大いなる願い。

それは、この国を破滅に導くものだ。

今、兄妹の店を直したところでいずれは戦火に包まれるだろう。同じく壊れるのであれば、早々に失ったほうが心の傷は浅くて済むかもしれない。

「良いではありませんか、自己満足で」

ラバルは、険《けわ》しい表情のままでありながらも、僅《わず》かばかりに優しさを感じさせる声で言った。

「あなた様は目の前の出来事を見過ごすことができなかった。たとえ自己満足と断じることになろうとも、動かずにはいられなかった。それで良いのですよ」

やがて破滅が訪れることになったとしても、だ。

「今、我々の前にあるこの平和は、決して間違いではないのですから」

「そうか……そうだね。いや、今のは気の迷いだった。忘れとくれ」

「いえ、珍しい陛下の弱音です。しっかりとこの耳の奥に刻んでおきましょう」

そう言って、ラバルはクスリと笑った。リーアは配下の様子をジト目で見る。

「たまに意地悪になるよなぁ、お前さん」

「行動をお止めするつもりはありませんが、今回のことを含めてお館様の振る舞いに付き合わされる我々もなかなかに大変なのですよ。ピグモの件も含めて調整にも手を焼きました。この程度のことは許していただかなくては」

「はいはい、わかってますよ」

これ以上小言を聞かされてはかなわないと、リーアは兄妹たちのもとへと歩き出した。

本書は、2020年9月当社より単行本として刊行されたものに書き下ろしを加えて文庫化したものです。


この作品に対する皆様のご意見・ご感想をお待ちしております。

おハガキ・お手紙は以下の宛先にお送りください。

【宛先】

〒150-6008 東京都渋谷区恵比寿4-20-3 恵比寿ｶﾞｰﾃﾞﾝﾌﾟﾚｲｽﾀﾜｰ 8F
（株）アルファポリス　書籍感想係

メールフォームでのご意見・ご感想は右のＱＲコードから、
あるいは以下のワードで検索をかけてください。

アルファポリス　書籍の感想　検索

ご感想はこちらから

レジーナ文庫

転生《てんせい》ババァは見過《みす》ごせない！ 2 ～元悪徳女帝《もとあくとくじょてい》の二周目《にしゅうめ》ライフ～

ナカノムラアヤスケ

2023年1月20日初版発行

文庫編集－斧木悠子・森順子
編集長－倉持真理
発行者－梶本雄介
発行所－株式会社アルファポリス
〒150-6008 東京都渋谷区恵比寿4-20-3 恵比寿ｶﾞｰﾃﾞﾝﾌﾟﾚｲｽﾀﾜｰ8階
TEL 03-6277-1601（営業）　03-6277-1602（編集）
URL https://www.alphapolis.co.jp/
発売元－株式会社星雲社（共同出版社・流通責任出版社）
〒112-0005 東京都文京区水道1-3-30
TEL 03-3868-3275
装丁・本文イラスト－タカ氏
装丁デザイン－AFTERGLOW
（レーベルフォーマットデザイン－ansyyqdesign）
印刷－中央精版印刷株式会社

価格はカバーに表示されてあります。

落丁乱丁の場合はアルファポリスまでご連絡ください。

送料は小社負担でお取り替えします。


ISBN978-4-434-31479-7 C0193